U0020083

99年小說選

郭強生 主編

2010

九歌

《99年小說選》

年度小說獎得主

李永平

作品

〈大河盡頭〉

見山又是山

李永平

浪跡文壇四十年，終於能夠隨心所欲，把創作理論和技法一古腦抛到腦後，寫出了一部返璞歸真、見山又是山的作品。

書寫《大河盡頭》那段日子，每天一早起來泡杯黑咖啡，就坐到書桌前，面對窗外的觀音山一口氣寫六個鐘頭。每每一提筆，只覺得一連串文字意象，如同書中描寫的月圓之夜泛舟河上的歸鄉客，成群結隊浩浩蕩蕩，不斷從我的意識深處蹦出來。身為作者，我得當個稱職的「御者」，手握轠繩，小心翼翼，操控這一群群野馬般奔騰於婆羅洲叢林中的中國方塊字。感覺真奇妙。

《大河盡頭》是我一生寫得最順、最快樂、挺好看的一部小說。而盡頭莫非就是源頭，又一段航程的起點？

郭強生　華文閱讀的新版圖……009
章　緣　雙人探戈……019
葉盈孜　街……035
周丹穎　漂流之家……047
李　渝　待　鶴……083
王冠雅　洗　禮……121
蔣曉雲　探　親（節錄）……135
李永平　大河盡頭（節錄）……171
林佑軒　女兒命……187

葉揚 阿媽的事……201
黃靜泉 白棺材……217
戴玉珍 溪砂……237
黎紫書 生活的全盤方式……255
黃麗群 卜算子……277
葉佳怡 窗外……301
黃汶瑄 六年仁班前巷戰……321
附錄 九十九年度小說紀事 邱怡瑄……343

華文閱讀的新版圖

郭強生

還是就先從寫小說這事說起吧！

小說實驗、創新、突破……這些詞我們聽了多少年了，到底什麼是突破創新呢？在我看來，根本沒所謂突破創新的問題。每個寫作者的生命歷程、思緒性格、品格教養、身心狀況……都是如此不同，只要是真誠表現自己的情感，專注在個人生命的完成與反省，哪可能是有任何範例可套用？哪一個寫作者不是在創新突破？（如果，他是真的被生命這檔事感動到非寫不可的話，我是說。）

偏偏有太多的作者與評論者喜歡搬出「實驗、創新、突破」的大帽子。話又說回來，在過去二十年，台灣小說好像真的長得不太一樣了，解構歷史，出入虛實，疊嶂敘事，家國認同身分情慾缺一不可。但是二〇一〇年卻是個奇怪的年分，至少如果我們以幾個全國性兵家必爭的文學大獎得獎作品當採樣指標的話，會發現上述的實驗創新或高調主題都不見了。還是會聽到評審委員說：比較缺乏創新……且慢，所謂創新是跟何者相比而來？

我所看到長久以來對創新的定義，恐怕還是拿國外小說的潮流做為依據吧。馬奎斯、卡爾維諾、昆德拉、村上春樹對台灣過去二十年小說影響之深，不言自明（甚至應該說，整個華語小說的書寫）。但是我一直困惑的是，我們又沒有拉丁美洲複雜的殖民歷史與軍事獨裁政變的恐怖血腥，也沒有東歐歷經大戰洗禮與共產主義封鎖後突遭解體的惶惑流離，可是台灣有好長一段時間，許多小說作品都生出了魔幻寫實與後設拼貼的五官，裝的卻是都市中產階級情愛或百年未滿的家譜。

一九八〇年代末後現代小說已喊得震天價響，咦，可是後現代小說最重要的幾部經典包括《白噪音》、《V》等的中譯本，都是去年才在台問世，原來台灣小說家的外文能力都這麼強，早早都領教過後現代的精髓。如今回顧英美後現代小說的萌芽，我們不得不折服，這批作家對他們所處的自由主義資本主義社會的觀察極其敏銳，預言了二十世紀末這套西方法則的裂隙，九一一、種族衝突、全球金融海嘯、網路的錯雜虛擬在這些小說家筆下竟已呼之欲出，那麼，台灣的小說呢？

所謂小說的實驗，究竟只是展示技法，還是真正影響了一個世代的價值觀與情感結構呢？

這兩年台灣小說的「炫技」成份相對是低了，這讓某些評論家開始擔心台灣小說失去了活力。在我看來，部分的原因不過是，這些年的歐美小說沒出什麼新招式，因為他們的小說家有他們的問題要處理。尤其在九一一之後，歐美與回教世界的緊張關係日益緊繃，法國人要面對阿拉伯移民的問題，美國人要處理不定時的恐怖攻擊，西方國家無不都在思索自己與這些移民的文化衝突，新生代小說家們都回到了社會全覽式（panoramic）的寫實主義。面對移民種族文化議題，他們規規矩矩做出了回應，不敢再耍花招，這可是與身家安全息息相關的真議題，而不是文學市場口味的空議題。

這對我們台灣小說來說，實在是很沒營養的事，因為我們距離西方國家的這些切膚問題太遙遠了，寫實主義聽起來也太不「創新」了，是吧？

所以，小說究竟創新不創新，是不是應該回到小說家用什麼姿態與角度，選擇面對處理什麼樣的問題呢？

●

接下主編今年的年度小說選工作，發現適逢二〇一〇年，也就是說，二十一世紀的第一個十年。在開始地毯式蒐羅閱讀這一年分的小說發表作品之前，我心裡頭老實說有點忐忑，因為已經連續聽說短篇小說發表園地愈來愈少，這樣的年度小說不好選等等提醒，深怕最後挑不出足夠作品印成一本書的分量。站在新世紀第一個十年，若交出這樣的成績單，豈不赧顏？

結果，出乎意料的，今年的入選篇數超過以往。因為這十五篇作品，在我心裡篇篇都是難以取代或割捨的「創新」之作！

沒錯，他們的創新，已經不是在追隨西方敘事的筆調，也不侷限於本土即鄉土的主題迷思。往往當創作者有意無意依傍了某西方小說的風格或敘事結構，他（她）的思路情感表達也勢必被感染，這樣一來，筆下人物或多或少都有點像撇著洋腔在講話。另一方面，由於十幾年來我們的文化教育大力提倡本土，這又會出現一批定要帶了濃濃方言口氣的創作，否則好像就不算是這塊土地上的故事。

而說到底處，最遺憾的莫過於是，不管是貌似國際名家還是致力台灣認同，這些作品中訴說的情感，刻劃的主題，都與今天我們社會中的讀者脫節，小說家活在自成的象牙塔，然後不讀他們作品的讀者全被打進不懂文學的網路咖。

然而這十五篇作品，讓我看到一種文學新版圖的可能。

首先，這十五篇作品都說了一個非常好的故事。小說如何說故事，這些年文壇上流傳著必勝公式之說，怎樣切入，如何布陣，最後給它來個逆轉，就會贏得小說獎評審的青睞啦！但是這種預先設定情節框架的說故事法，最後不過是努力填塞細節。但這十五篇小說其故事動人處，都是看似無事，只因小說家獨具慧眼、體恤懷抱加上貼切的語言掌握，一個個動人的故事從平凡的日常生活投胎，到了小說中轉世成為了一則傳奇。所以說，他們的說故事技法是模仿不來的。

●

就借用李漁〈待鶴〉中的這兩句，為這十五篇小說揭開序幕吧——

「人的正常與不正常之間的確不過是一念之間。」

「人間的錯失和欠缺，由傳說來彌補罷。」

不愧是大家出手，這兩句一語道破了許多小說家畢生在疑問與探索的自問自答，也唯有李渝精琢剔透的文字，才能將這樣的領悟勾繪成一卷走出人生幽谷的工筆山水。帶有半自傳性的敘述，寫於喪偶之慟與憂鬱症纏身多年後，卻全不似時下疾病書寫的歇斯底里或顧影自憐，李渝的這篇小說反而如修士般帶著清明的悲憫。正如作者等待著群鶴飛越千古時空，我們也等待著小說家為我們寫下動人的故事，為人間修補遺憾。

黃麗群的〈卜算子〉用了另一種筆法驗證了類似的體悟。算命半仙的口訣豈不也是對人世無常、正常或不正常的心理修補？主人翁手術輸血染上愛滋，與算命為生的老父相依為命，彼此擔心著要活到為對方送終。全篇細膩精準地掌握了這樣的父子情深，「他們每一天都是這樣開始的，但伯的這一天已經結束了。無常往往最平常。」作者看似淡然布下的生活細節，到此凝聚成倫常與生死的無奈對望，但讀者於心了然，生與滅同等散放出何其巨大的愛。

〈女兒命〉的作者林佑軒年紀尚輕，對生與滅的無常或許沒有前輩的透澈寬容，但是他同樣以父子與卜命為題，卻能把爭取自我的跌撞傷痛描寫得絲絲入扣。用一種半詼諧其實咬牙挺胸的口吻，挑戰的是我們社會對正常與不正常的僵化分野。做兒子的最後掙脫了性別桎梏，成為變裝癖父親的親密戰友：「若有來生，換我做你的阿娘，我們是全新的一對母女。」以靈活的語言為台灣社會邊緣族群發聲，不見悲情而多了陽光。葉揚以新人之姿拿下時報文學獎小說首獎的這篇〈阿媽的事〉，寫的是目前隔代教養普遍的台灣社會裡難得的祖孫之情。同樣是處理生死，這裡的小人物既無戲劇化人生也沒有代溝衝突，作者卻能藉著點滴穿插、自然流轉的敘述，讓這位阿媽喚起了我們對至親的感恩或懷念，動人而不煽情，平淡中反見深刻。

值得一提的是，今年的新人表現十分亮眼。葉盈孜的〈街〉可以說是我這幾年裡讀到最驚悚的一篇小說，描寫一座城市籠罩在變態又可笑的詛咒中，街道上處處是人臉！作者用一種壓抑的口吻，卻更有力地傳達了一則充滿控訴與批判的黑色寓言，也是正常／不正常的另一種二元辯證。葉佳怡以〈窗外〉拿下聯合文學新人獎短篇首獎，讓我們看到年輕一代作者筆下的台灣鄉土新風貌。男友失蹤後卻仍賴住對方家中的檳榔西施，卻和男友母親發展出一種類似母女、又像姊妹的共生關係。城鄉差距讓台灣中下階層的傳統家庭結構崩解，室友取代了家人，為著生活不得不彼此扶持，這樣的故事每天社會新聞可見，但年輕的葉佳怡卻以極大的寬容與同理心，寫出了迷途少女的早凋與無奈。

今年入選者中年紀最輕的王冠雅，以冷眼旁觀的筆法描寫了一顆高中校園裡的不定時炸彈。這篇〈洗禮〉巧妙地透過小說敘述觀點，讓我們看到主角在生活小細節中被周遭人所忽視的不正常，同時揭露他被「治療」的同時身邊「正常人」的荒唐無知。全篇台語的使用自然生動，對地方風土觀察入微。或許從八年級世代的作品中我們可以看到，新鄉土主題是活生生的社會現實面，比起六、七年級來他們多了一份對現實的體察。黃汶瑄的〈六年仁班前巷戰〉也是關注校園暴力問題，媒體喧騰的霸凌事件總是不了了之，但這篇作品卻讓人留下深刻印象。作者文字功力不容小覷，一步步帶領讀者走入網路遊戲虛擬暴力造成的錯亂撞擊，讓我們一窺生死價值已經過科技重新控整的年輕族群他們的精神黑洞。

今年中、壯代小說家也交出了不錯的成績單。與朱天文、朱天心同為「三三」健將的蔣曉雲擱筆多年，今年陸續又有新作問世。〈探親〉寫的是一九九五年台灣小姊妹大陸探親的舊事。當年夏志清便曾盛讚蔣曉雲掌握對話，尤其是方言對話的才華，這回果然功力不減，一干大陸親友的神態脾性藉著幾句對話便活靈活現。雖然寫的還是貧窮中國，但從瑣碎的日常人情中，為兩岸文化把脈，依然頗耐人尋味。

章緣的〈雙人探戈〉寫的也是中國大陸，但鏡頭一轉來到了眼前的上海。一個遲暮的台北企業家少奶奶，遇上了一個垂垂老矣的白相人，這場尷尬又幾乎猥瑣的出軌事件，並非再續白流蘇與范柳原的傳奇，它其實透露了更深一層的寓意：不論是多金的台商，或是仍活在往日時光中的老上海，在這個發展一日千里的新東方之珠，都是寂寞失落且無歸屬的，正如這兩人起舞時背景的白光歌聲：只有那兩三片，那麼可憐在枝上抖怯……在另一方面，大陸作者黃靜泉的〈白棺材〉讀來竟有台灣鄉村的某些況味，百姓的純樸遇上了惡法的無情，一場喪葬成了〈在台灣亦可能發生〉社會悲劇。作者筆法濃淡有致，連描寫一隻小狗都見情感，讓人感覺彷彿重回了張愛玲在《秧歌》中的哀矜勿喜或是琦君的仁厚抒情。這三篇以不同時空的中國為背景的作品，都讓我們在政治口水之外，對兩岸變化多了一個可停駐觀察的定格。

黎紫書的〈生活的全盤方式〉與周丹穎的〈漂流之家〉都觸及了現代都市生活的疏離苦悶

下，人的精神緊繃狀態處於隨時失控的一種文明恐怖。前者的主人翁，一個是「很安靜，很年輕，很纖細，很乾淨」的手小偷，一個是被手指名為她殺人罪辯護的無名女性律師。兩人的不同世界因而疊合，一種無以名狀的陰影開始滲透瀰漫了故事敘述，沒有出口。而周丹穎選擇的是令人透不過氣的生活紀實筆法，沉重綿密，讓這個典型又一般的中產家庭竟顯得危機四伏。對安穩生活的期盼宛如一場巨大的騙局，在其中漂流浮沉的家庭何計其數？最後靠著「迴避不提……這樣的默契於是成就了一個家。」兩篇作品都有一種奇異的平靜，反更覺沉重。

戴玉珍的〈溪砂〉讀來則讓人暫時脫離了現實生活的苦悶瑣碎。她將豐富的燒窯專業知識注入了文字，時而濃烈絢麗，時而晶瑩潤澤，隨著窯中暗紅的火影，傳統的柴窯技藝化為另一種彌補了人間欠缺的傳說，「深黑帶綠的茶碗上，篩密的金色釉點連著碗沿上的金扣，像秋季裡的星空連著一帶極光。」這樣的文字亦散發出光芒，作者彷彿已不光在說一個故事。一個好故事的生成與藝術品的鍛燒熔煉，在此無疑凝為一體了。

●

這十五篇小說的作者有的長居美國，有的旅居英國；有來自中國大陸的，有從台灣、美國轉移居中國；有台灣土生土長，更有喜愛台灣因而定居此地，如李永平。為什麼一位已經在台四十年的小說家，始終還被冠上「馬華」標籤？馬華文學也可指出生婆羅洲、而後在香港、新加坡、美洲、歐洲……任何地方只要是以華文寫作的作家不是？

但是李永平的作品早已與台灣緊密相聯，台北城中的浪遊與婆羅洲的鄉愁總在故事中相生相倚。在他今年終於完成的《大河盡頭》下卷中，我們更看見他文字想像的再一次突破，誰說婆羅洲就只有莽蒼赤裸原始？這其實是一本極為抒情的書呢！充滿了對女／母性的孺慕與讚頌，台北街頭的小女孩朱鴒、克莉絲婷姑母、摯愛的親娘，還有那許許多多披著紗籠的少女……都沿著河岸化身一尊尊天使啊……

因此，決定把今年的年度小說獎頒給李永平。他的小說藝術成就早就無庸置疑，讓我倍感榮幸的是，今年能夠藉著他的《大河盡頭》，將這本台灣的年度小說選與世界華文文學的距離拉得更近。感謝他對台灣文學創作與教學的卓越貢獻之外，更期待他繼續為我們昭揭台灣小說書寫的下一個新紀元。

●

最後，想再說兩句話。

翻閱著排好版的書稿，我看到一個廣大的華人生活圈在這本年度選中儼然成形。台灣社會的人情倫理給了這些故事獨特的風味，內含的情感卻又同時具普世性。

也可以這麼說，今年的評選過程，讓我對台灣小說站穩華文閱讀的地圖上，又再一次充滿信心與期待。

雙人探戈

章緣

本名張惠媛，台灣台南人。台灣大學中文系學士，紐約大學表演文化研究所碩士。旅居美國多年，二〇〇四年後移居中國大陸。曾獲《聯合文學》小說獎、《聯合報》文學獎、《中央日報》文學獎等。作品入選爾雅年度小說選三十年精編、中副小說精選、台灣筆會文集、聯合文學二十年短篇小說選、九歌九十四年小說選等。著有短篇小說合集《更衣室的女人》、《大水之夜》、《擦肩而過》、《越界》，長篇小說《疫》，隨筆《當張愛玲的鄰居：台灣留美客的京滬生活記》。

老范的日腳，本不會跟台灣太太有搭界的。井水不犯河水，彼此人生的軌跡相差十萬八千里，不僅是上海和台灣的空間距離，還有七十來歲及五十來歲的年輪代溝，更甭提一個是水裡來火裡去閱人無數的老克拉，一個是平凡守分溫室裡生長的家庭主婦。這兩個來自不同星球的人，卻莫名其妙被一條銀河給牽上了線。

說得好像有點曖昧。誰說一個男的遇上一個女的，就一定會有曖昧？但它還一定就曖昧，因為老范最善於營造一種浪漫的氣氛，最知道怎麼說怎麼笑，眼神怎麼勾轉，能讓面前的女士心生蕩漾，不管是芳齡二十的小姑娘，還是跟自己一樣白髮多過黑髮的阿婆。但是那曖昧也不一定是你想的那種。

老范就住在上海水城路一帶某個所謂的「文明小區」。那一帶已陸續被日本人台灣人入侵蠶食，一個個新建的高檔小區配有會所綠地和大門警衛，一間間日本居酒屋克拉部，台菜店及台灣小吃。走在水城路，他彷彿到了異鄉。唯一讓他心安的是他住的小區，多少年來維持著同一個面貌，白色的外牆風吹日晒成糞土汙黃，大門外的小塊綠地上堆滿雜物，盆盆罐罐種了些蒜苗香草，外頭停了一排腳踏車，少數人家門口停著小轎車，公共樓梯間燈泡不亮，玻璃窗破了幾塊，連長竿伸出去晾晒的衣服，也顯得面料粗糙，特別寒磣。但是這裡安靜。真的，老范每次走進自己的小區，都訝異於這裡跟外頭的差別。外頭，就在一條街之外，是那麼車水馬龍市囂不斷，一走進這裡，怎麼時光倒退了二十年，什麼都緩下來，安靜下來，不慌不忙。就連這路邊的牆草，隨風搖曳都帶著韻致。二十年前初搬來時，這裡是被人羨慕的時髦小區，老友們都還擠在擁塞汙暗的石庫門，他就搬到了這裡。他總是那個最快接受新事物，擁抱新變化的人。老友都說，小范啊小范，儂來塞，花頭經老透啊！

再怎麼物質貧乏的年代，他也能穿得整整齊齊，跟別人一式一樣裡，從領口袖口這兒那兒一點一滴翻出講究來，只給內行人看。多少個運動，他都避開了大浪頭，從沒真的傷筋挫骨，就像這路邊的草，勁風來了彎彎腰，風過了又腰桿筆直。到現在，要過七十四歲生日了，他的腰桿還是挺直的，一頭銀髮，常年穿條吊帶西褲，燙得筆挺的襯衫，擦得鋥亮的皮鞋，挺頭挺胸走在馬路上，他老范還是很有看頭的。

說有錢，他沒什麼錢。除了這套舊的一室一廳，跟他年紀相當的老家具和即將報廢的家電，醒目擺在櫥架上的古董唱片、留聲機和老相機——不是收藏品，是他青春歲月的紀念物（沒人知道這些東西怎麼沒有在幾次運動裡給搜刮一空），此外身無長物。但是那些老東西都是有來歷的，就跟他給人的感覺一樣。如果你有機會到他小屋裡坐坐，可以聽到很多故事。他不談工作和出身背景，只愛吹什麼時候在哪裡看過的一場熱鬧，跳過的一支舞，吃過的一頓大菜。這熱鬧這舞蹈這美食，當年人人愛聽，剛從翻天覆地的運動裡熬過來，什麼主義啊黨啊建設與破壞都膩了，只想把眼前的小日子過好，一個繁華的老上海，由見證人活生生帶到眼前來，怎不教人懷念嚮往。經過數十年清湯白水的日子，新的繁華來了，來勢洶洶，沛然莫之能禦。有了新的繁華，老克拉的故事就真的翻頁進入歷史了。但是老范還腰桿筆直（歸功於多年的舞功和私人的講究），還未進入歷史，老聽眾跑了，他還能「花」來一些新聽眾，最多的就是跟他學舞的女士們。女士愛聽故事，不管是窮是富。他現在講故事總帶點懷舊的傷感，還有一絲嘲諷，以瀟灑的手勢，多情帶笑的眼睛（年輕時一雙桃花眼，現在一笑就布滿魚尾紋）娓娓道來，跟他煮的黑咖啡一樣，很香，很苦。

靠著一點退休工資，老范還是過得有滋有味。鄰居們每天看他穿著整齊，走進走出，小屋裡也不乏訪客，女客居多。同齡的人早就背駝氣衰，冬天在屋子裡孵著，湯婆子握在懷裡打瞌蟲，夏天敞開門窗，一件汗衫一把蒲扇趕蚊子，只有老克拉活得像個人，像個男人。他們總結一句，老范啊老范，路道粗，花頭多來兮。

老范的一世英名，卻差一點毀在這個姓杜的台灣太太手裡。

就跟著老范稱她小杜吧。小杜住在附近的涉外高檔小區，這天下午，她到台菜一條街來吃飯洗頭，然後到便利商店買咖啡奶精。買好後，沿著馬路漫無目的往前逛去，便到了剛整修得煥然一新的文化中心，外頭掛一長條紅幅寫著奇石展。小杜對石頭沒感覺，除非它們能發光。長日無事，她還是走進去。

一進展覽會場，小杜就後悔了，只有她一個參觀者，講解員一路跟隨。奇石都很大，樣子千奇百怪，顏色也多變，依據造型冠上名稱，太極、駿馬奔騰、蓬萊仙島，還有座八仙過海，簡直無奇不有，也不知是否真的天然。小杜想到還是雲英未嫁時去蘭嶼玩，導遊指著海邊一個有洞的巨石說叫玉女岩，當時她百思不解。每個奇石前的名牌上都有標價，動輒

五、六位數。講解員看她的舉止打扮，跟前跟後特別熱絡，說奇石可以鎮邪，擺在家中增添氣派。要把這麼個幾噸重的石頭放在客廳，那客廳也不能是一般的客廳。

走了一圈，看小杜只是微笑點頭，並未對任何一塊石頭表示興趣，講解員指著一個鑲在金屬座上巴掌大的石頭，彷彿是兩個相擁的人形，一邊的手筆直長伸，要不您買個小一點的，擺在茶几上也好看。她一看，牌子上寫著「雙人探戈」。為什麼是探戈不是華爾茲？她仔細端詳。因為石頭剛硬嗎？相較於她所鍾愛的華爾茲，探戈充滿了拉扯抗衡，男女相互叫板。售價……

沒來得及問售價，講解員已笑容滿面向外迎去，門口走進一位滿頭銀髮的老先生。肯定是什麼大買主囉？小杜不由得特別注意，沒想到來者眼睛瞟到她，竟然在她身上略停，而且微笑著對她微微頷首，一派紳士風範，然後才跟講解員用上海話說了幾句。小杜聽不清他們說什麼，但是老先生幾句話，說得講解員眉開眼笑。老先生說完本來要走，卻改變主意往她這裡走來。小杜這才發現，自己一直盯著對方，是她大膽好奇的眼光把對方引過來了。

「儂好，阿拉勒拉啥地方碰著過？」老范彬彬有禮開口了。

「我想沒有，沒見過。」小杜說。她剛捲過的鬈髮在臉龐兩側恰到好處修飾著臉部線條。

「是嗎，怎麼這麼面熟，這麼好看的笑容，我肯定在哪裡見過。」老范說。這是他最常用來稱讚女士的話，不是稱讚對方的頭髮五官肢體，是笑，是神情。再怎麼皮肉老皺的女人，也相信自己笑起來好看。

我在笑嗎？小杜暗驚，對一個陌生的上海老頭？其實，公平一點講，這個人雖然滿頭銀髮，跟老頭是不搭界的。他臉色紅潤，腰桿挺直，而且還雙眼放電。要說老頭，是家裡那個吧？

文化中心裡有交誼舞廳，下午場兩點到四點，老范常帶著女學生來跳舞。新裝潢好的舞廳，仿外頭夜總會的腔調，裝了吧檯（主要提供熱茶水）、沙發，柚木地板的舞池被擠得只餘一小塊，天花板上一個巨大如鐘的銀色轉燈，照著底下的舞客彷彿夢遊。小杜反正沒事，有個像老范這樣的地頭蛇領路，她就把三層樓的文化中心給走了一趟，跟著老范向裡頭的主任辦事員阿姨等打招呼。她發現，老范的人緣不是普通的好，那些阿姨們從領導到小職員，看到他也像那個解說員般眉開眼笑。老范總是拿自己開玩笑，讚美著對方，雖然那些讚美稱不上貼切，更不含蓄，對方總是嗔笑地照單全收。

此人是誰？新學生？也有人問起小杜。老范總是忙不迭地搖手，這位是新認識的朋友，人家是台灣人。

「台灣人哪能啦？儂吃伊勿落？」辦活動的小姐，跟老范沒大沒小地笑鬧。樓下講解員就是老范介紹給她的。那小姐一張五角臉，高高的顴骨，戴一副雙色方框眼鏡，看起來精明。她轉向小杜用普通話說，「范老師在我們這裡是最有名的老師，你要跟他學跳舞，不要太好噢！」

小杜看向老范，老范也看向小杜，兩人同時轉著一個念頭：有沒有可能？

老范討女士歡心，已經成為一種反射動作了。從十幾歲的小夥子，歷練到今天，他早已成精。在他的圈子裡，還沒有哪個女士他擺不平拿不下。就像鮮花和蜜蜂的關係，老范深信，這些盛開知名或不知名，玫瑰般嬌豔或菊花般淡雅，甚至是野花般不起眼的女人，只要是花，它就等待著蜜蜂。他老范作為一隻從不怠工的蜜蜂，出入過多少女人的心房，雖然沒有一個長留身旁，因為他不是死認一朵花的蜂，但他曾吸取過多少醉人的花蜜呵，午夜夢迴，為了自己做出的浪漫事薄倖名，既傷感又滿足。

但是這回這朵花，可不是他輕車熟路就能擄獲芳心的。這是生在台灣的花，一位台灣的貴太太。真的吃伊勿落？老范的鬥志被燃起了。老話一句，天下的花都待蜜蜂來採，這位也不會例外。

小杜被老范的眼睛，看得調轉了頭，臉微紅。這個老男人。她發現自己也像那些上海阿姨一樣，啐罵著，又高興著。

但是小杜沒有接受老范的邀請，進舞廳去跳上一曲。交誼舞可以不貼著身，手總要給人握著吧，另一隻手也能藉機在後背上做功夫。再說了，今天的鞋子不對，而且，那個舞廳有點怪。

老范天天下午到文化中心報到，每跳幾支舞，都要去外頭繞繞。那個台灣太太卻消失了。他對小李和小陳兩個學生，還是殷勤有禮，但是他自己卻感覺不到花的香、蜜的甜了。

這天跳完舞，小李提議去隔街的港式飲茶喝下午茶，那裡是他們以前常去的地方，兩碟點心，一壺龍井，可以坐上半天。他託言有事要先走。小陳在旁說，不如明天去喝咖啡，有家台灣人開的咖啡館，情調蠻好，還有一種紅豆鬆餅，味道不要太好噢。他也搖頭。他像個紳士般欠身，說還是改天請兩位到我那裡坐坐吧。小李小陳微笑，再約吧。她們都喜歡去老范那裡，想著要怎麼擺脫另一個，得到老范所有的關注。

老范走在馬路上，有點百無聊賴。突然一陣香風吹來，飄來一句軟甜的台灣國語：「范老師，你好。」怎麼有人到了這年紀，講話還這麼嗲聲嗲氣？老范擺出嚴肅帶著一絲悲傷的面孔，對著眼前的這張笑臉。

「不記得我了？」小杜笑。

「怎麼會不記得？」老范說，「小杜，你這幾天都到哪兒去了？」

「哎呀，我這幾天倒楣了，全球股市大跌……」小杜住了口，沒必要跟他說這些吧？雖然覺得這個人挺有趣。

「你也炒股？」老范說，「我曉得幾支牛股，可以給你作參考。」老范不炒股，但要吹出一套股經卻是輕而易舉。

兩人邊走邊聊，不知不覺走到了老范的小區前。「我就住這兒，要不要上來坐坐，我有很多上海的老照片。」

「你一個人？」

「吾和一隻貓同居。」

「今天不行。」小杜說，「我還有事。」

老范再加把勁兒，表達自己的關心，「炒股要當心，一套牢，菜錢都沒了。」

「沒事的，我先生拿了五百萬給我玩玩……」小杜話一出口，便覺失言。這句話她常跟朋友們講，大家都被股市套牢，笑鬧慣了。

老范臉上還笑，但眼睛裡閃過一絲絕望，他不再殷殷望著小杜，好像要用眼光把她圈住，而是很快地揮手道聲再會，轉身進小區了。他移動起來像隻貓，悄然無聲。

小杜五百萬的玩笑話，把老范嚇醒了。乖乖隆地咚，他老范是吃飽了撐著，去招惹一個這樣的貴太太。恐怕連請她吃飯的錢都拿不出來。他想到十幾年前見識過的一個台灣太太。

十幾年前，那時上海跟現在可不一樣，百廢待舉，他正忙著重拾舞藝。有一回老同事們在上海最有名的海鮮樓吃飯，反正是單位開銷，大家放開肚皮吃，尤其是大閘蟹。大閘蟹人人愛吃，那時價錢還沒漲到現在這樣。總之，上海的一些好東西，大閘蟹也好，房子也罷，都被台灣香港人炒得比天高。十幾年前，一人兩隻大閘蟹，就吃得齒頰留香心滿意足，可以跟別人誇耀了。突見兩個侍者伺候著一個貴太太走來，貴太太一坐下開口就要了六公六母一打大閘蟹。大家你看我，我看你，不知道她葫蘆裡賣的是什麼藥。一刻鐘後，大蒸籠來了兩個，侍者開籠，裡頭伏著一公一母兩隻橙紅紅的大閘蟹，貴太太伸手拿來，螯腳一一折斷放在一旁，兩手一扳剝開蟹背，低頭一門心思舔吮膏黃。兩籠吃畢又來兩籠。如此這般，六籠十二隻大閘蟹膏盡黃乾，肉都啖光，蟹腳打包帶走。貴夫人走後，大家趁著幾分酒意，喚來侍者，侍者說此人每到此節，就從台灣飛來吃大閘蟹，一吃就十隻一打，蟹腳不及吃，帶回當點心，真是個蟹痴。

當時大家都搖頭冷笑，台灣人就是巴，大閘蟹要細細品嘗，狼吞虎嚥無異焚琴煮鶴。他太了解這種嗤笑了。在那個大多數人都捉襟見肘，靠著單位才能出去打牙祭的年代，這種不為擺譜只為自己喜歡的豪奢吃法，對大家造成多大的震撼，多大的威脅。這成了老范常講的故事之一。他老范也嚮往這種豪奢。如果可能，他也要盡情享用所有對他有情而他也有意的女人。一般人只吃一、兩隻，有的人可以一口氣吃一打。

可是現在，他想到這個狂啖大閘蟹的台灣女人，卻覺得說不出的鬱悶了。回到小屋，每天下午必有的點心咖啡，也無心調弄。白底黑紋的咪咪，臥在窗台邊，冷冷看著他發愁。咪咪，來，咪咪？連貓都不理他。他是個沒人要的孤老頭啊！老范把頭抵在靠窗的小圓桌上，往日的豪情銳氣都消散了。七十四了，還能花多久？他自怨自艾。

小杜的樣子清晰萬分地浮現眼前：雙排扣復古式米色風衣多麼合宜，說話時鬈髮在臉邊輕晃多少風情，她的眼睛因懷疑而生動，表情因冷淡而有魅力，小腿勻稱修長，穿著那雙美麗的短皮靴，顯得腳步輕盈。他要讓這樣的一個女人為他動心。

約她出去。去哪裡？老范不愧是老克拉，知道西餐這種噱頭，對台灣太太不起作用，人家搞不好天天吃西餐。泡高級咖啡館？他懂行情，一小杯咖啡就要五十元，還不能單請咖啡。上舞廳，那也要高檔如百樂門吧？那裡哪能隨便進去，一不小心就被扒一層皮。送禮物？那些手機鍊條、真絲巾、小荷包之類的，送送小李小陳還行，拿來送她，不讓人笑他小兒科？想來想去，還是請到自己的小屋來。他的小屋有情調，又實惠，進可攻退可守。

老范在那裡傷透腦筋，卻不知小杜的心思。其實小杜先後嫁的兩個男人，年紀都比她大得多，她比別的熟女更看得出老范是個寶。經過歲月洗滌渲染的成色，辛辣成熟卻又脆弱天真，隨時準備拜倒在石榴裙下，奉上一顆熱騰騰的心，卻又發乎情止乎禮，自嘲自謔總能化解尷尬。這樣的男伴，還真的可遇不可求。

小杜沒有多給老范一個微笑、一個眼風是有原因的。倒不是顧忌老公。老公除了生意，什麼都做不了了。有時她覺得，老公只是帶著她出門充充門面，就像讓她陪著躺在床上做做樣子。她考慮的是，這是個上海男人。她不知道這個上海老男人，會不會有什麼目的？除了她這個人以外的目的。

老范小杜的第三回合交鋒，發生在書報攤前。老范不買報，每天早上到街口的書報攤翻翻《東方晨報》，傍晚再翻翻《新民晚報》，上海大小新聞翻不出他的手掌心，這全靠跟賣報阿姨的交情。這天傍晚，老范正翻著報，聽到了那軟軟甜甜的台灣國語：「《新周刊》有嗎？」

可不是她嗎？老范喜出望外。小杜也看到他了，「這麼巧。」

「我就想著，也沒有你電話，天涯海角去哪裡尋人？」他語氣誇張地說。

「范老師找我？」小杜忍著笑。

「對，我要過生日了，請你來吃蛋糕。」

「我……」看著眼前這張笑臉，小杜一時不知如何拒絕。這個人到底想做什麼？總不會真要追求她吧？她的結婚鑽戒好端端亮閃閃戴在指頭上。手機叮噹響一聲，教她跳舞的老師發來短信，說要暫停上課，因為最近有參賽的同學需要加緊練習。小杜心一沉。

「小杜，怎麼樣，能賞光嗎？」

「好吧，在哪裡？」

「我住的小區你曉得的，三樓一室，星期五下午三點，一定要來。」老范說完就走，怕她改變心意。

一週裡的時光，老范最喜歡星期五，那是週末的開始，街上氣氛特別熱絡，人心特別自由。這是為什麼他約小杜星期五來。他把小屋收掇整潔，廁所裡換上雪白的新手巾，窗邊圓桌鋪上那條手織的白桌布，端出最寶貝的兩組咖啡杯，銀湯匙擦得雪亮。他穿上了最好的襯衫長褲，繫上一條花領巾，選了一張摩登舞曲，先就在屋裡轉起圈來。咖啡壺在爐上咕嚕嚕響，咪咪冷冷看著主人發痴。

時間到了，小杜沒有來。老范在窗邊望眼欲穿。不會被放白鴿了吧？台灣女人，他畢竟是吃不準。

三點一刻，小杜出現了。

小杜一進小區，就渾身不自在。她沒來過這種地方。危險嗎？可能。還繼續嗎？為什麼不。這幾天她心情惡劣。過去大半年來，每週都讓老師陪著練華爾茲，沒想到老師突然拋棄她了。是她自己堅持不肯參賽，老師為了賺學費拉抬知名度，替參賽學生護陣也是無可厚非。但小杜就是揮不去那種被棄的感覺。是她投入太多了？還是他太無情？

她自然倒向了另一個張開雙臂的有情人。她是不是太大膽了？根本不知男人的底細（怕什麼，難道這個老男人還能勉強她？）不過是萍水相逢，她沒準備出牆，也不會跟這種人出牆（好就好在萍水相逢，都五十幾了，還在等什麼？）

老范在窗邊看見小杜走過來，心開始急跳（是兩年前裝的心律調整計故障了？）。這可是他老范證明自己男性魅力的終極考驗。如果這個女人走出他小屋，還是原來的那個女人，他就要認分服老了。

小杜一進門，老范心就定了，因為她笑的樣子看起來不一樣了，帶點嬌腆，肢體動作也變得比較嫵媚自覺，這細微的變化只有像他這種老薑才能辨識。精神一振，老范恢復了原有的瀟灑風度，讓小杜在圓桌前落坐，端出蛋糕，倒了咖啡。

小杜拿出禮物，是一個巴掌大的石頭。「這尊石頭叫雙人探戈，像不像？」

老范接過來。這是那個奇石展裡的東西嗎？她肯定被宰了。這個世道，石頭都成了寶貝。他雙手捧著，點頭，「靈啊，老靈啊，謝謝儂噢，看來小杜也喜歡跳舞。」

老范說著文化中心跳舞的事，開自己玩笑，然後說了些滄海桑田的往事。他估量過，老上海的繁華不如老上海的滄桑讓台灣太太感興趣。然而，陳年往事在這斗室裡聽來遙不可及，小杜啜著咖啡，打量這狹小的客廳。這人也真能吹，她還以為這裡會是陋巷華屋，別有洞天，但她看到的只是一個老房子，一些舊東西。咖啡有點煮過頭了，蛋糕裹著厚厚一層奶油。今天不該來的。原先在這人的殷勤中得到滿足，現在只覺多餘。為了禮貌，她努力表現出興趣，在適當的時候蹙眉或微笑，並尋覓告辭的良機。

終於老范不說話了。他往椅背上靠，笑吟吟看著她。那是雙會勾人的眼睛，她避開那眼光。小杜現在很確定自己的方向。

此時，探戈舞曲響起，一掃斗室的慵懶之氣，那分明的鼓點，好像在催促著什麼。老范起身邀舞，她略一猶疑便伸出手。空間很小，他們在這小空間裡作小的蟹行貓步，作小的迴旋，停頓，擺頭，後仰。老范很會帶領，暗示動作明顯，即使她久不跳，也能跟隨。小杜逐漸放鬆了，開始感覺到那種來自老男人的安全感，沾在男人身上的咖啡餘香，混著古龍水的味道，老舊的櫥櫃，牆上泛黃的照片，褪色的沙發布罩，沙發上好整以暇舔著腳掌的貓，整個氛圍讓人像要跌進迢迢的過去。

舞入了第二曲，是她知道的老歌，白光的秋夜。沙啞的歌聲，非常老派。我愛夜，我愛夜，更愛那皓月高掛的秋夜（她停頓，她轉頭），幾株不知名的樹，已落下了黃葉（她看到秋風緊吹，梧桐凋零），只有那兩三片，那麼可憐在枝上抖怯（以為要往那裡去，誰知轉向這邊來，所有思量都不見），它們等著秋來到，要與世間離別（兩片，兩片黃葉緊緊巴住枝幹不願落下，不願落下啊！）她巴緊老范，老范巴緊她，他們要叫停時光……一曲舞畢，老范讓她朝後仰倒。她朝後看，朝後看，整個世界顛倒了，停頓了。老范將她抱起，吻住她的唇。

這吻來得意外，卻也沒那麼意外。那是個很紳士的吻，輕輕壓在她唇上。老范抱住她的腰，她感到力氣被慢慢抽掉，身體有點軟。第二個吻就來真的了，老范有著異常靈活的唇與舌，汩汩汲取如蜂直探花心。

長長的熱吻後，老范沒有下一步動作，讓她頭靠著自己的肩依偎著。小杜乖順地伏在他肩頭，軟綿綿像喝醉酒，等到清醒時四周悄然，唱片已經轉完。老范不說她也知道，這個老鬼，早就不舉了，卻又偏來招惹她。小杜抬起頭來，眼眶裡充滿淚水。

這要命的雙人探戈。

——原載二〇一〇年三月號《印刻生活文學誌》

街

葉盈孜

台北大學中文系畢業，現居高雄市。現為廣告撰稿人，正努力寫作荒謬異色短篇小說數篇。

『後天性綜合腦神經嚴重失調症候群（簡稱ＮＩＳ，一般症狀為過剩的好勝心進而演變成沒有理智且為達目的不擇手段的無感者）患者，於近兩年不曾間斷纏綿新聞版面，知名人士經診斷發現已成重症病患的消息接二連三，最新一則報導指出我國總理業已出現末期癥狀，卻始終隱瞞不肯開誠布公，導致一場軒然大波，「精神病患怎麼能夠擔任我們的總理？」民調結果顯示七成的公民如是質疑。此外後續效應持續延燒，憤怒的群眾開始匯聚各地響應著，欲舉辦一場國內史上規模最大的抗議遊行，這是目前ＮＩＳ的蔓延對本國造成最大影響的事件之一……』

將文件存檔之後，液晶螢幕右下角的時鐘顯示凌晨五點，我使勁按壓著因熬夜而發漲的頭部，虛弱地闔上筆電。

這份關於ＮＩＳ的研究報告並非我負責的項目，然我卻與它纏鬥了兩天兩夜，並且遭受數次的退件，只求盡善盡美。而我本該全心投入的議題此時仍徒有一個輸入標題的文件檔，靜置桌面一角乏人問津。

心美和我從國小到現在一直都是朋友兼鄰居，當了將近二十年的朋友，對於我倆的友情我依然感到不可思議，心美外表亮麗可人，個性活潑開朗，向來都是校園裡的風雲人物，父親又是知名企業董事長，名副其實的千金之軀，身旁永不乏追求者圍繞；我和她的雲泥之別一目了然，我長相平凡，沒什麼特色，經常被旁人忽略，家庭成員只有我和一個最近剛被公司炒魷魚的父親，在心美身邊的我是瑟縮在月圓邊上的星，然而失敗組如我竟能夠成為一顆星，全是拜她所賜，因此心美經常是我的存在價值。

今天早上有七點的課，剩下兩個小時索性不睡，我繼續窩在沙發上打開電視，只見一片閃爍的黑白雜訊爆出尖銳刺耳的噪音，連續轉了幾台一如是，也許是收訊設備老舊？我放下遙控器兀自猜測，歪著頭在腦中重建冰箱內部的畫面，該是空無一物的狀態，只好再度打開筆電點擊瀏覽器圖示，展開之後面對一片找不到伺服器的提示，我重整畫面幾次便宣告放棄，順手拿起一旁耳機插入連接孔，淺淺地閉上乾澀雙眼讓自己浸潤在輕柔樂音中……

十一點?!

慌忙穿上鞋襪，家居服也來不及換，我隨意抓一件外套就衝出門外。今天早上的課是出名的大刀把關，堂堂必點，我還得負責幫心美和她的朋友們簽到，要是連累到她們一起被當就難辭其咎了，我焦慮得喃喃自語，淚水幾乎要逼出眼眶。

三步併作兩步狂奔下樓，心想燃眉之際攔輛計程車也不為過，打開老舊的鏽紅鐵條大門，衝出門外。

『唉呀——！』

絆了下，險些跌倒，緊接著一聲淒厲的慘叫，另一個當事者想必也被拐得不輕，我忙不迭回頭正欲道歉，卻發現在視線齊高處空無一人。

緩緩將目視均線下移，我看到附近珠寶店老闆娘的面部朝天，似乎卡在一個坑洞裡，齜牙咧嘴的模樣許是我方才那腳不偏不倚踩中她的臉。「老闆娘，對不起喔，我趕著上課沒注意到您在這裡。」一時之間我也不太清楚該怎麼反應，下意識地先低頭向她道歉。

「妳這個死小鬼，踩到人就這樣算了啊?!賠錢啊妳！」珠寶店老闆娘努了努嘴，突然爆出一聲大吼，我看到一塊清晰的鞋印橫亙在她臉上，頓時愧疚感油然而生。

「真的很抱歉，可是我不是故意的，而且我身上一毛錢也沒有，沒辦法馬上賠錢給您啊。」我彎身蹲在圓形的洞口邊，莫非這是人孔蓋疏失又一樁嗎?可是印象中全市的人孔已經大範圍清除很久了，況且老闆娘胖歸胖，會卡在下水道也實在是匪夷所思。

「……那妳至少把我救出來吧？」老闆娘惡狠狠地瞪了我一眼，也許是俯視的緣故，我完全沒有感到恐懼，反倒是有些好笑。

我點點頭，試著尋找一個施力點將她拉出來，但左右繞圈審視了許久，老闆娘只有一張珠圓玉潤的大餅臉好似被無形的板子擠壓那般均勻浮貼在洞口，「老闆娘，請問您可以伸出手嗎？」我小心翼翼的詢問。

「伸什麼屁手！我連動都不能動！不然我早就自己出來了還用妳！」我似乎又不經意觸及老闆娘的地雷，她這次罵得口沫橫飛，無奈受到地心引力所限一攤口水就這麼回歸到她臉上。

躊躇地伸出雙手，我將她被烈日晒得發燙的大臉捧住，使勁一拉——「呀啊啊啊啊——」果不其然老闆娘從丹田深處拔開驚天動地的嘶叫，讓我明白此著大錯特錯。她的表情在一秒鐘之內產生了幾十種變化，面上所有的孔洞幾乎齊齊噴飛出體液，我嚇得向後跌滾在地上。

緊接著一陣可怖的靜默侵入，我愣了一會兒，催促自己這樣下去也不是辦法，只得迅速接上思考迴路，鼓起勇氣探頭，驚見老闆娘扭曲的臉悄無動靜，髮際處一滴汗珠滑落，冷得我起一身疙瘩。「我……我再找人來幫妳……！」我撿起一旁的書包落荒而逃，我殺人了嗎？憶及曾看過電影中功夫高手一扭人頭頸子就應聲脫臼的畫面，我甩甩頭不敢再想，一開始我也不過無意間踩了她一腳而已，是她自己非得抓著我死纏爛打，追根究柢其實不干我的事吧？

我連滾帶爬離開家門前的狹窄巷弄，馬路寬廣因而沒有高樓陰影層層疊疊的包覆，時值正午豔黃的日射教人不敢逼視，然而我無法自己地顫抖，噬骨寒意襲捲而來，感官與思想產生弔詭的反差，高溫彷如假象，空氣鑲嵌著詭譎的氣息，像是大量汗水聚合而成濃郁的體臭，並以固體的型態彰示，爾後摔落在熙來攘往的街道，瀰漫著一股時間暫停般的凝滯，違和感。

二

我家位於政府規劃的市中心天價路段複合形式都市特區旁，這條路上既有消費水平令凡人望塵莫及的百貨商場，以及不少名牌的大型旗艦店，豪宅聚落更是極盡奢華之能事。

主要幹道邊緣延伸出一條死巷底端，攀附著繁華的商圈生活，我們家卻從未沾染近朱者赤的錯覺，街頭巷尾的老舊房屋不斷因一人得道，雞犬升天紛紛以高價脫手的同時，由於這棟鐵皮祖厝是頂樓加蓋的違建，卻收到必須被強制拆除遷移的公文，父親靠著在地政處辦事的朋友幫忙，就如同付每月房租那般勉強占有一席之地；父親經常為自己的居住地址自豪，但這條死巷確實被外面的世界橫劃了一條銳利的界線，我與父親是格格不入的。

心美住在這些豪宅之中，也許是最顯眼的一幢獨棟別墅。我不時幻想她家的畫面，可能就像歐美電影那些雍容華貴的上流名媛三不五時舉辦大型宴會，金碧輝煌的富麗讓踏入其中的賓客舉手投足皆熠熠生輝；又或者是日式簡潔設計感強烈的現代建築，講求質感與機能兼備的配置，然而自始至終我從未見過她家真正的模樣，就連大門口都不曾。

放眼望去，今天的街上空空蕩蕩，平時匆匆來往的車水馬龍靜止了，零散的幾個人影遠遠近近地錯落著，車輛靜謐地穿插安放在路面上，有的想必是發生擦撞事故，車身互相碰撞且嚴重凹陷，卻無人在旁叫囂怒罵。

側耳傾聽，微弱的呻吟此起彼落，聲源自下方流洩而出，我低頭看，一個個人面部朝著天空，就如同卡在我家公寓門外的珠寶店老闆娘一般，圓形的坑洞恰如其分地裹住他們的臉龐，我徹底被一群陷入坑中的人包圍，甚至有些是與我曾有過一面之緣的鄰居之類，男男女女表情都頗為複雜，但有志一同地緊閉著雙眼，有些人似乎在流淚啜泣，也有幾個許是被卡得太久，異常沉默。

我亦步亦趨地撿著路走，好在這些人面沒有分布得非常緊密，倘若移動的過程中不經意踩到某人我會反射性地道歉，畢竟踩到別人的臉實在是很不禮貌的行為。大樓的電子時鐘顯示正午十二點整，我猜大刀教授會不會也掉入坑裡了？抱著僥倖的想法，因而我的腳步逐漸輕鬆起來。

走了約莫十分鐘，為了閃避地上的人著實挺花時間，許多受害者看到我能夠行走也扯開喉嚨向我求助，但有了珠寶店老闆娘的前車之鑑，我不敢貿然地去救這些人，又不好一個個解釋，只得聽而不聞地繼續前行。

不遠處一個熟悉的身影立刻吸引了我的注意，畢竟這條街上直立於路面的人太少，父親能夠倖免於難讓我稍微鬆了口氣。

「爸！」我出聲喚他，一邊蛇行穿越。父親佝僂的背影抽搐一下，旋即回過身，他看來狂亂中參雜一絲茫然，領帶歪了，頭髮亂了，眉梢眼角隱隱發紅，不太像平時總是瑟縮的他。

「小紜？」失焦的雙瞳停格兩秒才對上我的。「妳沒事？」他咧開嘴，雙手搭在我的肩上，我感覺得到父親手心的汗一點一滴滲入我的棉質上衣。

「爸，你知道這是怎麼回事嗎？會不會是什麼事故？」在這種情境下碰見親人就像在荒漠中遇到綠洲，好容易平復了從剛剛到現在一直呈現懸浮狀態的心情，我不禁使勁握緊父親的手。

「我也不清楚，不過我今天一大早出來找工作時就已經這樣了，有些人說他們昨晚就被卡住，有些還是開車開到一半就突然掉到坑裡的。」父親指著一旁車下的陰影處，果不其然有個洞。「我剛剛也有試過拉人起來，不過他們好像都是被齊肩卡死的，可能要有大型機具把路面敲碎才行。」莫怪我無法救出珠寶店老闆娘，看來此事不是她減肥就可以解決。

「既然妳都來了，我就順便跟妳介紹一下吧！」父親揩去如雨下的汗水，稍微往旁邊挪動了腳步。「這位是我的前主管，李先生。」

「李叔叔好。」這張臉的輪廓模糊，暗紅色、灰色、咖啡色、青紫色，斑斑點點地髒汙了他的五官，我一時間找不到他的眼睛，故只好隨便注視兩個隆起對稱的肉色腫塊打招呼。

李先生哼哼唧唧地不知所云，在嘴唇開合的當口我發現他沒有牙齒，像是含著小孩周歲時發的紅蛋那樣，一團赤黯黯地，我兀自推斷他應該是在稱讚我很乖之類的。

「李先生剛剛才向董事長推薦我接任他的職位，妳老爸我要出頭天啦！」父親笑得合不攏嘴，燻黃歪扭的齒反射著日頭強烈的光。「雖然說好好的人卡在這裡的確有點可憐，但好像也不是什麼壞事吧？」父親回到最初的定點，一隻腳正好踏著李先生的臉。

「嗯，我上課已經遲到了，爸爸也早點回去上班吧！」許是太陽實在太大，我突然有點目眩。

「上課怎麼可以遲到？妳現在可是總經理的女兒耶！快去快去！」父親拍拍我的背催促著，一隻腳仍是踏著李先生的臉。

三

也許是錯覺吧，我經常覺得這個城市的街道特別筆直，彼端就是順著深灰色的洪流延伸而去的下一個地平線，沒有邊界。

沿途各式各樣的人面交錯著，數量幾欲與街邊林立的大樓不相上下，而碩果僅存的直立人有的趴跪在洞旁撕心裂肺地哭喊，有的彷彿行屍走肉一般恍惚遊走，但我似乎已開始逐漸適應這番新氣象，陷落者（我現在如此稱呼他們）的形象猶如渾然天成的櫥窗內容物，走馬看花之餘，我甚至可以對地面上人們的樣貌神態在心中自然地暗自品頭論足一番。

這樣迅速就習慣了突如其來的巨變，就連我自己都感到不可思議。

橘色的天空盤得很低很低，像一幅潑壞的畫，風深深淺淺地融混著髮絲般的灰絮，調製出帶著寂寥的色調，然而這份寂寥在空城中卻顯得如此純粹，是彼時的我所難以想像的愉悅，適合搭配一首不帶雜質的輕音樂。

漫無目的地前行，我幾乎可以肯定半數以上的居民皆已成為陷落者，要不政府危機處理的效率也實在散漫的可笑。

然後我看見她，大概是從小到大不知不覺培養出的默契使然，隱約地我有一種直感，心美也在洞裡，並且就在不遠處。

她的圓圈旁還有另一個劇烈起伏的拱型背影，那是個身形臃腫的男性，穿著破破爛爛，也許平常的職業是個討不到飯的乞丐，我尚處於兩公尺外便已嗅到陣陣濃郁的汗酸味侵入空氣中，男人喘息著，呼哧呼哧好似豬仔的嘶鳴。

「心美？」我沒有顧慮那個令人不舒服的肥胖男人，試探性地確認我的直覺。

「小紜？是小紜嗎？」這是心美柔細的嗓音，此刻聽來與我的距離前所未有地貼近。

肥胖男人吃了一驚，轉身與我四目相對，好像受到了很大的驚嚇般猛地跳起來，一句話也沒留就逃之夭夭，我甚至連他的長相都來不及看清；然而在片刻他面對我的暫留中，隱約一只懸掛在男性下體的汙穢物體，那黝黑並且張牙舞爪的原始形象，卻比男人的自身要來得有存在感，原來就算此情此景，獸的本性依舊不會被閹割。

「小紜！妳快去幫我找我爸、或是管家，誰都好！我要剛剛那個垃圾不得好死！」

心美秀麗的臉頰沾染著斑斑點點白濁液體，一股猥褻的臭氣在她的面龐周圍瀰漫，我按捺著幾欲作嘔的衝動，與她的翦水雙眸相逢，她含含糊糊地哭泣，我卻彷彿被抽離了，進入一種真空狀態，我的思緒斷成片段，彷彿死前的人生跑馬燈（雖然我還沒死過，但也許就類似這樣吧），所有關於心美的一切畫面瞬間湧上，我一頁一頁地檢視，其實不難發現，雖然我自認為是她的朋友，但她從不作如是想。

酸澀感自指尖排山倒海地擴散，狠狠地撞擊面部神經，一瞬間，我以為我會流淚，但我沒有，心美的聲音愈來愈遠，霧氣般模糊一片，然後散逸。

我笑了，而且是如釋重負地笑了。

四

回家的路上，灰色的天空星子斑爛，這個世界即使沒有人類的存在依然運轉自如，也許是夜深了，除卻慣例響起的蟲鳴，萬籟俱寂，那些陷落者們沒有一個被救出來，也沒有人消失，至於有沒有人死去，我也不清楚，但他們都很安靜，可能過度驚恐之餘也需要片刻休息。

街道上的洞穴已經非常密集，我避無可避只好踩著柔軟的人面行走，有時會聽到一絲細小的悶哼，但我已無暇顧及，畢竟整座城市（或者整個地球）已經變成這樣子，就算踩到別人的臉也是理所當然的事。

在面目全非的李先生附近，父親亦成為陷落者，沉默地仰望著天空，我向他打了聲招呼，他嘆口長長的氣，然後復歸平靜。

我在父親身旁坐下，今夜的天空看起來特別純淨，交織著淺灰色的浮雲，朦朧的新月居然能夠灑滿一整條街道昏黃柔和的光線，深深地看到地平線那端，恰似一座通往天廳的長梯。我後悔忘了把筆電帶在身邊，對於心美的那份ＮＩＳ報告，我突然有了源源不絕的靈感。

——本文榮獲台北大學飛鳶文學獎首獎（二〇一〇年六月）

漂流之家

周丹穎

生於台北，台灣大學中文系畢業，巴黎第八大學法國文學碩士、博士。作品曾獲聯合報文學獎。著有《飄浮的眼睛》、《前夏之象》、《英瑪，逃亡者》等。《漂流之家》為目前寫作計畫三部曲之一，之二《秋光之都》刪節版已於二〇一〇年十月、十一月發表於《自由時報》副刊。之三仍在奮力進行中。

鄧品達的保險櫃中有一份三十多年前的文件，深深埋在每月薪水單、各類保險單、帳單、定存單底下，被從小到大各階段文憑蓋住。這張不值錢也不起眼的手填表格，是鄧品達幼稚園入學時的資料，由鄧媽媽親手填寫的。

三十多年前這所實驗幼稚園採洋派作風，給新生家長填寫的問卷一點兒也不八股，盡是實用的幼兒生活細節。其中有一欄是請家長簡述自己孩子的性格，從而建議老師應採何種教育方式。鄧媽媽娟秀的字跡載明：宜循序漸進，不然鄧品達一賭氣起來便會成為推不動的悶葫蘆，需要很長時間才能解套。

鄧品達的太太艾明娴婚前看到這份陳年文件時，曾哈哈大笑，說未來的婆婆真是了解鄧品達的脾性。鄧品達當時只訥訥地笑了笑，囑咐她可別讓鄧媽媽知道他還保存這份文件，不然她可會再三提出自己當年的洞見，就算不是這樣，也會被她說成這樣，最後鄧品達只能依樣畫葫蘆地當起悶葫蘆以保太平。

鄧媽媽這星期天打電話來時，照樣跟悶葫蘆兒子說沒兩句話便由媳婦明娴接過話筒，繼續抒發一星期分量的所見所聞。這回鄧媽媽的語氣有些異樣，一直重複著同樣的話題，像是等人問起她憂慮之事。明娴一邊盯著讀小一的兒子寫功課，一邊盡責地猜測婆婆欲蓋彌彰的心事。幾輪問答後，明娴終於知道原來是鄧媽媽看到媒體大幅報導景氣亮紅燈，科技業首當其衝，她不禁為在電子業做業務的兒子感到憂心忡忡。明娴聽了，爽朗地笑了幾聲，只道「應該裁也裁不到品達吧」，充分表現出對丈夫能力的信任。明娴的反應似乎安撫了電話另一端的鄧媽媽，她對蹲在茶几旁吃西瓜的品達使了個眼色，像是在說婆婆又多心了。鄧品達不置可否地聳聳肩，繼續低頭吐著西瓜籽，一顆顆準確地落進垃圾桶。

鄧品達國立大學商學院畢業後，便進了當紅的大企業工作，十年多來從沒想過換公司，算是同班同學中的異數。去年開同學會，有一半的同學不是在國外進修，就是到世界各地工作了不克前來，另外三分之一，或許是工作或人生際遇不甚理想，自從畢業後就不曾再出席同學間的聚會了。其餘的同學則是不定期出現來「聯絡感情」，每回出現時遞的名片，印刷燙金必定愈來愈精美，頭銜必定愈來愈大。年年準時出席的鄧品達倒不是因為自身有什麼年年可拿出來炫耀的新事蹟，他只是覺得既然通知寄到了，他就在記事本上排出時間，像是定期去捐血或投票一樣，不管是不是義務。同學們取笑他是業務界的公務員，準時上下班，準時為手邊客戶下單出貨，從不交際應酬拓展人脈，真是新時代的守成模範生。當昔日同學們談論如何在高爾夫球場上巧遇頂頭上司或經理級人物時，鄧品達只默默喝著果汁聽。敘事中多采多姿的世界離他很遠，但是他倒挺樂意聽聽同學們的分享，像是聽說書人講古一樣，沒有任何嫉妒或羨慕的心態，更別說是想要模仿了。倒是明娴，有次跟著品達出席同學會，發現丈夫跟舌粲蓮花的同學一比，當下顯得木訥和小家子氣，令她在一群閒聊貴婦中也顯得不稱頭起來。當這些同學們的太太七嘴八舌稱讚品達老實顧家，手裡亮晃晃結婚紀念鑽戒此起彼落閃過眼前，明娴聽了便覺得話中有刺，當晚在回家的路上生起了悶氣，暗暗發誓再也不要平白遭受這些屈辱。

好在腳踏實地也有腳踏實地的好處。隔年鄧品達從同學會回來，告訴明娳去年油光滿面的闊氣同學，因公司欠債，丟下妻兒捲款潛逃到中國去了，不知有沒有東山再起的可能，明娳心裡這才平衡了一點兒。雖然說望著丈夫真心為同學擔憂的表情，她不知怎地還是覺得他上不了檯面。從那時候起，明娳有時候會暗自懷疑嫁給品達是不是個錯誤的決定。當初她要是再多看看多比較，說不定今天能跟著丈夫風風光光外派，寒暑假帶著兒子到處遊學……

明娳跟婆婆講完電話後，發呆了好一晌，看著兒子用彩色筆著色時跟他爸爸一樣一絲不苟，絕不超越黑色邊框的模樣，不禁感到自己的美夢正一個個被現實的尖刺戳破。這孩子功課是用不著她操心，但以後呢，以後大概就跟他爸爸一個模子過日，死薪水拿來繳活房貸，她也別奢想他會帶著老母到巴黎觀光、買LV了。當年品達跟明娳的蜜月旅行是在花蓮度的，那時品達剛出社會沒幾年，薪水有部分要上繳婆婆，建議把禮金存下來做買公寓的頭期款，她也不好反對，怕自己才新婚就給人愛慕虛榮的印象。努力賢慧了這麼多年下來，房貸也還是沒繳清，旅遊基金則是自動轉存成兒子的教育基金了。明娳嘆了口氣，要兒子把書包收拾收拾，早點上床睡覺去。

「明天要穿哪件襯衫？」明娳問正在收拾西瓜皮的品達。

品達不尋常地愣了一愣，回道：

「都可以，妳選就好。」

「喔，那藍色那件好了，剛洗好，還沒收。」明娳還陷在自己思緒之中，機械化地到後陽台收了幾件衣服，開始熨燙起來。

「明天……妳如果想睡晚一點，我可以帶小鵬去上學。」品達提議道。

「那早餐呢？」

「外面買就好。」

明娳點點頭，轉過身去繼續燙品達的襯衫，作夢似地在心底暗自溫習起大學時代被追求的記憶。這些會彈吉他、籃球打得一級棒的男孩們今天不知道都在世界的哪個角落工作了……

熄燈後品達一直睡不著，不斷回想這星期五降臨到他頭上的噩運。下午三點辦公室的電話響了，從另一端漸次空響到他的辦公桌上。當他接起電話，玻璃窗外的同事們全像默片演員一樣屏息豎耳，觀察他的表情。品達雖然覺得辦公室的氣氛不尋常地詭異，但他再也沒想到就這樣一通電話，十多年的人生便只剩三個小時來整理歸檔。上頭請他體諒公司必須精簡人事的難處，也知道他平日就是個有條有理的優良主管，想必能把客戶資料一一交代給下屬，不會讓客戶失望。上頭保證將發予公司最高資遣費，以他的能力，在同業中應該不難找到新東家。在一串祝福與感謝結語後，鄧品達像是靈魂出竅，飄附在電影螢幕上，依樣找來了一個紙箱，然後一一與同事握手，抱著個人用品走出辦公室。

那一箱個人用品現在還鎖在他的後車廂裡，鄧品達不知道電影演到這裡以後怎麼繼續。

星期五晚上回家前他告訴自己要冷靜，到超商買了份報紙，在地下停車場開始翻閱分類求職廣告，一無所獲。他這才想起現在正派大小公司都是線上徵才／求職，跟從前不一樣了。眼看著家裡開飯時間已近，他於是告訴自己週末過後再來處理也不遲。星期六要載小鵬去補英文、上鋼琴課、陪明娳上大賣場，星期天答應帶他們去動物園的，一切都已計畫好了。

當整個週末都按計畫過完後，品達忽然失眠了，想是鄧媽媽的那通電話將他提早拉回不得不面對的現實。向來多慮的母親這次竟然不小心切中要害，要是讓她知道了，想必母子連心那一套說法便會成顛撲不破的真理……想到這裡品達突然覺得很寂寞。身旁的明娳背對著他睡得正熟，輕輕打著鼾。品達低喚了明娳一聲，沒有反應，便又倒回枕頭上望著天花板發呆。對面鄰居陽台上的燈忘了關，隔著房間的窗簾暈出黃濛濛的一片，窗簾上的幾何圖案倒因此轉印成了一隻隻海鷗的翦影，隨風在牆上微微搖動，像是在原地振翅卻飛不起來的樣子。品達出神地看了一會兒，最後決定去看看小鵬有沒有踢被。他躡手躡腳地走出房門，來到小鵬的房間。小鵬雙臂整齊服貼地夾著被沿，雙手平攤在腰側，像是睡前幫他蓋過被後便沒翻身。品達輕輕闔上門，拿了自己的筆電到餐桌前坐著，上網找新工作。

品達在瀏覽各種徵才訊息時，想到自己或許應該藉助昔日同學的人際網絡。他連上有陣子沒登入的同學會Facebook，思忖自己應該怎麼措辭才好，他畢竟拉不下臉來宣布自己失業了得找新工作。一句說明此刻狀態的話修改了很久還是沒有貼出，最後Facebook上的鄧品達欲言又止地「尋找職場新方向」。然後他一一點閱同學們的近況，有剛逢升遷的，有做了哪支股票賺了一筆的，有受邀吃了某知名高級餐廳公關飯的，也有全家同遊巴黎迪士尼樂園的（說還是東京的好），還有「埋怨」老婆大人指定要買某款名牌包，不得不「兩肋插刀」動用所有人脈好排上等待名單的……愈是活躍的同學得到的迴響也愈多，相較之下品達的版面顯得更加冷清。雖然他會定時在板上交代近況，版面還是像剛註冊時那般杳無人跡。品達看同學的塗鴉牆看得眼花撩亂，轉眼間已凌晨三點。

明娳睡眼惺忪地出現，問品達這麼晚了還在做什麼。品達的手在驚慌中抖了一下，迅速按掉視窗，只道有急件得在星期一上班前處理完畢。

品達原本要帶小鵬去學校對面的麥當勞吃鬆餅早餐的，沒想到小鵬指了指隔壁小巷裝潢不怎麼起眼的豆漿店，說他很喜歡吃蛋餅，配米漿加豆漿。

「媽媽說外面蛋餅用的蛋不是有機蛋，米漿跟豆漿都太甜，對身體不好。」小鵬邊吃便說，像是又聽見了媽媽下的評論，一字不漏重述一遍，然後吸了口米豆漿。

「噢。但是不常吃也沒什麼關係吧。」品達回答，又補了一句：「晚上媽媽如果沒有問就不用告訴她。」

品達心想，這樣應該不算教孩子欺騙或隱瞞吧。話雖如此，他卻很後悔昨夜為何沒抓緊機會告訴明娳事實，現在他只能悶在心裡，說不出口了。他望著豆漿店牆角的那只電風扇，忽然有種天涯同命之感。電風扇卡了油後沒馬上清理，灰塵便一層層沾滾上去，繼續轉啊轉，愈來愈說不出扇葉原先是什麼顏色的。而有一天老闆要是裝了冷氣，想必不會費事清理，若非扔給回收的去拆零件，便是直接丟棄，連個「洗心革面」的機會都沒有了。想到這裡品達不禁暗自打了個寒顫。

然而事實說出了口，明娴又會有什麼反應？會跟媽媽一樣劈頭就一句「我早就勸過你……」嗎？品達感到所有的冤屈一下子湧了上來，明明他就是按著家人的期望安分在過日子的，為什麼只要出了差錯，家人就成了看事情看得比誰都清楚的旁人了？糾舉他的不是比誰都盡心盡力，卻似乎都是「為他好」。

品達看著小鵬心滿意足喝下最後一口米豆漿的樣子，決定暫時還是不要多說什麼的好。他不確定明娴是否會以比對待非有機蛋做的蛋餅稍加寬容的態度，來看待他的失業。

三個星期過去了，品達的新工作還是沒有著落。Facebook上的聯繫突然像是停擺了一般，沒有人捎信息問他想尋找什麼樣的新方向，即便是兩星期前他已在斟酌半天後加上了一句「歡迎各位同學給點建議」。不單是網頁上無聲無息，寄出去的私人電子郵件和履歷表也如石沉大海，他的年紀和資歷似乎讓他卡在一個尷尬的處境，不上不下，乏人問津。

三星期來，品達抓緊各個送小鵬上學的機會來為每一天揭開序幕，但又不敢表現得過於熱中，以免明娴起疑。有時品達把車停在離小鵬學校不遠的公園旁邊，父子倆在車上吃明娴做好的早餐；有時他們回到那間客人不多的豆漿店去。剛開始幾次，明娴對營養學的各種意見還會不經意地從其中一人的口中冒出來，但漸漸地，父子倆在享用早餐時也同時享受片刻沉默帶來的安詳氣氛。小鵬偶爾講講學校發生的事，品達聽著聽著，也想起自己小學時候的生活。雖然是三十年前的記憶了，隱隱約約還是起了某種共鳴。

他記得老師曾說他是個品學兼優的文靜小男生，和男孩子玩不在一塊兒，倒是天天受女同學捉弄，比如說坐隔壁的紅蝴蝶辮子女孩總愛把他的橡皮擦或鉛筆給藏起來。一向把桌面和抽屜整理得有條不紊的品達，常悶聲東翻西找，找到快要哭了，她才笑嘻嘻地把藏起來的東西還回來，彷彿十分高興看到他內心充滿煎熬和焦慮，像欣賞默劇表演一樣。倒不是不見的東西有多麼貴重非找回來不可，而是每學期初，品達細心選擇納入鉛筆盒的所有東西，對他來說都是屬於他的寶貝，就算是買了新的，意義也不同了。這些片段的記憶隨著小鵬的敘述一一浮現，而當小鵬說常「欺負」他的王小蘋很奇怪，畫了一張紅心卡片給他時，品達不禁莞爾——因為在記憶中紅辮子女孩也做過同樣的事。事隔多年，品達這也才恍然大悟：當她惡霸霸地把情書塞給他，語氣帶點不屑地說是幫另一個女同學寫的，原來不過是個藉口。

品達早已不記得辮子女孩的名字，中年級分班後再也不曾在路上遇見她，不知她是不是轉學了，但這遲來的開悟卻讓偶有陰霾的兒時記憶輕快明朗了起來。他笑著對小鵬說：

「王小蘋大概是很希望你多注意她，像你注意你的鉛筆盒一樣吧！」

說出這話的時候，品達自己都覺得驚訝。他一直以為自己正如母親和明娳所說的，不但像只悶葫蘆，還是隻不解風情的呆頭鵝，對人情世故缺少敏銳嗅覺，優點大抵是屬一板一眼，細心認真盡責這一類的。這一瞬間面對小鵬崇拜的眼神，他暗想原來自己活到作爸爸的年紀其實也沒有白活，原來他對人情世故也是稍稍能發表一些充滿人生智慧的看法的，原來……

原來作兒子的，還是有能以爸爸為榮的一刻。

品達目送小鵬走進校門，心裡忽然抽痛了一下，像是心臟被急速丟進液態氮裡一樣，一轉念便變得不堪一擊。一個句子趁虛而入，讓他渾身發冷：

即便爸爸窩囊到連個新工作都找不到還不敢告訴媽媽。

鄧品達很少想起在他生命中消失已久的父親。後來那一段家中爭吵不斷的日子，他只記得自己一放學回家都是關在房間裡，用隨身聽來掩蓋一句比一句難聽的指責謾罵。他對父母爭執的內容完全沒印象，也不想留下任何印象。當時他只希望他們不要一怒之下拉開他房門，將他活生生捲進戰火之中燒個片甲不留就好。薄薄的門板對品達來說像是最後的屏障，他安靜地縮在床上看漫畫，連廁所也不敢去，直到夜深人靜時才偷偷拿著自製的寶特瓶尿壺去倒。

某夜，當品達以為門板另一端已經吵累熄火，各自就寢了的時候，鄧媽媽一雙在闃黑客廳中暗自流著淚的眼睛看見了躡足走向廁所的兒子。她先是默不作聲，在原地聽著他小心翼翼沿著馬桶邊緣倒尿的細微聲響。鄧品達不敢直接按下沖水鈕，於是將水龍頭開了一條細縫，用臉盆裝了水分批倒進馬桶。鄧媽媽將兒子的一舉一動聽在耳裡，搭配上從臥房傳來的震天鼾聲，無限擴大的悲憤忽然將她臉上的兩行淚收乾了。她想著自己這麼盡心盡力地維持這個家，沒想到父子倆一個比一個令她失望。一個無能又不懂體貼的丈夫，一個彷彿事不關己、沒心肝的兒子，這還像個家嗎？這可憎的局面讓她受苦卻無處可訴，講出去了人家是當笑話聽的。這樣拉著扯著不斷被翻轉捶打的種種心思在暗夜裡被消了音，揣進層層皮肉裡，像把包著肉餡的千層派放進爐裡烤到焦了，冒出陣陣嗆人的黑煙。鄧媽媽一邊盯著森森閃著青綠螢光的時鐘，一邊在這陣令人窒息的黑煙中依求生本能盤算起來。

當鄧品達摸黑放下臉盆，拴好寶特瓶的時候，背後一個黑影輕輕附著了上來。那一刻鄧品達心中七上八下，像是被五色絲繩密密綁縛後，任人胡亂東扯西拉。他急忙想著要怎麼解釋自己的行為，剛轉過頭，正對上鄧媽媽那雙哭腫了的眼睛。

突來的恐懼讓鄧品達說不出話來，只能待在原地等待宣判，那一刻在他記憶中長得像一場世紀大審。

「……餓了吧？」鄧媽媽問。

鄧品達蹲在馬桶邊，猶豫了一下，點點頭。

「那我去下麵給你吃。」她說。

從配上這句台詞的畫面以降，父親的身影漸漸淡出了鄧品達的腦海。最後一段在同個屋簷下共處的時光中，父親總是帶著他的碗筷獨自配電視吃飯，吃到一半便睡著了，醒來再繼續吃混在一起的冷飯菜，日復一日。綜藝節目在他重重垂下的臉上、身上閃著五彩光芒，罐頭笑聲也滲透不進他的睡眠。品達總是在把電視音量稍微關小後盡可能快步離開客廳，因為他不僅十分害怕聽到父親被驚醒後嘟嘟囔囔的埋怨，更害怕聽到母親對這東倒西歪的不堪場面發出咬牙切齒的嗤嗤聲。

很久以前，可能是在天祥度蜜月的時候，品達曾在床邊講過這段往事給明娳聽，明娳一聽便道：

「你確定這一切是因為你爸在外頭欠了債嗎？」

品達愣了一愣，手支起頭：

「我也不知道，我媽是這樣說的。如果不是真的，為什麼這麼多年來她一直重複講不停？」

「你喔……」明娳一邊搖頭，一邊揉了揉品達的頭髮，像跟一隻好騙的綿羊說話似的。這是鄧品達第一次發覺自己的家庭故事像是在五里霧內乒乒乓乓演完的，充滿了許多他說不上來的漏失細節，不去想也就覺得理所當然，想了卻也想不出個所以然來。

比如說，國二下學期的時候，母親帶著他搬了家，到外地從零開始，甚至作主把他的姓都給改了。她說是因為他那無能的爸爸做生意失敗的緣故，為了不讓債主找上門來，他們母子倆乾脆改頭換面過新人生。劇情發展是很合理，但品達不知為何，總覺得鄧媽媽在「母子相依為命」的良好感覺中帶有一點勝利的快感。雖然明娳當下把這個感覺詮釋成「鄧媽媽只剩他一個兒子可依靠，難免占有慾強了一點」，他還是覺得有些不對勁，他翻過身去，頭枕在雙手上，看著塗得粉白的天花板，悶聲道：

「我追問過後來爸爸怎麼了，我媽只說他燒炭自殺了。我沒敢再問下去，不知道自己在害怕什麼。」

明娳沒有答腔，但給了品達一個淡淡的笑，像是在說「你自己都不知道了，我又怎麼能知道呢？」。這樣的表情讓品達感到退縮，他意識到在戀愛關係中可以盡情顯露出的惶惑，似乎不適用於婚姻生活。明娳在婚姻生活中希望看到的是一個知道應該怎麼做的一家之主，至少表面上該是如此。對過去人生的茫然該由他自己做個總結，因為她沒有辦法同時兼顧婆婆、丈夫的情緒，還一邊想著或許正在成形的寶寶。品達望著燈下穿著薄薄睡衣的明娳，忽然感到一絲嫉妒。才新婚不久，她似乎毫無困難地過渡到了為人妻的身分，而他卻總是後知後覺。知覺後伴隨而來的惴惴不安暴露在溼冷的空氣中，讓鄧品達十分難為情。大家都說他是個腳踏實地的人，知道選擇最安穩的路，有了好文憑，有了好工作，又有了賢慧的妻子，這種人生漂流感不是他這種人應該拿出來講的。當時鄧品達覺得其實大家講的也對，於是一股腦地又將自己釘回地面，一把掀起明娳的睡衣，把玩她豐滿的乳房，然後妥善運用了蜜月假期讓明娳順利受孕。人生的路自此又穩妥了。

而一轉眼之間，品達那像為了抵抗什麼而噴射出的精子化成了小人兒，正背著書包走過穿堂。他留在原地，驚覺這條人生路上只要一個環節出了錯，他便又被拋回恐懼的原點，眼睜睜看著整盤下好的棋子猛然四散，露出棋盤下一大片惶惶的底色與格線。格子裡的他蹲在馬桶邊希望就此隱形；格子裡的爸爸人在電視前卻完全與外界失聯；格子裡的媽媽在客廳裡獨自翻扯積累的怨憎，行將沒頂；格子裡的明娳在蜜月床上畫出了婚姻生活的準則線，嚴守角色分際起來，而小鵬……小鵬可能即將從另一頭跨過楚河漢界，加入他們的行列。鄧品達彷佛聽見小鵬不知道什麼時候學成的一種小大人語調，走進格子後才剛站定，便向世人宣布：

「其實我爸爸天天帶我上學，是因為他失業了。」

艾明娳的一天在送丈夫和兒子出門後也開始了。她將待洗的衣物分類好，丟進兩台洗衣機中，趁著它們各自轟隆隆運轉的時候，站在廚房裡吃完了早餐，然後抓起菜籃上市場去。這是個再尋常不過的一天的例行開場，但原本應該在菜籃裡的購物清單卻不見蹤影，一下子打亂了這個早晨的日常節奏。明娳在市場入口東翻西找了一陣後，決定放棄昨夜睡前擬好的菜單。她逛過蔬果攤，隨意買了幾把標榜經農藥殘留檢驗的青菜，挑了幾個有機蘋果，然後心神不寧地逛到市場另一頭的雞肉攤前，站定後又稍微退開一步，好與檯面下嘰嘰咕咕的幾籠雞保持距離。

肉販熱絡地招呼明娳，說：

「鄧太太，早啊。妳婆婆一早才剛來買過拜拜用的雞。妳今天是要半隻還是雞腿就好？」

明娳喔了一聲，想了想，回道：

「半隻好了，這幾天天氣轉涼了，晚上來燉個雞湯。」

「那看妳要哪一隻，我馬上宰給妳。」他指了指最上面那一籠，又建議：「要不要乾脆整隻帶？這種珍珠雞，肉很讚，燉全雞湯也比較甘。」

明娳的視線落在籠裡擠得動彈不得的雞，幾簇黑色、紅色帶棕色的羽毛從籠裡伸了出來，隨著牠們的嘰咕聲微微抖動著。明娳迴避牠們滴溜溜轉動的小黑眼睛，隨手指了一隻看起來很肥美的，說：

「那不然就帶一隻吧，對半切就好。」

老闆熟練地抓住那隻雞的翅膀，把牠從籠子裡拖出來，秀給她看。明娳點了點頭，在他要拿刀放血的時候，連忙擺手說：

「老闆，交給你處理了，我等下再回來拿。」

然後便急急忙忙轉身，想趁雞開始慘叫掙扎前快步離開。買了這麼多年的現宰雞，明娳還是很難習慣這樣的場面。每週末到大賣場，她都告訴自己乾脆就買冰櫥裡已經切好分裝的肉就好了，可是婆婆那種不贊同的表情立即就浮上來了：大賣場裡賣的都是肉雞，抗生素打一大堆，又切開那麼久，不管什麼肉，都不新鮮了，誰知道那些標籤是不是快過期前又重貼的……種種精闢的資深主婦觀點不容她辯駁。更主要是因為婆婆住得不遠，在這市場買了二十幾年的菜了，沒有一攤她不認識的。雖說依照約定，他們夫婦倆是每個月會帶小鵬去看她一兩次，但明娳每天買了什麼菜煮給她兒子和孫子吃，恐怕她只消在市場巡視一圈，就都瞭若指掌。

想到這裡，一陣無力感便湧進了明娳全身。她跟鄧品達結婚前，她媽媽不是沒勸過她，寡母獨子，以後累的可是自己。那時品達每天早上準時來她家樓下接她到雜誌社上班，晚上又送她回家，不單是風雨無阻，對她爸媽更又是殷勤有禮。連一向寵她的爸爸都放心把寶貝女兒交給他照顧了，她就想不明白自己的媽媽哪來這麼多的偽善心思，人前稱讚準女婿體貼能幹，人後老是要詛咒她以後有得好看。向來與母親針鋒相對的明娳於是一心想要證明什麼寡母獨子的全是濫調，她未來的婆婆意見是多了點，但倒不至於是非獨攬大局不可的那種——跟她媽媽那種沒工作過一天的全職家庭主婦不一樣！明娳當時想，鄧媽媽畢竟是小學老師，雖然免不了諄諄教誨人的習慣，但有她自己的生活圈跟新觀念，比如說，婚前鄧媽媽一早表明贊同他們另買房子，組小家庭，說偶爾回來看看她，有空打打電話就好。面對這麼開明的態度，明娳當然是賢慧以對，後來甚至提議在婆婆家附近置產，好互相照應。原以為離開一個一張嘴就是批評的母親後，面對的會是一個關心但不多心的婆婆，沒想到人不見得常出現在跟前的婆婆，遙控的本領倒是一流的。新婚不久明娳便漸漸體會到了這一點。

好比就買菜這一項來說吧，在進行思想滲透前，婆婆先是在市場實地調查過，根本不必盤問她兒子孫子每天吃什麼。接下來，她只是輕描淡寫在電話中由報章雜誌新知起興，便足以讓明娳明白她哪裡做得不夠好，宜盡速改進。但由於婆婆表面上總是客客氣氣的，明娳也無從發作起，久而久之自練就了一套應對工夫，逢場作戲，幾年來也相安無事。然而她對各種健康有機食品的偏執，卻不能不說是因此漸漸養成的——隱形的手指彷彿不斷在她背後指點出各種正確的選擇。

明娳經過每星期二來市場賣女性內衣褲的那一攤，往人潮間隨意探看展示的商品。戴麥克風的女老闆站在堆滿蕾絲內衣褲的攤位上吆喝著這裡三件一百，那裡一件三百。為了證明內褲的優質彈性，她在自己的牛仔褲外連套了三件，直嚷要買要快。當她看見明娳順手抓起了一件蕾絲內褲，在指間摩娑時，隨即招呼道：

「太太有眼光喔，整批日本進口，便宜賣便宜賣，一件三百，三件七百五。」

明娳頓時失笑，這個價錢簡直逼近她從前在百貨專櫃買的內衣褲，然而菜市場牌的質感卻差了一大截。眼看女老闆已經隨手抓了三件裝進塑膠袋要塞給她，明娳退了一步，說：

「太貴了，內衣褲隨便穿就好。」

話說出口連明娳自己都覺得不可思議。不勞女老闆教育她女性魅力的重要性，明娳的心神早已飛到千里外。以前她在雜誌社工作，下班經過百貨公司時，總是會繞到內衣專櫃去看看有沒有新到的貨色。她那時有好幾家專櫃的貴賓卡，不單是每個專櫃小姐都說她胸型好看，穿起國外進口的內衣都不用襯墊，連拍封面的專業攝影師都說他們雜誌的內衣專題根本不用另外請模特兒。

明娳忽然記起那雙粗糙的手有多麼滾燙。某個星期五跟拍完以後，模特兒和同事都走了。那雙手卸下還滾燙的燈，脫下手套，探進她毛衣的領口，發現蟬翼似的淡紫光面蕾絲層層裹住她渾圓密實的乳房。她沒有拒絕，這緩緩被發現、揭露的過程讓她渾身顫抖不已。那雙手捧住她的臀，回頭看了還立在他們身後的相機。在鏡頭中心的明娳從來沒有那麼潮溼過，底褲的淡紫蕾絲從中滲出果核的形狀。那雙滾燙的手毫不費力地探入她深處，這是明娳最貼近真實自我的一次。

可是毫不費力就探進她深處的手，她費盡所有力氣也是留不住的。

明娳提著一整隻已去毛對切的雞，拖著菜籃，恍恍惚惚踱步回家時這麼想著。已經十一點了，她似乎完全忘了十二點鐘要給小鵬送便當的事，腦中滿滿是那雙手怎樣毫不費力地也深入其他為它而開的私處。

大學時代明娳是文學院出名的人緣小姐，辦活動、搞聯誼，只要有她參加，報名人數便明顯激增，永遠是男多於女。明娳年年情人節都收到許多追求者的禮物，收下後也不正式跟誰交往。既然沒有哪一個讓她一見傾心，她總想，就像爸爸說的，慢慢觀察也不遲。明娳爸爸難得的表態，總讓她媽媽在旁邊酸女兒到時嫁不出去。明娳聽在耳裡更覺得愛情至上，寧缺勿濫，所以大學四年，在校園裡大家總是看到明娳跟不同追求者走在一起。問她對誰有感覺，她都說大家像朋友一樣的感覺很好。汰舊換新了好幾輪後，這些以朋友之名圍繞在她身邊的男孩漸漸各自找到了伴，不再定時出現在她跟前。而面對許多孤注一擲的最後表白，明娳仍舊採取順其自然的態度，不置可否，把交不交往的問題又扔回了對方身上。因此到大四的時候，連最資深死忠的追求者也放棄了。不再被男孩簇擁的明娳，便跟一兩個知心的學弟繼續維持那樣似有若無的曖昧關係。明娳憶起其中一個，在黎明前載她到白沙灣看日出的小蔚，那樣臨時起意的狂熱曾經感染了她。他小狼似的半長髮露在安全帽外面，隨風不斷拂過明娳的臉……沿路上幾乎沒有路燈，只聽見機車筆直疾行的引擎聲。明娳在這場新鮮的冒險中忽然感覺和小蔚成為了不可分割的伙伴。

那一夜在一片漆黑的海邊，明娳獻出她的初吻，整整一夜陶醉在一種前所未有的狂喜之中，將所有心事傾洩而出，變成了一個傻氣的女孩。天亮後，小蔚載她回家，轉身便成了一個陌生人，留下她一個人灰頭土臉地為自己的錯覺贖罪。贖什麼罪？小蔚讓她成為了過去所有追求者的笑柄——原來傳說中的矜持慎重不過是表象，剝開來跟其他女孩沒什麼兩樣，不知道為什麼可以唬弄大家這麼多年。也許能站在輕鄙的位子上讓他們心裡舒坦多了，不再像是遭拒的失敗者，倒像是正義之師；也許他們並不真的是這樣看她的，但在明娳的想像中，愛情和慾望一前一後都讓她成了一只可悲的玩偶。

當那雙在暗地任意操弄她的手已不願在她精心挑選的成套內衣上逡巡時，明娳為自己仍溼濡難耐的私處感到無比羞愧。於是像為了彌補什麼過錯一樣，明娳拉了自己一把，不知不覺走回她母親心目中的正途。她接受了不知情同事正正當當的介紹，正正當當地認識了鄧品達，正正當當地交往、結了婚，正正當當地離開了薪水少得可憐的雜誌社和那雙讓她淫蕩卻不敢聲張的手，正正當當地開始扮演起賢妻良母的角色。一轉眼間八九年過去，她只剩下一個高不成低不就的鄧太太身分。

還有小鵬。

明娳把那袋雞肉洩憤似地丟進水槽，蒙著臉坐在廚房冰涼涼的地磚上，感覺底褲上因回憶而暈出的一片果核正一點一點收乾。愛情和慾望，什麼都沒有了，只剩下褲底的乾白印子不斷地召喚著從前的鬼魂。明娳露出譏諷的笑，想著自己不當玩偶以後，卻也成了家用的人偶，殊途同歸。她母親種種惡毒的預言竟然不過是人生客觀的描述。

而便當還是要送的，日子還是得繼續過下去的。

明娳默默地站起身來，看了看時間，迅速地決定了中午便當的菜色。

這天晚上鄧品達一家在餐桌上沉默地喝著雞湯。明娳將載浮載沉的雞頭撈出來，給小鵬又添了一些紅蘿蔔跟香菇。小鵬本想推拒，但看到媽媽很堅持的表情，硬是把到嘴邊的不字連著紅蘿蔔吞掉了。明娳發現最近小鵬晚餐時候的胃口變差了，不知道是不是偷偷跟同學到福利社買零食吃。然而疑心歸疑心，小鵬帶回來的午餐便當盒並沒有任何剩下的飯菜。她於是告訴自己還是再觀察一陣子再說，或許睡前叫品達下星期直接把小鵬的零用錢丟進他的撲滿，小鵬自己選的小鴨撲滿是沒有活動自如的橡皮塞的，只進不出。明娳一邊想，一邊望著品達小心翼翼地把湯裡的薑片挑掉，一口一口地吹著熱湯。

「對了，今天下午你大學同學陳濟民在msn上傳訊給你。」明娳說。

品達暗吃一驚，不曉得自己什麼時候忘了登出。他繼續低頭吹著湯，裝作若無其事地問：

「哦？……好久沒他的消息了，他說了什麼嗎？」

「沒什麼，我跟他說你人在公司，家裡電腦是自動登入的。」明娳回答，又加了一句：「他說他剛從歐洲分公司調回台北，明後天打電話給你。我給了他你手機和辦公室的電話。」

「……嗯。」品達含糊地應了一聲，想著明天送小鵬上學後，要先到郵局去解一張定存單，好繳下個月的卡費和貸款……等會兒趁明娳去洗澡要趕快從保險櫃拿出來。這件事情辦完後他就可以安心了。但那陳濟民不知道什麼時候會打來？品達暗暗希望不要是早上。這三個星期他送小鵬上學後，通常是繞遠路回公園，中途先在便利商店買報紙，再回到涼亭坐一個上午，邊看報，邊看老人跳土風舞，然後去水池邊買一包飼料餵魚，繞著池子將飼料一顆顆丟進水裡，務求每條鯉魚都吃得飽，完全不去想失業這件事。這樣漸進地開始每一天讓他減輕了不少每日醒來時的焦慮，現實人生在他中午去自助餐店吃完便當後才慢慢開始回滲。品達每天下午都到同一家咖啡店上網找新工作，消磨剩下的時間，然後一如往常地下班回家。雖說每日的努力都像白費了一樣，令他十分氣餒，但重複過這種規律日子至少能讓他免於失眠之苦。

「陳濟民我幾年前在同學會上見過吧？」明娳忽然問。

「呃……有嗎？妳去的那一次他有來嗎？」品達側著頭回想上一次見到陳濟民是什麼時候，又應道：

「他每年回一兩次台灣，時間都很短，不見得碰得上同學會的時間。」

「……陳濟民應該就是帶法國女友來參加的那個吧？」明娳迅速地在記憶中找到正確的對象。他們那一票同學趁他法國女友去洗手間的時候，起鬨給了陳濟民「台灣之光」的稱號，吃吃的笑聲直傳到了她們這桌太太桌。

「對，」品達說：「他女友中文講得不錯啊。」

「這我就不知道了，她和陳濟民同進同出的，我們這桌可沒機會認識她。」明娳頓了頓，又道：

「這回他是帶太太回來定居的。我猜是同一個。」

「是嗎……」品達作了個「我不清楚」的表情，暗自提心吊膽，不知道明娳在線上和陳濟民又聊到了什麼。他不記得陳濟民是不是也在Facebook上，想必他不常連線，應該也不會看到他最近在塗鴉牆上留的訊息。想到這品達稍稍放了心，告訴自己應該是因為從國外回來的同學，讓明娳印象特別深刻，所以多提了幾句。

陳濟民的話題到這裡是結束了。明娳開始收拾餐桌，小鵬幫忙品達把用過的碗筷拿到廚房。品達捲起襯衫的袖子，開了熱水洗碗。小鵬站在他旁邊看，像是有什麼心事要告訴他。

「你明天的書包收好了？」品達問小鵬。

小鵬點點頭。

「聯絡簿也給媽媽簽過了？」

小鵬又點點頭。

這時明娴端著剩下的湯進來了，她對品達說：

「對了，下星期一你媽媽生日，要不要這週末提前慶祝？」

品達一反常態，完全忘記了這件事，他把水龍頭關上，問：

「那今年要準備什麼禮物？」

「能送的我們每年都送過了，你媽媽都放在衣櫃裡捨不得穿，也捨不得用。買蛋糕的話她嫌鮮奶油卡路里高，會阻塞心臟血管……我看還是去訂一家比較清淡的餐廳，一起吃飯慶祝吧。」明娴建議道。

品達點頭表示贊同。明娴說了聲餐廳由他選以後，便催促小鵬去洗澡睡覺，再三叮嚀他明天下課後要先練琴，自己則到後陽台去收烘好的衣服和被單。

半夜一點，當明娴終於在閃爍但無聲的電視螢幕前摺好最後一件被單，品達跟小鵬都已睡熟了。她揉揉開始痠痛的肩頸，把不斷重播的新聞畫面按掉，感覺眼皮沉重得快要垂蓋住眼睛。她把剛摺好的衣物疊放進收納箱裡，推到一旁，躺進沙發，沒兩秒鐘便陷入一種半夢半醒的狀態。她知道自己應該起來洗個熱水澡，然後回房間去睡，但四肢像鉛一樣重，移動不了分毫。她想，那小睡一下，應該去拿條毯子蓋，把客廳氣窗關緊，才不會著涼。還正昏昏沉沉地想著，忽然之間，她便聽到了關窗的聲音，飄浮的魔毯輕輕降落在她身上，燈光也變柔和了。她蜷起身子，順勢把冰冷的雙腳縮進毯子下，輕輕相搓，等著足心從裡到外都溫暖起來。明娳的眼睛是閉著的，但感覺周圍的空氣在浮動著。她偶爾睜開眼睛，看到客廳的一角，畫面又全黑。她好像聽到時鐘的滴答聲，拖曳著，拖曳著重物，但是家裡沒有鐘擺……又好像是老電視的轉盤，年久失修，發出不太順暢的喀喀聲，然後有人把螢幕前的摺門一點一點拉上了……這是哪裡來的東西？家裡沒有這個。明娳又睜開眼睛。品達背對著她，在翻找著什麼。畫面全黑。明娳想自己可能開始作夢了，眼球好像開始自由轉動，眼皮搧呀搧的，彷彿快要蓋不住眼球，發出像把信從一疊廣告單裡抽出來的唰唰聲，一張、兩張……很輕、很細、很奇怪的聲音。明娳覺得有些納悶，但眼前黑沉沉的，很厚實的一片黑，明明知道它背後透著光，卻很難突破。不知道過了多久，當她再努力睜開眼睛，品達的全身都在抖動，他捏著鼻子蹲在客廳的一角哭，像被消音的畫面。

明娳瞬間醒了過來，側躺在沙發上不敢動彈，深怕一動作便讓丈夫難堪。她靜靜看著品達對著自己幼稚園的入學表格涕泗縱橫，在他轉身前閉起了雙眼，讓他有足夠的時間收拾好一切。

鄧媽媽六十三歲生日原本預定是提前在星期天中午到高級日本餐廳慶祝，但品達打電話訂位的時候，週末午餐時段都已經客滿，只剩下晚餐時段，套餐價位則是午餐的兩倍。鄧品達猶豫了一下，算了算戶頭裡的存款和本月支出，還是先訂了星期天晚上的包廂，回家後才和明娳商量該怎麼辦，不過對價差一事卻隻字未提。

明娳知道婆婆注重養生，晚餐不願意吃太飽、太油膩，但如果延後慶祝了，想必心裡又不高興，覺得大家不重視她的生日。兩相權衡之下，明娳要品達先打電話問問他媽媽的意思，沒想到這一回鄧媽媽一點意見都沒有，高高興興地說晚上七點好，這樣她還來得及去美容院做個頭髮。

於是星期天晚上六點半，鄧品達一家難得開開心心地往餐館出發。天暗得早，水銀路燈才剛濛濛亮起，小雨斜斜地飄在燈前，一路上視線也稍微受到影響。明娳事前從網路上印下了地圖，坐在駕駛座旁幫品達看路，一邊回過頭跟婆婆說這餐廳有配好的套餐，聽說很豐盛，有雪花蟹、松阪牛什麼的。鄧媽媽拉著小鵬的手，點點頭說這樣很方便，然後問小鵬：

「小鵬很喜歡吃螃蟹，對不對？」

小鵬想了想，說：

「可是吃螃蟹很麻煩。」

明娳忙接口道：

「小鵬很少吃到螃蟹，因為我不會煮螃蟹。」

「螃蟹可以用蒸的，煮湯也不錯。上次妳做月子我就弄了個紅蟳油飯，味道應該還可以吧。」鄧媽媽說，聽起來不太像是個問句。

明娴應了聲味道不錯，原本想就此結束螃蟹的話題，以免婆婆把家傳食譜又拿出來複習一遍，這下子她不試著練習煮螃蟹都不行。一旁的品達遠遠看到紅燈，開始減速，車停下來後卻訥訥地道：

「那鍋油飯後來都被我吃掉了，因為有很多螃蟹。」

明娴有點詫異地看向品達。她不知道原來他喜歡吃螃蟹，因為他一向對吃的不甚挑剔，從沒主動要求過飯桌上要有什麼。

鄧媽媽沉默了一晌，忽然說：「……以前你爸爸牙齒不好，卻跟你一樣，也喜歡吃螃蟹。」

這下子沒人敢再答腔了，深怕一不小心就說錯話。小鵬對著車玻璃呼氣，用手指在白霧上畫圈圈寫字。明娴則專心看起地圖，告訴品達下個紅綠燈要左轉。綠燈亮了，品達放下手煞車，陷在各自心事中的一家人再次緩緩起動。品達依明娴的指示左轉，車燈掃過高架橋下幾乎全黑的路面，短暫地照亮了兩旁闃黑的夾層停車場。一輛輛無人駕駛的計程車靜止在半空中，窗玻璃後藏著一個個深不可測的黑洞，一路排列延伸到高架橋的另一端。也許有司機開著無線電躺在車裡休息，但從外看去是一片死寂，彷彿鬼域一般，與前方閃爍著各色招牌的人間明顯區隔開來。

紅燈又再次攔下了鄧品達一家。橋下的黑暗從左右兩邊包夾，擠壓著車窗，一家人不同步的呼吸聲分外被放大，遮蓋了滴滴答答下不停的雨聲。鄧品達從這間隙中隱約聽出了喀、喀、喀的聲響。他不知道這是不是他的幻想，在同樣昏暗的記憶角落，好像的確曾經有過他們父子倆圍著一鍋炒蟹腳啃咬的畫面，但是沒有對話。這是什麼時候的事了？他不敢開口問，只在心裡將這短暫的印象翻來覆去地沖洗。一個紅燈的時間，父親的形象開始如鬼魅般顯影，輕輕附著上浮著白霧的車窗，加入了他們一家的慶生晚餐。

鄧品達一家四口在典雅的小津包廂裡坐定，暈黃的光線從上打亮了茶色方桌。除了桌上竹葉色澤的深淺杯盤清晰可辨以外，用餐者只要稍微往椅背靠，便會沉入桌緣的陰影之中，彷彿退出了談話一般。明娳剛坐定，便對侍者說這樣的打光設計好像把重點全放在食物上。侍者微微一笑，有禮地詢問是否要把燈調亮一點。明娳看向婆婆和丈夫，用眼神詢問他們的意見。品達不置可否，鄧媽媽則說：

「沒關係，這樣比較有氣氛。」然後問小鵬：

「小鵬覺得怎麼樣？」

小鵬觀察了一下明娳的表情，並沒有任何反對的跡象，於是很嚴肅地學著奶奶的口氣說：

「我也覺得這樣暗暗的比較有氣氛。」

小鵬的口吻逗大家笑了。小鵬雖然不明白自己的意見哪裡好笑了，看到爸爸喃喃稱他是小狗腿，也跟著大人笑嘻嘻起來，氣氛頓時輕鬆不少。品達為家人都點了一份精饌套餐，徵詢母親的意見後又開了一瓶紅酒。明娳則藉機提起上回婆婆轉給她的醫學新知，據說每日喝少量紅酒有益身體健康。鄧媽媽點頭稱是，率先品嘗了這瓶紅酒，並稱讚品達選得好，然後看著侍者又給她倒了半杯。

明娳和品達交換了一個眼神，夫妻兩人都有點訝異鄧媽媽今天的好興致，不但對什麼都沒有意見，還主動稱讚兒子的選擇。鄧媽媽三年前從小學的教職退休後，就很少外出用餐。昔日的同事、朋友找她出去聚餐，她都以各種理由推拒掉了，然後對品達和明娳說是外面餐廳的菜太油膩，她吃不慣的緣故。久而久之也沒什麼人會再願意找她出去了。鄧媽媽退休後的社交範圍於是僅止於社區大學的各種課堂上，她同時報名了不少課程，但仍是謝絕一切課後交誼活動，沒人知道她在彆扭什麼。

吃過了開胃小菜、一盤綴有小黃菊花的冰鎮生魚片和蘆筍鮮蔬沙拉，一瓶紅酒已經見底。小鵬因為還小不被允許吃生魚片，改吃蒸魚，所以菜上得比較晚。鄧媽媽放下自己的筷子，仔細幫小鵬把細魚刺給挑掉，邊挑邊說：

「這魚是滿新鮮的，可是阿媽記得小鵬比較喜歡吃螃蟹，對不對？」

小鵬跟品達同時抬起頭，看著鄧媽媽微有醉意的酡紅雙頰，一時間不知道該作何反應，明娳則順著問句自然回道：

「小鵬不太會吃螃蟹，他不知道怎麼剝殼。」

鄧媽媽忽然抬起熠熠發光的眼睛，望著對面的品達，卻彷彿視而不見，然後自己喃喃地道：

「剝殼很簡單，有鉗子……有鉗子就好辦了。」

品達的半張臉沒入了陰影中，獨自又聽見了喀、喀、喀的聲響，比第一次更加清晰，同步出現的畫面是他抓著蟹鉗送進嘴裡咬。咬開了堅硬的蟹殼後，他用十隻黏答答的指頭扳開碎殼，事倍功半地挖蟹肉吃，然後意猶未盡地吸吮著管壁的汁液。畫面中沒有鉗子，也沒有父親，是他記錯了？還是母親後來才聽人說有專門用來吃蟹肉的鉗子？

明娳拍了拍品達的肩膀，把他從記憶中拉回現場，重複了侍者的問句，說：

「人家在問是不是要再開一瓶紅酒。」

「媽，今天是慶祝妳生日，妳覺得呢？」品達對母親說。

鄧媽媽似乎沒聽懂這個問句，她露出一種欣慰的笑容，回答：

「我今天很開心，我兒子媳婦帶我來吃這麼高級的餐廳。每次王美霞都跟我炫耀她兒子多聰明、以後會多有成就，我就是不肯跟她比這些……」

王美霞是鄧媽媽以前師院的同學，兩人後來還共事了好些年。鄧品達記得王媽媽有段時間常常來家裡串門子，和母親十分要好，後來不知怎地就很少出現了。品達見母親答非所問，看樣子是有點醉了，有點尷尬地改點了礦泉水。

「這個王美霞……陰魂不散，每次打電話來就是要炫耀……我才不要拿我們品達跟她兒子比……」鄧媽媽低聲埋怨了一句，眼睛直盯著桌上剛架起的小炭爐和蒲葉，問：

「這是什麼？」

「等會兒烤牛排用的。」明娳回答，像是突然想起什麼，又問：「媽，妳是不是不吃牛肉？我請他們給妳換道菜？」

鄧媽媽像個孩子似地搖搖頭，說：

「不用了，你們吃。我吃別的就好。」

灑了玫瑰鹽的牛肉還在爐上烤著，一盤雙色花壽司、鮮蝦和鮭魚卵手卷色彩斑斕地掠過眼前，擺上了桌心。鄧媽媽喝了口茶，問上菜的侍者：

「螃蟹呢？我孫子很喜歡吃螃蟹的，什麼時候會上？」

侍者回答今晚的套餐裡螃蟹是最後上的，會煮成味噌鍋。鄧媽媽滿意地點點頭，又對小鵬說：

「小鵬，你喜歡吃螃蟹對不對？阿媽的份等下留給你吃……」

這回連明娳也噤口了。她不知道婆婆是醉了，還是真的記不得，只得當作沒聽見這個不斷跳針的問句，臉上掛出一種溫和卻疏離的微笑，用筷子輕輕撥動蒲葉上的炭烤牛肉。然而同樣的話重複刺在品達耳裡，卻像是母親惡意抹去他和父親的存在，用小鵬來替補，變相地嘲笑他怎麼努力也拼湊不全的記憶。一兩滴肉汁不小心跌入了炭火中，激起一陣嗤嗤黑煙，品達再隱忍不住糾纏了他一個晚上的畫面，他低吼道：

「是爸爸喜歡吃螃蟹！妳為什麼沒看到他在那裡等？他明明咬不動，妳為什麼就是不幫他，還在那裡笑！妳是故意讓他吃不到的……」

無法斷絕的輕蔑嗤笑壓迫著品達的耳膜，讓他在一片混沌不明的嗡嗡聲中暴擠出這些連他自己都不太確定在表達什麼的字句。那隻等待下鍋的肥美雪花蟹就在母親身後，鮮紅中帶白點，棲在翠綠蔬菜和新鮮野菇上微動著鉗子，彷彿一息尚存。品達往牠的方向指，一臉飢餓的父親像個淡淡的白影子，守在冒著熱煙的味噌鍋旁探看，一次、兩次、三次……最後放棄了，消失了，連出聲喚住他都來不及。品達的臉因無預警襲來的失落感而漲紅，成串指控猛然掙破了封條，不停向外迸射。想一併為父親代言的品達不斷地說話，事實上根本抓不住字句之間串聯出的意義。他彷彿隔著被告席的玻璃窗聽到自己激動地抗辯著、重複著：還要比什麼……為什麼一輩子比較來比較去……不然呢……不然妳要我怎麼辦……這樣才會滿意嗎……滿意了嗎……

「別說了。」最後是明娴按住品達手臂，低聲在他耳邊勸住了他。

鄧媽媽的眼淚嘩啦啦像瀑布一樣滾下來，全身抖得像快要墜落的枯葉一樣。她邊用手背用力地擦眼淚，邊口齒不清地說：

「他說人家美霞都會幫他把蟹肉掏得好好的……都掏得好好地等他吃……他就算死了我

也不原諒他……這種女人……他們為什麼不一起死一死算了……」

品達怔怔看著母親傷心地痛哭起來，像是一腳忽然踩空，從五里霧中跌進了一個缺氧的地窖。他什麼話也說不出來，眼睜睜看著死在裡頭的是他所有關於父親的記憶。他一半的人生像被倒帶消磁，瞬間歸了零。

鄧品達一家將烤焦的牛排和整鍋螃蟹味噌原封不動地留下，謝絕了侍者提議打包的好意，然後一起吃完了甜點才靜靜地離開。

回程的車上瀰漫著一種極度疲憊的氛圍，沒有人開口說話。鄧媽媽縮在後座一角閉目養神。小鵬繼續在窗玻璃上畫畫。明娴則思忖著兒子剛才偷偷告訴她的事。

小鵬說，阿媽每天都去校門口等他放學，跟他一起排路隊回家，而且常常帶孔雀餅乾給他吃。她每次都忘記他說過不喜歡吃孔雀餅乾，陪他走到家門口的一路上還是會一直塞給他。小鵬想可能是阿媽自己很喜歡吃，所以就陪她一起吃了，但是他還是覺得有點奇怪，因為她老是會問同樣的問題，然後不斷叮嚀他不要告訴媽媽，不然媽媽會不高興……

明娴看著窗外流動的招牌一一熄了燈，猶豫著是否應該找個機會告訴品達，也許明天早餐的時候……今晚大家都累了。

快到母親家的時候，品達忽然宣布明天起他換公司工作了，像是準備了一個晚上的講稿找不到時機說，最後只得突兀地一筆帶過。明娴輕輕喔了一聲，反應不如品達預期。或許是因為婆婆在場的緣故，她並沒有質問丈夫為何做決定前沒先告訴她，只隨口問了一句為什麼。

「我大學同學陳濟民請我去他們公司幫忙，老同學了，再說待遇也不錯。」品達從照後鏡中看了母親一眼，像是希望能用這樣的理由說服她。雖然陳濟民電話中說的是明天先到他們公司跟主管面談，但總算是個好消息，多添了幾筆顏色應該不算欺瞞吧……品達頓了頓，帶著一種彌補和討好的心態，補充道：

「他們是外商公司，假也比較多，以後我們就可以一起出國玩了。」

鄧媽媽兀自閉著眼睛，完全置身事外，裝作沒有聽到他宣布的消息，用這樣的姿態懲罰著兒子。明娳則只是點點頭，看起來不太相信他信口開出的支票。品達突然間覺得自己傻透了，都已經快四十歲的人了，不知道為什麼還老要想盡辦法粉飾自己的所作所為，而他不管怎麼做，好像都很笨拙……

「阿媽……」小鵬輕喚身旁的奶奶。

鄧媽媽張開眼，看見小鵬在車窗上畫給她的生日蛋糕。品達從照後鏡中瞥見了這一幕，匆匆垂下視線，覺得自己像是不該旁觀的外人。

鄧媽媽下車時連再見也沒說，只對小鵬揮了揮手。品達捲上布滿水珠的車窗，臉色沉重地把車往家裡開。明娳揉了揉他的頭髮，說：

「下星期就會好了。」

品達微微張開指間，讓明娳的手指能夠滑進縫隙，像新婚時那樣扣住他擱在排檔上的手。小鵬已經半躺在後座睡著了，皺著眉，偶爾說兩句夢話，彷彿夢裡出現了什麼讓他憂慮的場景。

品達把車停在家門口，暫時將引擎熄火，深深嘆了口氣。他知道明娳說的對，下個週末在電話中一切都會恢復正常，彷彿什麼事情都沒發生過，但是誰也沒有忘記發生過的事……然而時間慢慢過去，發生過的事會在腦海中漸漸褪色，沒人再提起的那部分將一塊一塊剝落，漂流到看不見的角落。一家人因此得以回到原來的生活軌道，直到下一次又撞上了暗礁……品達知道自己這次的偏航已悄悄畫上句點，明天起他若有了新工作，他又是個正常人了，沒有了過去至少還有未來。

明娳則在深呼吸間重新回到了白楊步道的入口。深邃山洞的盡頭透著一圈白光，難以目測它的長度。她還猶豫著要不要走進去，背後已有數輛遊覽車沿斜坡停下，大批遊客鬧哄哄地下了車往洞口走來。品達牽起她的手，努力按捺住自己對未知與黑暗的恐懼，扶著欄杆領她一步步往另一頭走。整個下午，他們經過一個又一個沒有任何照明設備的彎曲山洞，最後到了水濂洞前。他們鼓起勇氣，試著說服自己冒險有益身心，一前一後沿著岩壁旁愈來愈狹窄的步道摸索前行。淙淙水聲在黑暗中的迴響分外嚇人，品達和明娳看不見彼此，只感覺水柱從四面八方噴濺到身上……在全身溼透之前，他們倆都膽怯了，匆匆折返回洞口，望著衝過水陣的少年少女們在不遠處的出口嬉鬧著向他們揮手，溼淋淋的一群小獸，連雨衣也沒準備——對於他們夫妻之間的極限，明娳與品達總是找得到藉口迴避不提的。這樣的默契於是成就了一個家。

品達先抱小鵬上樓去睡了。在車裡等的明娳倚著家庭房車舒適的皮椅背，仍是有點感傷地想起她婚前的人生。許多的「如果」一同隱沒在那最後的水濂洞裡，順水愈漂愈遠……也因此「如果」顯得分外淒美迷離，特別是每個星期天的夜裡，當一切沸沸湯湯的家庭活動都結束了以後。

明娳一邊鬆開安全帶，一邊隔著她築在筏上的家，往反方向張望自己另一半的人生，禁不住感到暈眩。下星期就會好了。她也對自己這樣說——她知道這適用於緩解絕大多數的人生症狀。

——原載二〇一〇年六月號《聯合文學》

待鶴

舞鶴／提供

李渝

台灣大學外文系畢業，美國柏克萊加州大學中國藝術史博士，專修中國藝術史。現任教於紐約大學東亞研究系。曾獲《中國時報》小說獎、帝門藝術評論獎。著有小說集《溫州街的故事》、《應答的鄉岸》、《夏日踟躇》、《賢明時代》，長篇小說《金絲猿的故事》，藝術評論《族群意識與卓越風格》、《行動中的藝術家》，畫家評傳《任伯年——清末的市民畫家》；譯有《現代畫是什麼？》、《中國繪畫史》等。

一、鶴的傳聞

由於一則傳說，我來到人稱世上伊甸的不丹。

據說每年秋冬交替的時候，喜馬拉雅山的黑頸鶴飛過叢山峻嶺，迢迢南來越冬，路上在固定的一天，總會停歇不丹西北山區的一座寺院，繞著金色的屋頂匝飛三圈。

這樣的傳說不禁使人想起了一幅圖畫，宋徽宗趙佶的《瑞鶴圖》來。

現藏中國遼寧省博物館的《瑞鶴圖》，畫的正是鶴群翱翔在宮門脊梁上的景象。圖取絹本冊頁格式，墨筆淡彩，簷頂使用石青，晚空在一整片的天藍上渲染出薄薄的霞暈，鶴身敷粉，眼睛生漆點染，充滿著歡欣的生機。小小一幅軸頁有畫有書有文，畫是秀勁的院體工筆，書是峻豐的瘦金，文是謹雅的敘事和詩，工麗不媚人，頹廢中見峻峭的藝術家氣質，展盡了徽宗傲然千古的藝術成就。

徽宗在跋中記錄，壬辰上元節的第二天，近夕時分，突然祥雲鬱鬱然生起，低低掩映在端門的上空，眾人都抬頭仰望，倏時飛來一群鶴，鳴叫著。其中有兩隻對立停歇在樑脊的鴟尾，很是閑逸的樣子，其餘的翱翔在空中，好像順應了某種韻律似的來來往往，舞出各種美麗的姿勢。瞻望著的都城人民莫不驚嘆。鶴群盤旋，久久不散，終於向西北天隅迤邐而去。徽宗很是感動，為此起筆畫圖，書跋，並附贊詩。

繪圖並記事，圖文皆茂，在影音科技尚未出現的十二世紀二〇年代，《瑞鶴圖》不啻是一節精采的影視短片了。不丹人民相信黑頸鶴是引度苦難，帶來福賜的吉祥鳥，身處大災難中的徽宗畫眾鶴飛臨宮城，描寫自然與人間互動的祥機，想必也分享了一樣的祈盼罷？

那一天，北宋政和壬辰二年上元次夕，公元一一一二年陰歷正月十六日，都城汴京，鶴究竟有沒有來訪？或者說，《瑞鶴圖》的確是目擊紀實，還是浪漫的想像？是徽宗真跡還是代筆？沒有人能明確知曉。畫家觀察入微，仔細描繪出每一片瓦每一簇羽毛，每一個飛翔的姿勢，就是提供了鑿鑿的證據了。十五年後，靖康二年西元一一二七年，金兵攻陷汴梁，徽宗被掠，內外構造如此精緻的人給押送到了荒野的烏龍江，囚禁八年而病終。北宋在徽宗御下結束，歷史給以一代昏君的毀稱。其實徽宗自然是不昏的，他是時間和精力全用去藝術活動上而顧不及政治了，從藝術的角度來看，譬之為藝術的獻身者恐怕還更合適些呢。數歷史悲劇人物，生錯時代和身分的徽宗要算是其中佼佼。

然而定點在這一綺麗的黃昏，剎那的一個時空，當神話和現實同時出現而無法辨分時，藝術家以真實明确的圖繪錄述感動，為我們留下了不朽的祝福。

二、不丹公主

三年前我的小說課來了一位很特別的女孩子，油亮的一條辮子拖到了腰，總穿著像是手工織作的長裙，顏色配搭得好看極了，在把牛仔褲和黑衣系列當制服一樣穿的學生們的中間，顯得很是裊娜有姿。我沒見她化過妝，乾淨的單眼皮，小巧的嘴和鼻，笑起來挺秀麗的。就亞裔來說，她的膚色比較深，本以為是華人混了印地安人血統，後來才知道她是不丹來的留學生，皇族的一個女兒。

放假前一天罷，她來交功課，這回是衣服又美不勝收，絳紅色的長裙，絹面上或織或繡著繽紛的花卉飛鳥等，簡直是幅織錦圖，鳥羽的部分只讓人想起「巧奪天工」的話來，我禁不住一看再看，連連稱贊。

是哪一種鳥呢？我問。

是鶴，她回答，不丹常見的鶴呢。

後來我之能進入當時仍被不丹列為禁區的西北山區，就是因為有這位公主學生替我辦好了入境許可的緣故。而行程的目的，不瞞你說，莫非是想親眼看見傳聞中的鶴群飛抵寺院時，那翺翔金頂一如古畫般的景象了。

三年前的旅行在時間上安排得不理想，而且中途發生了一起事故，路程沒有走完就匆匆結束回返，願望並沒有達成。

有上一次經驗為戒，這一趟再去，自然要計畫得周全些。我先跟國際鶴協會查問到今年鶴至的時間——十一月七日到十二日，這學期我請假，時間上可以配合了，於是我便釐定行程上報學校。校方卻希望我能打消主意，原來擔心的是，現在毛派游擊隊正在喜馬拉雅山南麓活動頻繁，如果誤撞進範圍，莫名其妙地萬一被劫持，引發當今常見的人質事件，就是沒有必要又無法擔當的了。

這當然是不可能的，不過我還是找出了不丹公主的郵址。畢業以後她沒有回國，在曼哈頓下城的服裝設計界開始了自己的事業。公主一口答應幫忙，提供一封官方承諾協助和保護的信件，學校也就勉強同意了。

十月底，跟隨本校電影系紀錄片攝製小隊，我再一次飛向亞細亞，經尼泊爾從加德滿都轉入不丹。

三、旅程

從機場到城市的路上滿見國王像明星一樣的照片，的確是位被媒體頻頻美譽的英俊國王呢。深受人民愛戴的他卻不想再管事，頒下了全民普選的命令，全國將在明年春三月舉行歷史上的首次民主選舉，古老的國家就要從世襲君主制向議會民主轉形了。不丹的歷史自然也是有戰爭、暴動、鎮壓、暗殺等等，而被理想化為「最後的香格里拉」的同時，也是貧富差距很大，被國際譴責進行种族清洗政策，迫害移民等，不少異議人士仍流亡在國外的。

公主果然有法，當局送來二名特陪，一切手續都先代辦好，只要付費即可。為了應付國家旅游政策每日最低美金二百元消費的規定，我們都多帶了現款，後來果真派上了用場。

長途飛行固然疲累，為了節省時間，歇息一會後大家便決定上山，因為我有私事，就留下一位陪同在山下多待一會。

是的，除了看鶴，除了為新近公開的一批窟藏繪畫存檔以外，我還有一件事要辦理——

探訪一位當地女子，一位嚮導的妻子。

記憶因重回地點而翻新，三年前還沒有現在這種公路，多是鑿壁而成的坡徑，說是走路，不如用跋涉來形容還更恰當，領隊的嚮導探路在前，失腳落下了深谷。

記得那天的前一夜下了雨，第二天天氣卻很好，幾天不散的薄霧都消了。兩位導路是熟知地形的本地青年，走在一前一後。當時天氣晴朗，山川明淨，一切都很順利，卻不知危機四伏。也許是雨後石滑，也許是岩塊鬆動，也許是人有差遲，突然前邊一位身子一歪，失去平衡，斜倒了下來，眼睛都還不及追，只聽見一聲喊叫，就翻滾下了陡壁。一乍時人人怔在原處，失去反應的能力。電影上才見得的驚恐鏡頭實際出現，就在身邊眼前，快速而突兀，沒有人能開口，一聲嘶喊的尾音如同警訊一般回顫在峽谷中。

隊伍匆忙和救援取得聯絡，緊急尋找到墜落的地點，用擔架送到了急救站，可是情況已經是無濟於事了。以下的一程真像夢魘一般，不幸消息必須帶給待歸的妻子——聽說他們剛結婚不久。

車開到村裡，妻子已站在了屋舍前。旅行社人員急忙走上前，用本地語還沒說一兩句話她就面露驚慌，勉強再聽到某處，不等對方說完就放聲大哭起來，哭到彎下腰，坐下了地上。我們狼狽極了，束手無策，想伸手去扶拉又感到一無是處，本以為有心理準備的，一旦來到眼前卻完全不知所措，沒有人知道怎樣去安慰才合適，愚蠢又無力極了。

車停在晒穀場邊時，村人已經等候著，這時聚攏過來，圍住了我們。黃昏時分，地面失去光度，人臉的五官晦黯在影裡，一張一張乾黃又陌生的臉，浪漫人類學者式的玫瑰色眼睛看去的虛相不見了，現出的是偏遠貧窮地區的真實存在。臉上的表情難以揣度，是同情，憐憫？嘲諷，威脅？是難測的深沉？還是粗鈍和無知？似乎都不是，張張臉上都像戴著面具，回到人類跟獸類沒有分別的默然與漠然的生理本質，其實是探察不出表情，沒有表情的。

我突然害怕起來，一陣恐懼湧上。這身邊圍著的一圈人，難道他們究竟要自己動手來處理事情了嗎？想必他們終究是明白，這批外來過客都是某種程度的剝削、掠奪者，都是偽善的人，明白這批人才是真正的肇禍者，應該為此事負責任的。

從醫療站回來的路上，她已經鎮靜下來，一種失神替代了先前的激動，默默地坐在車後座，雙手緊握在膝上，頭轉向窗外，保持了一個靜止的姿勢，只有額前的散髮隨車的顛簸而晃動著。

時間已經近夜了，山麓的溼氣消退，空氣愈發冷冽，天空出奇的清亮，沒有一朵雲，一整空的錠藍色。窗玻璃前的女子的側影跟公主一樣秀巧，赭褐的膚色把人形在夕光中沉澱成影，側臉的輪廓切出一張剪紙，托在晚空的藍底上。幾個小時前一個二十餘歲的生命驟然消失了，天空的藍色沒有受到影響，依然是這樣的純淨安詳，是無動於衷的冷漠，還是徹底的了解與同情，於是才達到了這等的高度呢？

四、年輕的愛人

我再站在同一間屋舍前，深秋的藍空依舊一塵不染。這回我才看出這是個兩層建築，下邊白色的基牆內是養著家畜的儲倉，上邊住人，木料部分都漆成深黃色，火紅的乾辣椒一串串垂掛在屋檐邊。

她已經候在門檻迎接了。簡樸的室內一眼就看到佛龕坐在黃絹檯桌上，灶頭的爐火燒得正好，屋裡充滿了濃郁的奶茶香，角落都收拾得乾乾淨淨的，似乎專為客人而打理過。一個年輕男子迎上來，膝旁跟著一個臉頰紅彤彤的小男孩子，手裡拿著一塊糕餅吃著。她似乎比記憶裡高了些，身材實了些，這次我才看見她皮膚緊滑又健康；她還只是二十出頭罷。

我們坐在近窗的小凳上，原來她能說不錯的英文。不丹實行雙語教育，又曾是英屬地，似乎人人都能說英語的模樣。男子忙備茶，端過來放在另一個小木凳上。丈夫的他就在鄰近小學工作，課餘也是作導陪的。

打點了好一陣子丈夫才停下了手腳，拉過來小男孩，一同坐去那頭的地毯，露著和善的笑容看這邊的我們說話，偶爾站起來，撥弄一下爐火。這是全屋暖氣的來源，十一月的山區已經很冷了。我打開背包，拿出帶來的禮物，孩子又湊了過來，父親仍坐在原處，羞澀又滿足地笑著。聽說不丹男子要比漢人男子好得太多呢。我想起了沈從文寫在〈丈夫〉裡的，坐在船頭撥弄著二弦琴，耐心等候著作妓女的妻子在艙裡做完生意的丈夫了。沈從文常寫弱勢人物，想必那丈夫也是偏遠人士的；漢人的精神都忙在勾心鬥角裡，已無暇顧及這些細微的心思了。

灶口跳躍著小小的火頭，壺在爐上燒，點心擺在几上，茶杯冒出溫暖的水氣，小男孩把頭擱在母親的膝蓋間，臉上的餅屑都擦弄在長裙的摺縫裡。

一條家居裙子而已，竟也一樣好看呢，這回是紅底上橫織著紅、黃、橘等幾何迴文的花案。這裡的人似乎對紅色系統特別有感覺，總能變化出各種相近的色調，搭配得綺麗又天成。年輕母親的雙頰跟懷中孩子臉上一樣紅彤彤的。

專程而來，說是為了探訪面前的女子，不如承認更是為了一個私自的原因。是的，不瞞你說，三年來，對那次旅行發生的事故，我一直不能消去歉咎的感覺。

現在屋裡的世界看來日常又平和，顯然當事人已經離開那一時間，好好地往前走了，我真為她高興，然而旁觀者的我，卻仍舊滯留在原時間，糾纏在原情況中。

如同發生了放演故障的影片，記憶的畫面軋在機件的齒輪上無法移動，掙扎在幾個定格之間前前後後，不能往前走——

寥曠的天空和陡峭的山脈，一個人的背影在路徑上走著，突然傾倒——

我常想，當時如果走在前面的是我，滑下陡崖的就是我而不是他。而我，或者隊中任何一個別人，都可能在那明淨的早晨走在前頭的。只是一個偶然，在一個片刻，命運變數出現，不能預測，沒有警告，如此決斷，分毫不能商議或妥協，生命如何是這樣令人恐懼地條忽和虛無！

五、深淵

數校園裡最雄偉的建築，應該是總圖書館罷，外表由赭紅色混凝土砌成高聳的塊面，之間鑲嵌著深色大玻璃，裡邊也多採用聳直的線條和面積，建構得緊湊又莊嚴，很能呈現一種睿雋的知性氣質。可它看起來也挺冷峻的，總讓人覺得不太友善，尤其是中庭天井滑石子地面的幾何圖型，在構造和色調上都引起崇山嵾嶺，峰巒尖聳的聯想，叫人腳下生畏，走上去都有點害怕呢。要是你上樓去，從樓上往下看，這天井地面更會變成一叢叢更迭的深淵，一整片陰險的迷陣，發出令人昏眩的誘惑力，好像招呼你跳下來一樣。

果然圖書館老出事，學生果真從邊樓往這天井下跳的事已經發生了好幾樁，為了防堵再發，現在邊樓敞開的部分都圍封上了塑料玻璃板了。

安穩了一陣子，學校正慶幸防止有效時，不料又有一個醫預科學生跳了下來。發生在午夜。只聽見碰的一聲巨響，當時在場的一個學生告訴我。

「看見了嗎？究竟是怎麼回事？」我問，眼前出現血濺天井的幻象。

「還好，沒那麼慘，警衛很快就來了。」學生回答。

不是圍上了玻璃牆？怎麼能翻越七、八尺高的玻璃又跳下來了呢？很多人都有一樣的問題。

「第十二層樓是有空隙的。」學生說。

空隙在哪裡？

原來十二樓是頂層，布滿了水管、電線、梯架、櫥櫃等等，玻璃牆板相接，在某處為這些設置留出了通口。學校像備戰一樣布置出密不通風的防線，不料在這以為學生不會上來的頂樓的一個角縫裡失防。日本電影《怪譚》中有一位少年僧人，老和尚為了協助他抵抗夜魔的騷擾，替他全身皮膚都寫上辟邪的經文，卻漏了一隻耳朵，後來小和尚性命是保住了，這隻耳朵卻被夜魔血淋淋地撕扯了去。

設想跳樓的醫預科學生，在這層樓面上尋找了多久？徘徊了多少次？考慮了猶豫了多久呢？然後在那一晚，他再摸索到只亮著一兩盞夜燈的這一層樓面，最後一次站在已先堪定好的這玻璃高牆之間的幾乎看不見的空隙前——

午夜的鐘聲響了，十二音一一敲過，一聲聲催促，跳下，跳下罷，圖形變成了無數的手臂，從地面高舉起邀請。

塑料玻璃很厚，蒙積著灰塵，只見身體的輪廓在玻璃上模糊的移動，舉手投足之間晃生出重重迭迭的魅影。從縫隙往下看，大廳給日光燈照得慘白通明，天井地面的圖案愈發像迭聳的幽谷，迷離的陣式，向上發出蠱惑的誘力，召喚著，來罷，下來罷；可憐的醫預科學生，這時他得面對的，除了是往地面奔去的衝動以外，還有從地面迎上來的熱烈的呼喚呢。

那麼，他是面對著雙重誘惑，淪陷在雙重掙扎中了。在他佇立在這空隙前，尚未跳下之前，他一定像徘徊在地獄的斷崖邊一樣地辛苦；對旁觀者來說終局固然驚駭，然而於他，那一路糾纏不休的某種令他無比惶恐的心境，終局前與它的最後的搏鬥，是否還是更可怕的呢？

一個不見底的峽谷，一聲抖顫的呼喊，在嚮導往谷底下沉的瞬間，在突兀，緊張，虛恍，無法掌握的時刻，什麼事情閃過他的眼前？什麼記憶進入他的腦際？是二十餘歲的一生？某次難忘的發生？某種歡欣某種遺憾，親愛的人憎恨的人？或者其實什麼想法、念頭都沒有的，只有空氣刷過顏面，刷過耳際，在高速中下降，身體墜落的快感？

也許是看出了我的恍惚，M助教不聽話起來。系裡一向只有我把助教名額優惠給台灣留學生，這時我的幫手M正是一位台北某大學畢業現在改念心理學的研究生。一次考試需要辨認亞洲版圖，學生們把台灣認進了中國，不料她反應激烈，考題全部算錯，嚴厲扣分。關於獨、統問題，其實這些在本科方面都很專心，其他事務則一概漠然的二、三代華裔學生是不理的，非華裔學生恐怕興趣還多些呢，但是為此事而被扣分，則人人抗爭。我在課堂上大略解釋了一下，仍把分數加了回去。M助教很不滿，擺出了立場態度，做起事來有意怠惰，督促之後自然是更令她不爽。一天系主任突然跟我說M小姐向校方遞出了我「精神虐待」她的訴狀——頗為實學實用呢。這是嚴重的指責，無論真假都得調查，系主任很關心，我卻覺得無趣極了。好在一位大陸同事相助，跟我對調了助教，可大可小的一件事也就不了了之。氣忿時不免也會想，這樣的人竟要去當心理醫生，心理界真該慶祝了！然而我自己這邊，事實卻是，無論是以嘲諷的心情還是用了其他的力氣，仍舊都無法驅除索然的感覺，要說這種感覺是由一個不懂事的助教所引起，不如說是自己心中某些東西已經發生了危險的動搖。

不巧又有了另一件麻煩。大考時一位作弊的學生受到了同學的檢舉，平常遇到這類事我大約都是睜一眼閉一眼——誰沒作過弊的呢——私下警告了事的，檢舉卻使我不得不照章處置，惱怒的前者竟一齊威脅起老師和揭發的同學來，弄得校警出現在辦公室。也是件不值得費心的事，卻叫人愈發地覺得沒意思。久在學院工作的我一向認為人在二十五歲以前都是純潔善良的，這種天真幼稚的想法真是非得修正不可。

或許是索漠的心情終究起了作用，我開始不能集中精神，課程準備得掉東剌西，課堂上有時突然腦中一片空白，接不上話，學生覺出了情況。這所城市名大學的學生們個個都聰明極了，大家安靜地坐在椅上，同情地望著我，等我說下去。諸如此類的情況究竟不能一再發生，幾次後學生自然也不耐，於是手機、電腦等都明用了起來，聊天、吃飯都不顧，哪管你台前接得下接不下去了。

一片荒瘠的岩漠，一聲無聲的叫喊徹響黑暗的淵谷，一個身軀下沉，下沉，沉到沉重的夢裡；影象卡在放映機的齒輪間，固執地拒絕前移，依舊清晰，是的，在記憶的底片上，某些圖影已經蝕印成定格，變成了白日和夜晚都揮不去的夢魘。

六、荒原

周圍人的眼光露出了狐疑，同事們顯出了非平常的關心，等到朋友們開始有意迴避，電話裡以前的熱絡露出了敷衍的口吻時，我跟自己說，尋求外在助力的時候到了。這是我第一次接觸心理治療，本以為專業約談一陣就能雲消霧散，光明就可到來，殊不知這將是一段漫長的過程，其中有著不少陷阱和險境，也將遇到許多奇人和異事，直可說是某一種奧德賽了。

第一位H醫師，背景頗類同，又是女子，想必是可以溝通的，我滿懷希望，旅程開始。你走過一小片綠殷殷的草地，來到豪宅後面如童話般的一間獨立的小屋，就是診室了；H醫師在家中開業。一張巨大的桌子迎門而來，桌後坐著的正是鬈髮垂肩，相貌秀雅的女醫師。我先報告姓名。「請坐。」女醫師說。門旁有張近她的椅子，我正要坐下，「不對，不對，」醫師連忙給以手示，「你坐到那頭去。」原來那頭沒有靠背的依牆的長椅才是病人該坐的，長度顯然是為可能不止一位來人而備，不過你就必須挺背危坐了。女醫師戴上眼鏡，拿起筆，翻開記事本，非常專業的樣子，「有什麼問題嗎？」她問。諾大的桌面除了筆和紙以外，只放了一只特別細瘦的玻璃瓶，瓶裡有一小束刺芒似的花。也許是從這頭看過去的角度，也許是保養得太光淨了，木質桌面發出了一整片如鋼鐵切面一般銳利的反光，我這才發覺，原來玻璃瓶內的芒花正是鐵質的，劍葉是尖銳的薄鐵片，穗的部分是絞扭的鐵絲，而屋中其他一一設置也無不以金屬或金屬性為素材為主題，不免暗自為這女性的鐵的意志而奇。第一次見面，不過是填保單、留檔存案等，時間很快就到了。

第二次再來到小屋，當是自動走到應坐的位置。只是對談時間無論怎樣暗自移動坐姿，也不能迴避冷冷射來的巨桌的鐵光。「桌子為何這麼大？」突然我喃喃像跟自己說。「不管你的事，說你自己的問題。」女醫師倒是聽得很清楚。可是對談的時間為光所困，不免忽略問題，時時吱唔不能答。醫生皺起了描畫工整的眉頭，「這個屋子裡的時間不是沒有限制的，」她說，訓誡起振作自救才能他救的必要性，在一個節落開始訴說自己如何戰勝了關節炎的痛苦經過，我想她是要起用自身經驗來鼓勵我罷。她站起來，繞過桌子走到我跟前，突然對我伸出雙手；扭結得像樹根，蒼老和粗皺的程度簡直是枯乾的黃土地面，高雅的面容竟有著這樣荒蠻的手！一瞬間這雙手突然充滿了豐富的人生喻意，發揮了無窮的教育作用，我慚愧得忘記了自己的問題，心中湧出同情尊敬和感激。

而巨桌的祕密也在一個偶然中發現了，是我向它走去準備付費時，這時已坐回桌後的醫生不悅地高聲阻止，「別過來！」我吃了一驚，不明究理，止住了腳步，就在這時不經意地乍見了桌子後頭的世界：從她的椅角延伸到牆角，無數的紙團、塑膠袋、購物袋，還有其他各種名目的垃圾推得滿滿的，堆到淹沒了她的腳面——她的兩腳其實是置在密密的垃圾中。啊，巨桌的必要性明白了。

第二位W醫生也是女醫生——我實在是毫無根據地只相信女醫生——，喜歡放鄧麗君的唱碟，穿緊腰的黑色連身衣，披著又黑又長的頭髮，倒真有幾分女歌星的蠱惑的媚力。女醫生不愛準時，不為不準時道歉。第一次見面，幾句話後，甩了甩到腰的長髮，「好了，知道了，你得吃藥。」我深知自己的問題發生在哪一塊偏角上，不是藥物能解決的，便說：「我們先談話好嗎？」「不行，談話只會浪費時間，你必須吃藥，而且我明天就要去渡假了，兩個星期後才會回來。」醫生說。「那麼病人怎麼辦呢？」我問。「一點問題都沒有，我的病人都用藥物控制得很好。」她說。我的眼前突然浮現了《2001》電影裡，那些裡邊裝著沉睡的要運送到宇宙去再活過來的人的大盒子，整齊地排列在太空艙裡，一位黑髮黑衣的女醫師扭動著美麗的蛇腰，一手拿藥匙，一手一一打開盒子，把一勺勺藥丸灌進每人口中。

兩個星期後我如約再來診室，這一棟位在商業區的樓房本有一塊「心理治療所」的牌子，後已換為「行為科學研究中心」。樓內有很多執業醫生，都是行為科學也就是心理專家，而W醫生是其中唯一的華裔女性，可見她不凡的成就。仍不願接受藥物治療的病人卻使她很懊惱。「我無法幫助你，」她正色地說，把鄧麗君關了，「請你去找別的醫生罷。」那柔美溫婉又帶著傷感的細細的歌聲一旦消失，你發現，只有它才是唯一同情你的。室內陷入一片沉寂；門窗是緊關的，聽不見外頭的市聲，牆壁發著不同情的冷光，對方耽耽的眼神裡有一種威勢和脅逼；對這突來的遺棄你必須做出反應——

我忘記了是怎樣自己開了門，怎樣走過了大廳，直到看見對面那頭出現了依門而立的黑髮黑衣女醫師，我才發現自己竟是站在了大廳這一頭的牆邊角。

「回來這裡！」W醫師按壓著嗓子，「這是辦公室，你不要惹出笑話來！」僵持著，見我沒動，她走進隔壁的房間。現在大廳只有我一人了，每一扇關著的門前有一張空椅子，密封的牆上掛著梵谷的複製品，在全然的空寂中柏樹和鳶尾病狂又絕望地旋捲著。女醫師再現時，身旁陪同了隔壁的同事，卻是一臉還未見過的甜美笑容，親切地向我招手，「你過來，沒事的。」心理醫生常常誤認病人都是痴顛、傻瓜、笨蛋，殊不知後者是思緒非常清楚，比自己平時甚至比平常人都還更靈敏清楚的。我對W醫師的突發的甜美大為懷疑，突然想起只要有兩位心理醫生會診同意後便可將人強行送入精神病院的法律條文——要是你也在作心理治療，千萬要記住這一條文——。慶幸的是，我一向把背包背在身上，現在車匙在袋中——沒有考慮的時間，我向大廳出口奔去，奔進停車場，坐入車中，不能再快地啟動了引擎。

危險並沒有完全過去；到家鞋還在腳上電話鈴就響了，W醫生打來，出奇和悅地問我是否安全抵達，叮囑我留在家中好好休息別出去。直覺告訴我情況詭異——她有我的地址。我把車停去另一個街口，從這裡你可以望過去巷子，在這別人不知的地點靜等巷內自己的命運展開，如同旁觀一個毫不相干的陌生人的故事。不久，果然一輛警車閃著刺目的紅燈開進了巷子，停在家門前——

那一天近夜時分，如果被W醫師扣留在診所，如果應了警察的門，現在我也許還在某一杜鵑窩中像太空人一樣地被餵著藥丸，就不能在這裡告訴你這一個驚險又有趣的故事了。

R醫生是朋友的朋友，有個地下室的診所，一個黯淡鬱悶的地方，封閉的室內只在近門處開著一盞光度很低的檯燈，熒熒豆光把空間照得像地窖一般。我不明白為什麼要把一個心理治療的診所打點成中古密窖般的這種樣子，難道有意布置成私刑房來恐嚇病人也是一種治療法不成？而R醫生除了第一天頗為友善地款款而談以外，以後卻別有容貌。和R醫師見面的情況後來每一次都是這樣的——

醫生坐在完全沒有光照的那頭，黑暗中一個身影靜穆得像哲學家還是修道士般——原來他真做過神職人員呢——低著頭，整個身子沉沒在影裡，似乎是聆聽的姿勢，卻也讓人懷疑是否已經打起了瞌睡。「這件事怎麼對付呢？」我問。「嗯，這件事……」他咕噥地應著，在影中似乎抬起了頭，停頓——果然是在瞌睡呢。「是的，這個問題怎麼處理，請告訴。」我再說一次。「嗯，是的，這個問題怎麼處理，」他重複我剛說的，像是回問我。於是我又說，「是的，請指點，這個問題怎麼處理。」「嗯，這個問題怎麼處理？」他也又重複了一次，像是自言自語自問，真是高深莫測。如果我停住話，就是很長很長的沉默了，直到我再說一句什麼，對話就再用前面的方式重新由他再說一遍。一分鐘好幾塊錢的寶貴時間就在這一再的自白、獨白、旁白和無言中過去，好像在寫現代主義小說一樣。所謂治療的對談沮悶至極，地窖現在變成了壓力鍋，壓力不斷上昇，出氣孔卻被堵住了，人再待下去，如果不是變成《地下室手記》還是《狂人日記》裡的瘋子，恐怖份子的舉止就要發生了。我站起來，拿起外衣。「請坐下，還有五分鐘，」他說。「沒有再談下去的必要了。」我說。「你生氣了嗎？很好，有進步。」他說，終於有了一句新的句子。

R醫師堅持我必須一個星期看他一次，甚至應該加到兩次。我不再去診所，不願再約時間。R醫生開始打電話來，每每善意地寒暄問好。我很感激，正準備向他致謝時，不料保險公司送來警告，全年的心理治療許可款項在超短的時間內被R醫生用罄了，而不到三、兩分鐘的每一記電話，包括我沒接到的，都列為正式的約談，收取了高額的費用。保險公司逼R醫生退還了數千美元。後來介紹的朋友告訴我，那時R醫生正在週轉購買另一座濱海別墅所需要的首期房款。

所以那年我可以前去另一地看P醫生，這位可是在地心理學界的名醫，每日掛號都達百名以上（這不是個快樂的城市嗎？），必須格外費力才能獲得一見呢。果然門診室前坐滿候診的人，掛號以後可以去吃個早飯再逛一圈公園回來仍舊是門口坐滿了人，黃昏時分景觀才略見輕鬆，也是關門的時候了。

P醫生個子不高，說話有L和R不分的本地音，穿著雪白的制服，身邊坐著一位也一身雪白制服的妙齡女護士。前一病人尚在，後一病人就叫進來了，於是你就可以知道前者出了什麼荒唐的毛病，而五分鐘後，你的什麼荒唐的毛病也被下一位所知。因此我不得不建議你，如果你也去名醫處，最好留心掛號前後有無熟人。人出出進進診室內的倉促忙碌可想而知，心理診所貫有的鬱悶倒是一掃而空，為耳鼻喉科還是小兒科、婦科般的熱鬧氣氛所取代。我還沒坐穩，醫生一邊說一邊寫一邊就開起了藥方。好吧，我對自己說，沒有其他選擇了，長期不見改善的情況已使人焦急，現在既然名醫保證，或能出現轉機也說不定，就試試看罷。名醫交給我一張寫得很是豐滿的藥單，一邊叮囑，「按時、按分量吃藥，不可更動，一個月就好。」這樣充滿信心的許諾，一線藍天從烏雲後綻開了。於是遵照指示，每天將一手掌的藥丸吞下去，一天不到便在走路的時候都打起盹來。我報告了不理想的情況，名醫二話不說，即刻展紙開出另一藥方，「改吃這幾種，不可改變分量，兩個禮拜就不同。」甬道盡頭的光明更接近了。然而副作用一樣多，我便自己把藥量減了一半，再見面時，老實向醫師報告了自行減藥的行為，希望醫師諒解同情，或許能推薦其他什麼補助方法，例如氣功瑜跏冥想等？等待著責備的時間，名醫從英文書寫中抬起頭，露出笑容，說出了一句話；「難怪你今天看起來比較好！」

後來一位藥劑師老朋友告訴我，一天十多顆的那些藥丸一半以上都是安眠藥，其中某種尚未通過檢驗，在別的國家還是禁用的。M醫師的名醫地位和盛譽從未削減動搖過，而我至今也還迷惑在那一句話的邏輯中。

還有很多有趣的故事都可以再說下去，然而告訴你幾件代表性的想必已足夠；這些事究竟不是這裡的重點。或許你要問我，難道世界上就沒有訓練及格又有善心耐心的心理醫生了嗎？自然是應該有的，如果你遇到了就請你快快告訴我，要不就再穿上鐵鞋繼續尋找罷。

多番的接觸和田野體驗，倒是使我明白了，人的正常和不正常之間的確不過是一念之別，一線之隔，常識中的正常未必正常，反之也如是。而在「行為科學」的診所內，又未必還有一線之隔的；病人坐在醫師的對面，往往弄不清到底是這邊還是那邊的問題更多，究竟誰在聆聽誰，誰在被治療呢。我也明白了，原來這樣只須在言語上敷衍唐塞打謊了事，而藥物發達後，連口都無須動用，沒有任何醫療風險又能坐收高酬的心理醫師的職業，真是世界上最理想不過的職業了。在所有的醫生行業中，心理醫生的虛妄性大約是最大的吧，大到了使醫師身上那件為社會敬慕的專業衣服幾幾都成為皇帝的新衣了。

所謂治療不是全然無濟于事，就是火上加油，只讓人愈發覺得挫折。我決定暫停工作，在還沒有發展到不可收拾的地步以前，自己再嘗試從狀態中走出。

奧德賽的歷程賴文學家把它蛻變成神話和傳奇的沃土，充滿了啟示的驚喜，尤里西斯真正經歷的自然是史前地理環境的艱苦，大戰以後的人世的洪荒，生命擺渡在極端的辛楚。流浪在精神統合失序的疆域，就是走在沒有邊際的寥海、沙漠、荒原，而尋找鎮神收心法的歸鄉的歷程，縱然性質、規模不同，於每一個實際的例子，是的，於每一個人，都是孤寂，荒瘠，又茫然的。

七、季節交換的時候

告別年輕的夫妻、離開村舍後，我們直接上山，向海拔三千米的保護站開去，與攝影隊會合。

山路綰轉，新開的路面比以前寬，忽上忽下的顛和陡卻不減，導陪阿里兼司機，雙手掌控方向盤，口中嚼著據說是可以提神保暖的叫做貝利的葉子，一幅輕鬆的樣子，身為皇家警員的他自然是身手矯捷不凡的。阿里人很純朴直率，總露著可愛的笑容，身上一件衣服也很是好看，赭黃和赭紅條紋的織布，前襟對開，寬鬆地繫上腰帶，古老的服裝有了現代的瀟灑模樣，胸前還繫出一個包括樹葉都塞在裡頭的大兜袋，十分實用，只是露出膝蓋的部分讓人覺得有點涼。

在秋冬交換的這時節，迎面卻都是綠色。翠綠色的竹叢，蒼綠色的松柏掛著淺綠色的苔蘚，垂懸著逆光前透成水綠色的松蘿。盆地深處是墨綠色，散置村落幾處，屋頂鋪滿了紅辣椒，裊裊昇起一兩蔟白色的炊煙。遼闊的田野則是蒼綠色，夏稻早已收割，冬麥正等著鶴至而降福大地以後就能播下種子。望向緲遙的天際，灰綠色的遠岫飄著如畫的流雲，襯擁在這些綠色中的雪峰越見明淨秀麗。

一個急轉彎，再加一個急轉彎，突有小片平地開展，保護站在望了。

攝影隊已整裝待發，只等我到。從保護站到藏經窟又有海拔千多米的攀行，車程近兩小時，崖底的一段還得徒步。時間花在路上很可惜，隊員們覺得不如到了地點以後紮營留宿，車和我可再回保護站。不過三兩天而已，只要每天為他們帶來新鮮又豐富的飲食即可。大家商議一陣也覺得可行，就這麼決定了。紀錄片專修生們向來都是搶時間爭情況的敢死隊，天不怕地不怕的，我們把各種裝備放進車廂後，就向藏經窟再進發。

看來好像總在眼前，左轉右轉而不能抵達，實際上自然是不近的；一個個黑洞打在平滑峻高的峭壁上，峭壁是臉，洞窟是祈願的黑眼睛，眼睛望穿千百年，瞳裡的虔誠千百年不減。通往啟迪的道路是這麼地遙長艱難又孤單，是怎樣的心與身的意願，竟把人驅使進絕壁的洞穴，執行歷時三年三月三星期又三天的辛苦歷程呢？能從自覺而達到昇華的人，世界上大約只有一位釋迦罷，匀匀眾生莫不需要借助這種勞苦筋骨的外在動作才能處理問題的。

峽谷的對面，崟嶺的頂端，聳立在迢遙又虛幻的天空中，啊，是的，金閣，如期的出現了，一陣寬鬆油然而生，如同遙見了久違的老友。

聳立在絕壁上的寺院，該是一座最接近天庭的人間建築罷。千多年以前，是誰，如此具有工程學的魔技，和堅韌的意志，克服不能想像的艱難，在海拔近六千米的地方，建立起了這座如夢似幻的華閣呢？

金色的簷頂熠熠在荒瘠的嶺岩中，像是礦脈閃出了一蔟金。據說六世紀有位名叫畢耶佗那的王子，聰穎善良又文武雙全，本是父王最中意的繼承人，不料他和釋迦一樣，也為見識人間虛無而苦，竟不顧艱辛，跋涉到這座寺院來冥修。妖魔神怪知道他一人在這裡，趁機連番來騷擾。王子日夜與魔搏鬥；如果他失敗了，不但自己要被摧毀，全民也會遭殃的。武功精當的王子奮勇應戰，天地出現了種種奇相，人民緊張地觀望。可是一人之力自然抵不過眾魔的聯盟，王子節節失敗，退入只有一席之地的金頂了。在這萬分緊急中，王子向天發出絕望的吶喊，震動了宇宙。剎時雷聲隆隆烏雲密湧，天空爆裂開來，閃下了一把寶劍。王子接劍在手再和眾魔搏戰，終於獲得了最後的勝利。後來王子繼位，就是以賢政愛民著名於不丹歷史的佗那王了。

工程師和賢明王子，經由二位奇異的人物，神話和現實在這裡完成了兩次完美的會合。

峭壁下找平地不容易，立基紮營也不容易，第一天的時間就這麼用去了。第二天突然來了一批氣勢洶洶的年青人。毛派游擊隊員果真出現了嗎？似乎不是，游擊隊員應是武裝的，這些穿牛仔褲的年青人兩手空著，而且一上來就大聲吵嚷——游擊隊員怎會有吵架的功夫呢。原來是一群不知從哪兒得到消息，急趕來干涉的學生們。

在地學生們的要求是，經卷屬於民族資產，必須原封留在窟中，別想動指。

外來者的回應是，讓文物自生自滅不如加以維護，何況終究是要全數交給首都某圖書館，沒有經濟意圖，沒有攜出國境的意思的，這樣內容的協定已經與有關方面簽定了。

那麼，一位嘴上有細細的鬍鬚，也是雙顴紅彤彤的學生揚聲說，經卷取出後必須交與他們，由他們經手，在他們監督下進行工作。

上課的時間不好好在教室念書，倒來這裡找麻煩的！這麼想著卻不敢亂說話；左派學生都以正義的捍衛者自許，就像七十年代的保釣學生們一樣。而出自國族、民族等意識的熱情也類同，有必要和外來干預者劃清界線勢不兩立的，曾介入學運的我，懂得學生們的想法，只是不料此地這時經驗了身分的對調。

就是普通常識也明白，十二世紀的文件，或者任何時期的文件，怎能胡亂交給什麼人的呢？更還有安全送抵圖書館的承諾，萬一缺損了遺失了，不能完成任務，豈不真變成古物盜竊嫌疑犯了嗎？常在媒體上看到的文物事件，竟是要讓它寫實發生在這裡嗎？

事情必須明釋且堅持，免得真鬧出事端來。

進步思想不容置疑，怎麼說也說不攏，無法達成協議，寶貴的時間不斷過去了。某個節眼上有人提議，那麼付押金怎麼樣呢？倒是一個主意。可是，純潔的左派怎會接受金錢的誘惑呢？不要弄惱了他們反而壞事。這麼擔心的時候，想不到對方自己打住了口舌，表示可以考慮，幾個人避至一邊，圍頭舉行起臨時會議來。

金額設在美金五千元，價目並不高，至少可以處理，立刻達成協議；左派學生還是可愛的。這一段的爭議總算解決了，接下來還有怎麼阻止二位特陪上報的頭疼呢。

約定明早交款，但是又有了新要求，必須公開付款，並且將帶公關人員來拍攝記錄影片，訴之媒體公證。媒體是不能惹的。可是，事情發展到這一步，時間上已不容耽擱。以後要出事就再說罷，我想著，要是情況再糟，繪卷一旦送達圖書館，驗收完整，各方面應該都會諒解的罷。

條件一一都接受了，前邊提到的額外旅行盤纏全數有了用途。第二天像警探片一樣攜款依時等候。

早晨過去了，上午過去了，不見人。以前釣運期間晚上不是排話劇就是趕戰報，總弄到凌晨，早上是遲起的，激進學生的這種作息並不奇怪；繼續等罷。

眼看中午也要過去，發生了變局嗎？日照不長，時間寶貴，何況趁他們不在場，不正是行動的理想時機？既然事情已因押金的因子介入而從政治性蛻變成經濟性，想必一切都好說的了。

隊員來前都受過攀岩訓練，現在是實踐的時候。兩人上去，兩人在下緊扯住繩索接應，進入窟內後再把器材用具等吊上去。壁畫需要仔細存影，圖卷包捆後吊下來，再一一送去車廂。分工合作急迫又緊張，要是學生出現又有新點子新情節，那麼就放下工作改去寫探險小說罷。

毛派學生沒有再現身，想必革命小將們另有了更重要的任務了。日落前圖卷都裝運完好。視線渾暗，山路的面相陰沉起來，但是下坡的路已經不能往後退，只有前進和前進。車外沒有路肩，緊接就是陡壁了。底下河水已經變成烏黑色，巨龍一般在峽谷裡蜿蜒，身體撞擊著岩壁，發出轟轟的吼聲。

一個傾斜，一個失去重心，一塊岩石滑落，就像那嚮導一樣一失腳，整輛車就會驟然改變方向，奔去鬱黯的峽谷。無論曾經怎樣費心經營的人物和事物，就會全數消滅不見，從有變成無。

人間最悲傷的事，莫過於每一件每一種事與物，無不在每分每秒中，無法挽回地變成過去。

峽谷幽黯詭異，夜霧如幻似夢地從看不見的底層昇起，像勾魂的手臂。來罷，下來罷；那醫預科學生在十二樓的樓面徘徊遲疑，努力要擺脫的，是否也是一種對生命的進行感到惶然的感覺？他是否被這種感覺糾纏到了一種程度，就是落入天井的巨大的恐怖也無法遏止他？一種內在的惶懼，使得他無所選擇，只有用外在身體投向那巨大的恐怖，借助後者的能量，以便在一個瞬間，由一聲巨響，一個暴烈的撞擊，血肉崩裂，獲得與世界的均衡而和解？終於鐵了心腸的那時，他是否同時也感到了捨棄的舒快呢？他在空中下墜的十幾秒內，身和心是否都反而寬敞起來了呢？那麼，他和苦行僧們執意追求艱苦的行動雖然不一樣，所尋求的終局效果其實是相去並不遠呢？而那來自深淵的勢力，是否倒也正是拯救他的力量？

當嚮導的妻子木然地坐在車後座，像剪紙一樣肅靜在鬱暗的晚空前，新婚的她驟然失去相愛的人，失去昨夜還暖在身旁的身體，她在默默咀嚼的，與之搏鬥的，是否也是因驟變而生的比悲傷還更具有摧毀力的慌張和恐懼？在人的所有的感覺中，是否對時間與空間的無能，對生命的惶懼才是最可怕的呢？

是的，正在你覺得美滿幸福時，災難可能就伺候在角落，像這輛車一樣，每一個下一刻，都可能以數十秒時間劃過數千米高度的速度，向虛無拋去。

那麼，無是什麼，有又是什麼？這隨宇宙創始第一天就出現的問題，就算是經過了千古時空，就算是經由了多少思想家、宗教家、文學家等追究得如何地透徹精闢，從未減輕過它一分爪力，依舊是不讓任何一人逃過地緊緊地攫持著。

三島由紀夫在《金閣寺》中寫一位年青的沙彌，迷戀金閣寺到顛狂的程度，最後放火燒了它。沙彌非把金閣燒了不可的，他不燒金閣，就得燒自己；要使自己活著，保持著有，沒有別的選擇，就得讓它變成無。小說家設計故事，讓人物由摧毀世界而拯救自己，現實生活裡卻沒有筆下人物聰明，倒把自己摧毀了。三島裂著肚腸等待背後學生砍下頭顱以完成剖腹程序的那瞬間，他感到的是什麼？是愛國主義？武士道精神？還是在決定絕裂後油然而生的正相反的釋然，結局的輕鬆，無的痛快？在那一瞬間，他是浮動在怎樣神祕的經驗中，經由莊嚴或荒謬的儀式，把自己蛻變成神話、傳奇？

松棻覺得《金閣寺》寫得很好，可是更喜歡谷崎的《春琴抄》。

黃昏，日與夜交會，時間隱藏立場，採取中立，把世界推入二元，把美麗或醜陋的選擇交在你的手中，尋找慰藉或讓惶恐啟動全由你自己決定。空間只是助長著懸疑和詭譎。三年前那一聲振動山谷的喊叫已經化為這時的殷切的呼喚，來罷，下來罷，這裡是寧靜的所在。

「不用緊張，有我。」阿里安慰大家，從胸兜裡拿出葉子放進口裡，仍舊光著膝蓋，一脈無事的樣子。

是的，好在世界是由阿里這樣的人，而非小說家、醫預科學生，或心理學家擔待。而阿里總又能讓樹葉來拯救。

遙隔峽谷，那邊的迢迢天際，或前或後時隱時現，有一片金色的屋頂不捨棄地守望著，指引著對危機的警覺和反應，送來光的承諾。

你們會安全抵達，你們會安全抵達的。

八、如畫的山川

溼地面積減少使黑頸鶴食物短缺，引發與人類的生存競爭。繁殖率低，同窩生的幼鶴常互殘到僅存一隻。幼鳥必須生長快速，如果不在十月前學會飛行，就無法越冬存活。外在和自身的雙重原因造成了黑頸鶴的生存危機，變成了幾乎活不下去的一級瀕危動物。

關於鶴的傳說，由保護站的生態科學家們來解釋，並不奇特；因為遇到了高空氣流，昏頭打轉起來，於是有了曼妙的舞蹈；高崗上唯有一座獨立的屋簷，所以選擇為地標；而這種鶴的膽子特別小，一定要在空中盤旋老半天，弄清了情況，認為安全了才敢降落，於是就變成了美麗的翺翔的景象。至於每年是否一定會在同一天飛來，那就要看你的運氣了。

徑路已經消失，底層的部分也都坍陷了，再沒有人去金頂寺了，保護站人員說。但是這邊嶺上有觀台，往上去只需一個多小時，站內備有馬匹。攝影隊員們聽了都躍躍欲試，自然除我以外。

「你可以走去，」保護站人員好心告訴我，「凡去看鶴，徒步才有福氣的。」與金閣竟有了朝夕相望的機會，不就已是福氣麼？古典詩文常寫人與自然相處而兩歡，於人類這邊，確實如此。

喜馬拉雅山脈是亞洲河流的發源地，帕吉卡群峰終年覆蓋著皚皚的白雪，中部河谷地區在初冬的這時仍然蔥蘢而秀潤。溪聲潺潺，水霧漂流，留戀在松柏枝椏間的凌晨依舊是夢的世界，自然和人類都未醒。可是很快太陽就從雪崗的背後爬了上來，綿延的陰嶺就像慶祝節日一樣地一座一座地亮起來，在你還沒察覺的時際，就把陰鬱掃盡了。

夾徑是草木禽蟲的天地。到處是不落葉的杜鵑；天竹掛著串串櫻紅的果子；冷天開的番紅花抽出嬌嫩的水紫色花瓣和橘紅色的花蕊；偶然有幾株白色的山茶；荼蘼還是纏綿，這總是倔強地開到花事終了的帶刺垂藤。鳥在枝葉間穿姿，紅頸的山椒、青背的山雀、釉亮的烏鴉是國鳥，灰頸白身的鶺鴒、翠綠的繡眼、伯勞和八哥，真像台灣羽鶇的不知名的藍鳥，蒼樺停在高枝上，白鷺飛在近水邊。據說這兒也是金絲猿出沒的地方呢。山中沒有人類的喧囂，到處是蟲鳥的啁鳴，眾聲中若是亮出清脆婉轉的高音，就是夜鶯還逗留在哪兒呼唱了。

眾鳥之鳥的黑頸鶴有雪白色的身體，黑色的腳和頸，翼尾的部分從白到灰漸次轉成黑，明淨地變化著層次，頂冠一撮豔紅最是點出耀目的端麗。

別去聽生態專家們的話，還是讓我們回來傳說罷——據說他們的到臨往往在清晨，天空若是逐漸積累出美麗的雲朵，就是送來了造訪的前訊，若再傳來嘹亮的叫聲，那麼凌空而至就是立即了。聽說他們會形成一連數十甚至數百隻的隊伍，從遙遠的晴空長長地迤邐而來，保持著井然的秩序，在高遠的藍底以水墨畫的筆觸列出一線人字或V字——V，不是勝利的字形麼？——輕柔地搖曳著飛行的姿勢，那種景象，啊，真正是壯麗二字才能形容。

接近目標的時候，他們會減低高度和速度，改變隊形而周匝盤桓，伸出收著的雙腳，然後他們將高舉巨大的雙翼，緩緩下降，以天使般的美妙體態和精確的定點能力，著路人間。

站在斜出的台地上，視線變得遙遠又遙遠，世界變得遼闊又遼闊；大雁排成長長的人字形，在澈亮的藍空長鳴，領頭的一隻飛得特別有勁。

午時日陽正照，宇宙亮堂堂，傲坐海拔六千米，金色的簷頂堂皇。

黃昏時峽谷昇出一片反光，把山川映得嫵媚剔透，凡是遠岫、峰嶺、峭壁、谷豁，溪川等等，自然界的全體組成元素都在奇妙的迴光裡歡欣鼓舞，這時候，壁畫裡的絢燦就都成了盈眼的真實。是的，這是現實和非現實攜手運作的時間，兩相護持共赴盛舉，畢竟要把世界領進傳奇。

受到陽光撫照了一天的金頂，這時變成一撮光源，一簇峰火，一朵篝火，莊嚴又綺麗，蕭肅也安慰。就算是最後的一朵火罷，就算是最後一朵火的最後燃燒，就算是黑夜將吞噬大地，全世界都將淪陷或早就淪陷，也不會放棄對美德的執守，在黯中倔然屹立和燃點著。

九、鶴至

保護站內一片沉寂。酥油燈的火苗兀自顫動，熠閃在繪卷上，泛黃的絹布在燈下便發出了人膚一樣的瑩瑩光澤。

幾個世紀過去了，也不見損失多少精采。若和中國古典繪畫，尤其是文人水墨的高度自律相比，這裡的顏色可用得真是大膽；正黃、朱紅、赭紅、翠綠、碧藍，豔紫，都是純粹而強烈的原色。而且也不管呈現上要收斂——豐腴的肉體，妖窕的眉目，誇張的身姿，挑逗的動作，公然的性行為，都是明陳了慾望，坦白地享用著感官和感覺。

設想畫者是如何跋涉到峻壁的所在，如何攀入暗到不見五指的荒涼的洞窟裡，天地間只有一個人，身邊只有一盞燈，日日夜夜只是畫著又畫著，是怎樣懍然的決心和堅持，驅使他這樣辛苦地執行工作呢？把痴想和慾望全部畫出來，用熱情甚至於縱情的風格來追求性靈的寧靜空淨，從繁華到肅穆、喧囂到安靜、放肆到謙卑、執著到捨棄，從有到無，實到空，用入世的手法來達到淨世的目的，這荒瘠的洞穴豈不是變成了善惡決斗的場地，一場接一場在肅穆中進行的不都是喧騰的血戰了？

每筆每色底下都埋伏著色相和慾望，處處皆是誘惑和陷阱。古典中國畫家的課業執行在下筆前，修身養性寓情的功夫事先把墮落的因子一一去除，險局一一化解，落筆往往已是清明景象，這裡卻是把世界的建構全體都列出，戰鬥的時態是此刻、當下的；如果文人畫爭取靜止的境界，這裡則是行動的疆域，唯一的武器是對人性的肯定，對自己的信任，而一個失誤，於中國藝術家莫非是退隱遁逸，這裡卻是失身墮入深淵，要粉身碎骨，萬劫不復的。倉央嘉措不就是個例子嗎？據說成為六世達賴喇嘛以後的他放縱依舊，結果不到二十五歲就在赴康熙皇帝邀請的路上被暗殺了。不過也有人說，其實他當時明白身處警危，且將禍及他人，就選擇了半途自行消失，後來卻成為喜馬拉雅山、峨眉山、五台山、甘肅、青海等地講經解法無比動人的流浪僧人，皈化了無數人眾，到底是完滿圓寂而終局的。

藏畫裡常有曼陀羅的圓形，全圖只有一個圓，或是畫面的某處有個或幾個圓，把圓形經營得這麼透徹，是其他藝術中少見的。曼陀羅圓代表了內外的完整宇宙，隱喻了「萬象森列」，「圓融有序」、「輪圓具足」等的理想，把時空及生命的各種元素和現象，把數不清的思想和幻想，智慧和祕密，數不清的祈願和痴夢，都羅列在這裡，凝聚成一個完整的圓形建構，如果枯木竹石是中國文人畫的極致境界，繁華美豔的曼陀羅就是藏教藝術中的完滿圓通圖象了。

但是這圓看久了也真有點像迷魂陣呢。你看那一格格纏接的勢力不也是峻嶺峽谷，迴旋的圖形不也是走不出的迷宮，危機四伏的陣地？不是有很多人認為曼陀羅能開啟幻徑，用它來進行冥想靈動等神祕的活動嗎？鎮神和失魂，天堂和地獄、墮落昇華又同時可能，這二元對立的現象似乎總要出現；蓮花生、護法神等的造型不是可愛又可怕，迷人又嚇人？而《法華經》裡記佛說法時自天落下的曼陀羅花，莫非也有類似的性能？同一名稱的漏斗型大花，從正面看，火焰似的花瓣旋舞成曼陀羅形式，是宗教上的聖花，也是從葉、莖、花到果實全數含毒的植物；有鬆馳肌肉、舒緩神經，忘憂止痛等療效，據說精於麻醉的三國華陀所製的「麻沸散」裡就有它，卻也能使人昏眩迷幻，喪失神智，步入險境。

夜深，內外一片寂靜，人類已經歇息，受危害的生物也各自在溫暖的窩裡放心安眠，你可以聽見窗外風吹過的聲音，簷下銅鈴一陣響，祈願的幡帛撲撲地掀打；樹葉顫抖；枝幹折地；石子滾下陡坡；河水潺潺穿流過峽谷，向各屬的國度趕去。白日的活動在這時變成細細的聲響，輕輕的騷動，暗暗地歡暢。眾聲中要是你聽見一個婉轉又清亮的高音脫穎而出，那就是夜鶯——還是金絲猿？——又在哪兒唱歌了。

有人來訪。

我連忙站起來，披上一件衣，請對方坐下，遞過一杯水。

他接過水；是自願來的麼？

奇怪的問題，自然是自願的。

那麼為什麼要去懷疑呢？他說。

懷疑什麼？不明白。

如果一則傳說已經以完整的形式等待著你，就無須再追究了。

可是，難道情節不都是虛擬的，不都是勉強的湊合？

有什麼關係呢？只要你信任它，它就能發生你需要的作用。

怎樣的作用？難道可以用來應付，用來抵擋嗎？

是的，可以的，他說，如果你安心地迎接它。

怎麼個安心法？現實才是實在和實際的。我說。

別小看傳說的力量，是傳說，不是現實，能對付現實。他說。

這樣的嗎？我說。

不相信？他說。

不相信。

可是，你不就正在作這件事麼？他笑起來。

啊，這樣的？

人間的錯失和欠缺，由傳說來彌補罷。他說。

他站了起來。身上穿著淺色短袖襯衫，涼爽的棉質長褲，正是台北七、八月的男子的夏服。

請留步，我說。

我會再來的，他笑著回答。

繪卷都已留影，編目的工作也完成，包裝齊整後，就能送去首都的圖書館了。這件事到底是平安完成，真令人鬆了口氣。

黃昏時下起了雨，細細綿綿的，看著輕柔又抒情，據說本地人視冬雨為福氣，這雨卻令過客憂心；會影響鶴來麼？上次不就因為下雨而見不著，這回又要錯過了不成？

雨持續地下著，沒有止的樣子，工作人員三兩蹲在廊上抽菸，庭院裡的禽獸們縮在遮簷下，蓬鬆著毛羽，呆呆望著不停的雨，要麼就乾脆打起瞌睡了。

綿綿的小雨，像愛人的傾訴，欲說還休，不說的時候和說不出的時候說得更多更細，只望你心裡慢慢忖度，默默地歡喜。持續到黃昏，天色都暗了，都晚了，還要磨蹭下去，依依留連不願停。

窸窸娑娑的，落在屋頂和屋簷上，落在院子裡，樹林中，落在夜合的花瓣和沉睡的鳥羽上，落在記憶的冊頁——

台北的夏日。夾道的木棉。溫州街的木屋。櫛比的青瓦。瓦上的陽光。水圳從木麻黃的根底淙淙流過。

天庭的野草。貼牆的相思。後門的菩提樹。春日第一朵花——是側門邊的灌木芙蓉罷。風撮弄過油加利。梭欏展葉成扇成傘，搖曳出一整座的夏影。陰涼的走廊。廊上的窗光。沒有人的大廳。門開著的研究室。唱機在室內兀自旋轉，三十三又三分之一轉的速度不會止，旋轉出細訴的句子——It was many and many a year ago in a kingdom by the sea——那是很多年很多年很多年很多年以前的人不知的某一個國岸。

第一次的見面，第一次的攜手，第一次的相擁，第一次的爭執與和解，第一次的分別和重會，第一次的傷神和歡喜。

窸窸娑娑地落在靜靜的河水裡，疊頸而眠的淵谷裡，落向層層依偎的崗嶺，溫柔起伏的巒岫，和痴痴地等待著的金色的屋簷上——夢者果然如約再訪。

怎麼辦？我說，又要看不到了嗎？

別擔心，他說。

別擔心，明天會是個好天的，他說。

只是微笑，用手持著下巴，靜靜地坐著，不再說什麼。

多麼熟悉的姿勢——

消失前他抬起頭。

他抬起頭，轉過身——

多麼熟悉的容顏——讓冊頁中的人物一一走過罷，認識的和不認識的，親近的和疏遠的，誠實的和虛假的，衷心的和欺凌變叛的——

有誰，會前來夢中相會且陪伴？是誰，會遞來叫人安心的消息，跟你說，放心，我跟你是在一起的呢。

是有這樣一個人的；只有這樣一個人。

啊，是誰，還有誰，是松菜呢。

人都該在愛還是愛的時節愛過，不是麼？

很多任性，浪費，很多懷疑，惶懼，很多的錯失，懊悔，遺憾，欠咎，很多很多的荒唐，愚蠢，混亂，都不用去擔心去追究去嘗試挽救了——你可以原諒你自己，讓一切由傳奇來承擔罷；明天會是個好天呢。

明天，太陽會再昇起，山嶺又像節日一樣一座一座地亮了，天地一片清朗，遼闊的天空將響起一連串的鳴聲如同遠戰歸鄉的號角，傳說中的鶴群必將飛越千古的時空，盎然光臨輝煌的殿宇，繞金頂三匝，再一次完成現實與神話的完美結合。山谷下的人民將舉行盛大的慶典，冬麥將撒下種子，民主的一票投下讓第一個共和國建立。你抬頭仰望，就像在每一個不同的歷史時空等待著的人們，也會發出歡欣的嘆息。

——原載二〇一〇年七月號《印刻文學生活誌》

洗禮

王冠雅

一九九二年生於台北，現為建築科學生，從小以乖寶寶姿態長大，內心卻對人生充滿各種意見看法，不擅與人溝通，只愛與自己對話。擅長中國彈撥樂器，獲獎無數，受邀至國外及各處演奏，曾任員林國小彈撥組指導老師，現為彰化市立國樂團及台中市立國樂團團員。

早上不到十點，座位旁的地面已一片溼漉，同學一路踩過漸成一片汙漬水影，映照出他殘缺的身影。

●

上課前一分鐘，他在廁所裡把手洗了又洗，搓到能感到血液流過手指末梢那種麻麻的感覺，方才覺得舒服一些。上課鈴聲結束前他快步走回教室，指間的水滴一路滴下，迤衍他的座位前，再為滿地的水漬增加一些溼度。

他坐下來打開課本，微溼的雙手去搓翻頁面，每本課本的頁角都呈現密集翻捲，他刻意再去搓一搓這汙黑的一角，這使他安心。

這節是數學課。老師照例先把上次的考卷發下來，然後開始十分鐘的嘮叨訓話。

這是一個年過四十的老女人，蠟黃的臉，脂粉不施，讓他覺得恐怖極了。假如她能上一點口紅，可能會轉移他的注意力，不再過分在意她紫黑色的牙齦，那不斷張著合著的嘴巴，蘊藏在牙齦底下數以萬計的細菌正汨汨向他襲來。

他很想去洗手。

轉了轉左手的錶帶，緊緊箍住手腕的錶帶與皮膚上留著一些水分，他稍稍放心一些，還有四十分鐘才下課。頭上天花板的風扇嗡嗡轉著，左邊同學低頭在玩著手機裡的遊戲。右邊的那個已經打瞌睡到幾乎睡倒了。他從不打瞌睡，上課必需目不轉睛的盯著老師，每個老師都有不同的狀況，也代表著不同的危險。

他盯著老師的眼光是害怯的，這讓那些知道他情況的大人們深信他害怕的是他自身扭曲的心靈或大腦，有時某個大人突發善意的同情或關懷會趨近對他做一番安撫，往往會使他如驚弓之鳥般的跳開，雙手緊張的搓著大腿，一句話也說不出來。

討論到第五大題時，老師環顧全班，又開始回到嘮叨的話題了。有人低頭寫字，打瞌睡的繼續睡，或有茫然的雙眼，但絕不會有人去接觸她的目光。了無新意的老調一直唱著，卻面對一群不捧場的觀眾，氣惱之餘只能撿拾那唯一專注的目光。

「十六號，你也一樣！老師看你每堂課都很認真的聽講，可是怎麼老是在及格邊緣，不上不下？光是認真聽不夠，回家還要多演算，你回家有練習嗎？」

「我……我……我……」他痛苦的吞了吞口水，雙手開始緊張的在大腿上搓著。

「不用緊張，老師不是罵你，只是問你回家你有用時間來練習嗎？」

她開始後悔去問那目光的主人，獨角戲一直唱著也比冷場好。

「我……我……我要去洗手。」他整個臉都漲紅了。

「去吧！」老師無奈的嘆了口氣。

●

小學時候的他就像任何一個普通的小男孩，若說他有什麼不一樣，大概只有他的姓和哥哥弟弟不同這件事了。

哥哥只大他十一個月，那是因為媽媽想趕快生下第二個男孩為娘家傳香火。母親說那是婚前雙方說定的。張家三代單傳，背負著巨大傳承壓力的外公生生不息，一連生下八個女兒後不得不向命運低頭。老到再也生不出孩子的庄腳阿嬤希望女兒中有一個將來能「抽豬母稅」——婚後生的第二個男孩從母姓。

所以他的哥哥和弟弟都姓林，只有他同時姓了兩個姓，不過是媽媽的姓放前面，叫張林傳。媽媽說這樣也算姓林，不該埋沒爸爸那邊的恩情。

小學五年級時，男孩子開始竄高了，只有他和幾個較瘦小的同學暫時還維持著不變的身高。到六年級時，當那些瘦小的男同學也開始長高長胖時，他和班上那幾個最矮小的女孩坐在第一排。

兩個好麻吉不再和他玩在一塊了，他們改和其他男孩在籃球場上廝殺，女孩子也大到足以不好意思和他打羽毛球，他不得不試著習慣自己孤單一人。

●

最使他難過的事，父親和母親開始吵架了。

緣自那一年祖母到村裡的神明宮謝平安，神明竟然起駕，指著祖母斷言：「信女聽著，厝內公仔媽底搶人，子孫恐會不平順！」

驚魂未定的老信女跪下叩頭如搗蒜，心念一轉，馬上想起那個「抽豬母稅」的外姓孫：對咧！對咧！伊一直袂大漢。直呼神明聖明，求神明作主。

為求得神明的眷顧，他成了神明的契子。但多少時日過去了，他還是維持著一百四十公分的高度。父親常對著母親咆哮。

「恁姊妹濟多，憑什麼就妳的小孩要從母姓？這下好了，公仔媽不高興，不只兒子長不高，我的生意嘛免作！」

「當初評好的，不然你們不要娶啊！我連生三個男的，你的公仔媽有啥不高興？更別說他還帶著你們的姓！平平是你的子，你看以像要甲伊拆吃落腹，甘像一個老父！生意哪要做的順事，就不要甲查某勾勾纏……。」

父親在大陸開電鍍廠。每次回台看到他不變的身高，不能免的就和母親一場大吵，隔天便悻悻然的離開了。

●

母親開始為他燉中藥的轉骨方。一次十五帖由立冬開始吃到翌年春天。一帖大大的藥材經過繁複的層層燉煮，最後加入米酒和半隻公雞。一週兩次，濃黑的湯汁瀰漫著濃厚的特殊中藥香味，倒也不難喝。一年後良藥就顯得苦口了，甚至令他作嘔，但也逃避不了，母親一定要親眼看他喝下去。幸好，後來湯裡的雞肉都進了哥哥和弟弟的肚子裡。

上國中了。他是全班也是全校最矮小的一個男生。

學校採男女合班。這時候的男同學每個都讓他仰之彌高，他無法接近他們，但他更怕的是女孩子們，她們常在經過他身旁時白了他一眼。

「噁爛！」順道送他一個形容詞。

他的頭更低了，雙肩前拱，彎著腰以小碎步的行走姿態成了一種特殊的景象，似乎後面有隻惡狗在追逐，隨時可以把他撲到在地。班上的男孩子連欺壓他也懶得，只是戲謔的稱他為「老大」。

學期中段還沒到，他的功課就整個落掉了，和幾個人輪流包辦全班倒數幾名。

那年寒假，他跟媽媽說他想休學。

氣急敗壞的母親追究原因，卻得不到正確的交代。

「功課不好就想休學，那你這輩子要怎麼過？功課不好可以補習啊！不理想的地方我們更應該加把勁啊！」

彷彿有默契般，問和被問的人都不去提那最可能的答案。

●

世界為什麼愈來愈熱？所有人都說是地球暖化的緣故。但暖化的速度怎麼會這麼快！那近乎燃燒的炙熱感充斥他所處的每個地方，時時刻刻。隨著高溫，細菌和各種毒物肆虐流竄，他愈來愈常處在被吞噬的恐懼當中。

幸好，生命總能發展出一套保護自己的應變措施，他意外的發現，只要把身體的某些感官關閉之後，那灼熱的溫度就能慢慢降下來，就像退燒後的病人，身體舒坦了，同時也拾取了內心的平靜安適。像在酷暑的中午時分，坐在高級餐廳享受著沁涼的冷氣，隔著玻璃窗，雖然看到地面被蒸騰的水蒸氣，你感受不到那份炙熱，它亦無法傷害你。

漸漸，他樂於獨處在這樣靜謐空間裡。

更靜默了。

●

最早發現的是庄腳阿嬤。

這個銜張家香火的孫是她的心頭肉，她得空就來看看這個金孫。那一次她看到她孫吃飯的方式顯得怪異。他用一個比飯碗大一點的中碗公，飯盛得尖尖的，還用飯匙把表面抹實成一個光滑的圓弧面，接著在米飯上鋪一層青菜，再上面又均勻的放一層蛋和炒豆干，最上層放一撮尖尖的肉。

像做著一份精緻的手工藝品般，非常專心，還不時用筷子小心的壓實它，整碗飯最後呈現一個色彩繽紛的圓形金字塔。

在這過程行進間，老人家不敢出聲，屏息看著他端著那碗飯走向沙發，坐在他一兄一弟的旁邊，三個人面對著電視機，只是她孫的眼睛不是盯著電視，而是專注在那一碗飯。

他選一角從最上方一直往下吃，鏟除了肉，再來是下方的蛋，又去掉大部分的青菜，一直挖到最下方的飯粒。

圓錐形的面由上而下缺了三分之一的體積，神奇的是，高高的「飯山」，竟不因為被削一角而倒塌，可能是因為壓的很實吧！就像台灣到處可見被挖採山石後的直立峭壁。他轉個角度又重複兩次動作，直到把整碗飯吃光，一粒米一點湯漬都不剩。

「么倖喔！甘是卡到陰！那碗親像底拜死人的腳尾飯！」看得目瞪口呆的老人斷定伊金孫是遇著歹運了。

●

問神的結果是沖煞了路頭喪兼犯白虎。指示要到本地有名的地藏庵祭改。

那天庄腳阿嬤和母親是在下午時分帶著他到地藏庵。本地人都慣稱此處為地藏庵，其實就是一般的民間廟宇。在香火長期薰陶下和掌管陰間諸事的神祇，讓這建物蒙上一股黑臭陰森的味道，沿著主殿兩旁加蓋出的各色鐵皮屋頂，活像一個老戲子身上披著五彩戲袍。

賣金紙的竟有三個櫃台。原來的廟公去世後，三個兒子都搶著此處金窟，矢志要為神明服務的三兄弟各立山頭，做著河水不犯井水的生意。

老大身材壯碩兼丹田有力，滿嘴檳榔，頗有大哥之風，呼喊吆喝不忘一邊幹譙他那忙得像陀螺的老婆。他的生意最好，已經有五六個人圍著等他寫赦文。

老人報上地址生辰，不忘一邊傾訴伊金孫駭人的症頭，拿人錢財予人消災的職業道德，讓他專心傾聽，並不忘安慰：「地藏王真靈赦，祭完回去，就欸有差啊！」

祭改者是安平里的里長伯，祭改送煞是他的正業。長期周旋於人鬼之間的送往迎來，生意興隆，在地頭上累積了豐富的人脈，連帶著做起服務里民的行業。

他身穿著條紋休閒衫，下著西裝褲和一雙發亮皮鞋。當了里長之後，他也開始冶裝行頭了，不只一次表明了自己的不得已：

「不通只會辦事，黨的形象嘛著愛顧。」

每當他這樣自我消遣時，往往惹來那個對中年丈夫不放心的老婆回道：

「親像起楸的老黑狗！」

他在挺凸的啤酒肚上圍上了虎皮裙，像庄腳阿嬤煮飯時的圍裙，此時他不是要進庖廚而是要秀另一種手藝。

三牲五果以及天界數以百萬計的金紙供在上桌，已由廟祝誦讀赦文，祈請地藏王菩薩主持正義，為這人界命運不濟的小子開脫。

地上米籮放著是小三牲；一顆鴨蛋，一塊豆干，一小片三層肉，旁邊草人綁著一件他穿過的衣服，瘦小的男孩覺得稻草紮成的人偶都比他強韌。

里長伯開始吹起角螺召請，嗚——嗚——

「白虎白虎，日時變著人，晚時變著鬼，小弟子張林傳，冒犯星君，領著地藏王菩薩敕令，備著三牲酒禮，金銀財寶，今日呷飽拿足，他鄉外里去走跳，白虎白虎，看人對人行，看狗對狗走！」

「去！」

大喝一聲，彷彿與那隻令人憂惱的虎取得溝通了，下了最後通牒。

自從祭改之後，阿嬷告訴母親以後切不可路過那廟，寧可繞遠路。怕的是自己的虎送走了，又跟回了別人的。

祭改之後，他吃飯的怪行徑沒什麼大改變，倒是變得勤洗手了，一日可洗數十次。進進出出，來來回回，看在無助母親的眼裡又起憂心，打電話問庄腳阿嬷。

「好哩！是底淨身哩！歹東西退離離，人就會清彩啊！」老人家充滿希望，欣喜的說著。

這一淨身竟然持續了四年。

●

這是一個地球村概念的時代，一些神祇也做起國際交流，畢竟這不悖離老一輩人遇到情況願意嘗試各種解決方法的鄉愿心理。

「也著神，也著人。」意思是除了上蒼神靈的作主庇佑之餘還是要去看看醫生。

無法使他長高的神明義父，至少盡力幫助他改變一些異於世俗的現況。再次的指示要去掛精神科病號，順帶清楚指示本地一所頗具規模的教會教學醫院。找哪位醫師，神明也欽定了。

那是一位姓氏裡屬水的醫生。

「神明真靈應吶！貴人總算出現了！」老人彷彿遇到了再世的華佗。

洪醫師認真的聽取他的一路症狀，對於聖明的神靈能指定由他來解救這個小病人，他的嘴角泛起笑容，助人為快樂之本啊！他深深的感到欣慰，想不到他在醫界的名氣竟也傳至天庭，真是人在做天在看。

從此開始吃藥，原本就是個乖順的性情，吃了藥之後，變的能聽見別人的話語，功課竟然也有起色了。吃飯還是用大碗，只是無法去動別人夾過的菜飯，但已不再建起高高的塔型。

●

轉骨方雖然沒有讓他的身高起變化，卻在另一方面做了貢獻。那幾十隻公雞犧牲的性命，用另一種方式在這個小男孩體內進行著延續生命的工作。

這讓他害怕羞赧無所適從。上課時偶爾抬頭瞥了窗外一眼，方格裡的一片藍天，隨風搖曳的樹葉，那久違的風景，本是生命裡的青春河流啊。

往往此時，那不聽話的小獸就聳肩拱背脹滿整個褲襠，欲奔欲出。

手機裡的畫面令他興奮悸動，也令他感到噁心。他喜歡日本的少女系列，如蜜桃般的青春美少女，甜美可愛，就像班上的那些女同學，但液晶影像裡的她們百般順服更教人喜愛。她們微張的小嘴，嗯啊著專有的語助詞，漸漸變成一個充滿病毒的腔洞，讓他充滿快樂又害怕的感覺。

天天，他在快樂和害怕間流連。

再用力沖洗。

●

日本姊妹校是在開學後的第二個星期一到校參訪。中日姊妹校持續每年友好的互訪，來自日本西南邊山城的一所工業學校，雖說在日本是屬於偏鄉的地方，但來訪的每個女學生臉上都畫著精緻的妝，角格的女校裙短到蓋不住那洋溢著青春氣息的翹臀，裝扮也與東京的少女一樣的摩登。

朝會兩校致詞互贈禮物後，日本校的學生照例循校參觀各科所。學生們在科辦公室川堂及教室兩旁排列歡迎。工校裡的男生看到來自異國的女學生，現場氣氛高亢熱情，噓聲不斷。女學生被排山倒海般的聲勢感染了，緋紅的臉頰如盛開的櫻花，尖聲急促的日語感謝詞不斷重複著，那是一種特殊的嘴型。

「啊——」少女們掩面尖叫。

叫聲未歇，接著另一桶水又潑下來了。幾個少女驚魂未定，莫名所以，凌亂的髮型和糊了妝的狼狽模樣，美少女頓時成了落湯雞。

●

他長長的吁了一口氣，一臉安然的表情。

經過洗禮，這才是最美的。

美，而且令人安心。

——本文榮獲第十屆台積電小說獎二獎（二〇一〇年八月二日）

探親（節錄）

蔣曉雲

台灣師範大學教育系畢業，美國加州大學洛杉磯分校教育及統計雙碩士。現居美國。曾任《民生報》兒童版主編、《王子》雜誌主編。作品曾獲聯合報短篇以及中篇小說首獎。出版有小說集《隨緣》、《姻緣路》等；翻譯改寫過多本兒童文學。

家鄉人叫「台灣老頭」的李謹洲老先生在書房中寫毛筆字修心養性。眼睛不好，字寫得大了些，一張紙上只一句，桌上、地上已經寫妥晾著「人生不相見」、「動如參與商」、「今夕復何夕」、「共此燈燭光」、「少壯能幾時」、「鬢髮各已蒼」。一時情緒飽滿，心中感慨悲涼，懸腕提筆正要寫下杜甫詩中最切中他歸鄉後心情的下一句，卻聽見返鄉後續弦的老太婆董金花在內屋裡吵吵嚷嚷，說是不去參加為二個台灣來探他親的孫女送行家宴。這下不免打斷他澎湃的詩意，就不耐地道：「你這又是什麼事？講得好好的，等下勇伢崽就來接我們。」勇伢崽是個車行老闆，也是謹洲的姪孫，大名叫李家勇，是李氏家族新中國建國以來第一個有車階級。本地話叫小輩什麼「伢崽」，平輩開玩笑也有這麼叫小名的，類似閩南厝邊叫「阿勇」或者北京胡同裡喊「勇子」。

「我不去。勇伢崽也喊我金爹，還說他四十幾歲了的人不能喊他伢崽，那我該喊他勇爹？氣不氣人呀？還有你兒子和你孫子，你不看見就叫我董婆，董婆是他們叫的呀？」董婆頭不梳衣服不換，只哇啦哇啦的吵鬧著埋怨老頭晚輩對她只用本地平輩尊稱的什麼「爹」。

謹洲捺下性子不理她，試著充耳不聞，凝神聚氣，繼續寫他的字。兩姊妹來探親後天天有親戚接去吃飯，親族應酬頻繁了，家庭矛盾就有機會出現。只聽董婆兀自悻悻然在那裡絮叨：「每次接去掐飯，個個喊金爹，金爹是他們喊的呀？喊得好像跟他是一輩的。」董婆不記得兩、三年前生平第一次聽見人家喊她「金爹」，還曾激動得熱淚盈眶。本地風俗喊人「某爹」是尊稱，以董婆本城的社經地位，要不是看在謹洲份上，不會有人對她用這樣的敬語。可是這個敬稱非常微妙，雖然表達尊敬，用在宗親長輩身上卻又有「不認親戚關係」的意思。

下一句「訪舊半為鬼」果然寫壞了！謹洲既是昔日國民黨一邊的，時至今日，家鄉故舊何止「半為鬼」？謹洲每念及此總免不了心情失落，現在眼望桌上自己寫的鬼畫符，耳聽董婆的尖聲嘮叨，感覺厭煩透了；雖然原來也沒指望娶這個婆子紅袖添香，卻沒想到連當她無人都不可得，可氣她董金花給叫了幾十年的「董婆」也沒事，才被人叫了幾年「金爹」就上頭上臉，難道她真以為自己做了夫人？謹洲當下把臉一沉，厲聲道：「你不去，以後都不要跟我出去！」毛筆也順勢往桌上一拍，一時墨汁四濺，聲勢驚人。

董婆愣住了；台灣老頭很少發那麼大火，她吃驚得連害怕也不會了。她鼻中呼嗤出氣，花了幾秒鐘在呼天搶地和俯首聽命兩種反應中抉擇；一會不吭氣了，走入臥室梳頭更衣，準備隨夫赴宴。事實上董婆是很喜歡跟台灣老頭出去的，這次都是媳婦王小紅要她一定要想辦法臨時抽腿不要去，還說這是最後一個機會，如果還辦不成，以後董婆就認台灣老頭一個人吧。夾在中間董婆真是為難，只好哪個兇些她就倒哪邊。「不行，我信不過你媽，」董婆的媳婦小紅這天沒上班，在家等待董婆消息，卻忽然福至心靈，跳起來對丈夫有慶撂下一句話就向外走，「我過去看看。」母子兩家都住桃花井，走路幾分鐘的事。

「我也去吧？」有慶趕忙跟上，卻被小紅一個眼色掃住。

「人去多了要是老頭在難得解釋，」這天娘兒仨要辦的可是件出不得差錯的大事，小紅是首謀，只見她指揮若定，斬釘截鐵地道：「你在家等我的信，要你我打電話到隔壁小店叫你。」

小紅匆匆趕過去董婆家時恰好在樓門口遇到家勇開車來接兩老。

「勇爹，您老自己來接啊？好漂亮的車唷，新的不？怕不要上十萬？」小紅羨慕不已地作勢伸出手去要摸一下家勇的車，旋又誇張地縮回手道：「唉咦唷，這麼亮！怕我給你摸花了！」

家勇明知小紅做作，可是有人，還是個不難看的女人，誇自己的新車總是件開心的事，就笑道：「說你王小紅不識貨吧，我給你二十萬你替老子搞個一樣的來。」

「那不怕是要三十萬了吧！」小紅驚呼，奉承地把車價往多裡報。按輩份家勇該叫小紅「姑媽」，至不敬也該叫「林家姑哀家」表示是遠房長輩，可家勇碰上比自己還小幾歲的小紅，心情好點就連名帶姓的喊，平常還不客氣些，叫她「欸」。可是小紅身段柔軟，並不計較這些虛套，只更做小伏低，近乎撒嬌地對家勇道：「是囉，堂客哪裡懂車子的事？勇爹，你發財的人不和我們一般見識。」

家勇哈哈笑了；是啊，就算事小不記恨，家勇可沒忘了王小紅十天前貶低他訂的賓館還搶了他的客的事。

「唉咦唷，兩個小姑娘不好住華僑賓館地囉！」那天是小紅和兩姊妹在爺爺家初見面，聽說她們下榻賓館先大驚小怪，再又以本地旅館權威的高度作持平姿態分析道：「要我說，以前還可以，第一個星級旅館還是可以的，後來就不行了，被南湖賓館趕過去了，朱鎔基來了就住南湖，也是星級的，現在外國旅遊團來都住那裡。」小紅頓一下觀察聽眾表情，覺得不妨繼續，又說：「可是南湖太遠了，不方便，還是我們單位招待所方便，你們小姑娘又好住，又便宜。要是喜歡，我們今天就可以搬過去。」

每事問的家寶就問：「那小紅姑媽你們單位的招待所在哪裡？」聽說就在自己姊妹住的華僑賓館對街，家寶又問：「那我們為什麼『不好住』華僑賓館，可是『好住』對面的招待所？」家寶不是找小紅麻煩，初到貴寶地，兩個台灣妹根本無法精確掌握「不好」這個副詞在普通話裡的涵義；比如到處聽見的「這個不好說」，在台灣人耳中聽來就不是個否定句，反而比較像說的人知道一些內幕在拿俏，希望聽的人表現得更渴望知道，哀求一下才要告訴你。

小紅想這個小的有點「哈性」；本地方言「哈性」就是傻瓜、傻氣的意思；一面口中漫應道：「你們爺爺就最喜歡住我們招待所了，」小紅聰明，當著李家人從不說「我爸爸」或「我個爺」惹人反感，「住外面最要緊是乾淨，」小紅湊向兩姊妹神祕兮兮地道：「沒有亂七八糟的人。」看到兩姊妹未明究裡的表情，就補強道：「亂七八糟的人不敢去國營單位的。」家寶還是不懂，小紅只得說：「賓館裡有作風不正派的，」她看見家寶瞪著大眼睛等她說下去，脫口而出道：「那裡有妓女。」一面朝裡屋看看歇午去的老人有沒有在聽她們講話。

家寶不懂小紅怎麼就紅了臉，還以為是鄉下人保守，不能說「妓女」兩個字；家寶不知道小紅和自己一樣是個如假包換的城裡人，而且就在本城最市中心的桃花井市場一帶出生成長，娘家更和本城從清末以來就聲名狼藉的紅燈區只隔兩條窄街，比之家寶這種紙上談兵的「學生伢崽」不知見過多少市面；臉紅其實只是「妓女」這個平時用不到的「學名」讓小紅覺得在婆婆家裡講出來有點犯忌諱，不免有點不好意思起來。

「呵喔妓女！對對對，一定是妓女！」該家愛大驚小怪了，她興奮地道：「晚上一直不停有人打電話到我們房間，我一說喂，對方就掛掉。一定是妓女打來的，接起來聽到我是女的聲音就掛掉。」聽見家寶質疑怎麼她沒聽到什麼半夜妓女打電話，家愛就駁回去：「你睡得那麼死，別說妓女打電話，妓女來敲我們的門你也不會醒！」

小紅臉上的紅暈還未從自己生平頭一遭使用「妓女」這個正式名辭的心虛或激動中完全退去，就聽見兩個百無禁忌的台灣小姑娘在她婆婆的客廳中「妓女」長「妓女」短的爭論不休；小紅覺得臉上發燙，這個學名不知道為什麼比「婊子」還讓她刺耳；她不曉得現在台灣「妓女」都算俗稱了，董婆從良以前的這個專業現在在台灣正名叫「性工作從業人員」或「性工作者」，屬於服務業。

「妓女」、「妓女」的聽了一會兒小紅覺得有必要在台灣同胞前面捍衛本市的榮譽了，雖然她自己是這個話題的始作俑者。她提高嗓門道：「晚上打電話那也不一定是妓女，我們這裡電話也常常接錯線的囉。」說了自覺有語病，索性放棄解釋，趕快回到主打的換旅館主題，就斬釘截鐵地掛保證：「要說我們這裡有那種事，那也只有賓館裡有。那我們單位的招待所是乾乾淨淨的。」

「啪！」家寶用拖鞋打死一隻可疑的小蟲，給已是斑斑點點的招待所牆上再加一點。「我們怎麼會聽那個王小紅的話搬到這裡來？這叫『乾乾淨淨』？家勇哥說我們來這裡住她一定有好處，我們被騙了。」

「王小紅說得也沒錯啦，這裡真的便宜不止一半，而且晚上安靜多了，我睡得比較好。」家愛倒是心平氣和，「早點睡吧，明天一早要下鄉。」

帶兩個台灣來的孫女兒回鄉祭掃是李謹洲老先生安排的探親之旅重頭戲。雖然祖籍李村離城區實際距離不算遠，因為公路一段段修築，那時還不完全聯結，除非像從前那樣騎馬、坐轎或步行，開汽車繞來繞去竟比去到省會還花時間。祭祖不是小事，即使做足準備，也是個三天兩夜的節目，城裡親戚就派了先遣隊回鄉打點安排借宿事宜。說來傷心，謹洲當年也是地方上響噹噹的人物，現在落到回鄉祭祖還要借房子住。他當縣長時老母親翻修了祖屋，可是揪鬥地主的時候謹洲家卻從老太太到孫子一起被鄉親掃地出門。鄉人趕走了主人卻無法決定誰家當得起偌大一個宅第，就算多幾家來分，誰住正屋誰住廂房也擺不平，一時之間誰也不服誰，鄉人們打破了好幾個頭，折了好幾條胳臂和大腿也沒個結果。本地民風剽悍，素有「騍子」的別名，幾個不姓李的就商議：「老子既然搬不進來你的房，就把你的房搬到老子家裡去。」原來帶頭的幾人打算偷著幹，不想風聲走漏，管他姓啥，四鄉都來拆磚卸瓦。不知道這算不算眾人同心其利斷金，反正一個幾進的大宅院就像變魔術一樣的不見了。等家愛、家寶來到的時候連遺址上也建了幾戶人家。

「這就是我們家以前的牆。」共曾祖父的十房堂兄家勇指著農戶群聚中一爿高廣飛簷的牆壁向台灣堂妹們導覽，「我們祖屋就剩這面老牆了，是太平天國時候砌的，我爸說那時候我們李家也出了個人物，和你爺爺一樣了不起，把個房子造起，後來破敗了，到十二爹爹做了縣長又大修，照原來的樣子重砌。只這面老牆是原來的，因為每代都加固，弄得又高又厚，不好拆。這些人，」家勇指指依牆而建的房子，「把房子起在我們家的牆上，這片牆就留下來了。」

「哇，一面牆這麼大！這是圍牆吧？好像我們學校的圍牆喔。為什麼蓋這麼高一面牆呢？」家寶讚嘆著，遙想祖輩當年的家業。她和姊姊都是台北小孩，從出生起就住公寓樓，沒沾過地氣。

家愛說：「古時候大戶人家蓋高牆都是防土匪或火災的。老祖宗大概沒想到還能防鄰居來拆。」家愛看著僅剩的一片老牆，心中充滿著不屬於二十歲女孩的感慨；她從來不知道原鄉竟真有這樣一個祚胤久長的李氏大家族，更想不到的是在自己眼中窩窩囊囊的爺爺在家鄉竟然真是號人物；這都怪太多像謹洲這樣的外省人第一代在自己台灣兒孫前面「膨風」，誇大了自身的經歷或祖宗的家業，以至多數國共內戰時到台灣的外省家庭講起來不是國民黨權貴就是大資本家後代；從前反正兩岸不通，無從考證大人的牛皮，除了心存偏見的政客以訛傳訛拿去炒作議題分化省籍，窮酸外省家庭的小輩反而都是姑妄聽之。就像兩姊妹，李氏在老家的風光家愛聽是聽見家裡講過，卻從不往心裡去，說句不孝順的話，如果有得選，她多半會選年輕時在嘉義賣米的王永慶當爺爺，而不是年輕時在大陸當過縣長，卻把她沒開封的百貨公司贈品全不告自取拿回家鄉送人的爺爺。

一九九五年江南內地縣城的鄉下還沒有像現在這樣一塊塊水泥積木似的二層樓磚房，當時依李家老牆而築的都是泥土糊牆茅草結頂的農舍，幾戶都參差不齊地蓋在避風向陽的牆南，如果單看朝北的一半，那片高達二層樓，頂上壘著黑瓦片的灰白色牆垣屹立在泥地和藍天之間竟有牌坊般的氣勢。看著高牆想像著老家從前的大宅院，家寶聯想起總少一間房以至她常常得和姊姊擠一個房間的台北家裡，不禁問道：「原來這裡沒被拆掉的時候有多少間房間？家勇哥，你住過嗎？」

「我看都沒看過。」家勇感嘆道，「我小時候就在城裡了，我家裡窮得要命，六個人住一間房。我家只有我爸爸在老家出生，還住過大房子。要不是陪你爺爺這幾年到李村好多趟，我跟你們一樣，這裡的人一個也不認識。」

「勇爹！」依牆人家中出來一個老人向他們打招呼，「幾時來的啊？謹爹來的嗎？何得不來嗯屋裡掐杯茶？」

家勇上前兩步用土話回應，家愛、家寶自然不甚了了，只依稀聽懂「謹爹小伢崽」、「慎行」、「台灣細妹仔」。

「欸，他們是在寒喧不是在吵架。」家寶悄悄把自己的心得與家愛分享。

家愛瞪家寶一眼：「拜託，你到現在還不知道這裡講話就是這麼大聲？」

「不是啦，」家寶忙解釋，「這些人拆了我們家房子，占我們的牆和地，還把我們伯父和他奶奶趕出李村，這種不是仇人嗎？在台灣我們都帶西瓜刀過來了。」

家勇正好轉身回來，聞言笑道：「妹妹想吃西瓜啦？這個老者也姓李，不過早出了五服，自己說以前種過我們家的田的，他剛剛說還記得慎行叔小時候的樣子。那個時候來我們家鬥地主的人多了，有他沒他誰知道呢？」

謹洲這時也和十房老姪走過來聽見，就說：「我一生只朝前看，過去的就算了。」老姪嘆息道：「老家造新房二哀家真是花了好多心血的，我還記得她踩兩隻小腳——」謹洲真正回到故鄉後卻不願追憶前塵往事，尤其不能提及自己沒能盡孝送終，孤獨死在安養院的亡母，就打斷老姪的噓唏道：「算了！我就當被強盜搶了，被小偷偷了。」家愛從沒想過自己曾祖母是個小腳老太婆，來此前也無法想像那堵又大又老的院牆和上面無字的家族史詩；她環顧四圍茅屋水塘一片青鬱的田野，想到這裡竟是自己的原鄉，心頭忽然一熱，覺得爺爺帶她們來掃墓祭祖真是件浪漫的事啊。

家愛的浪漫情懷三十分鐘後在她向居停女主人借廁所時終結。

「帽低？」家愛驚嚇到跟著女主人說起土話來了，她瞪大眼望向妹妹：「家寶，她說沒有耶！」

家寶不信，慌忙上前比手畫腳幫助溝通：「廁所？洗手間？茅屎坑？」又轉頭向家愛求援，「爺爺他們怎麼說上廁所？」卻又急得不待家愛答應，自說自話道：「欸欸，解手，對對，解手——不對，他們說『改手』。」想到了，家寶又轉回去對女主人清楚有力的說道：「哪借借檸檬肢胳嗑那裡改手？」當然家寶以—為—她說的是「那姊姊你們自家去哪裡解手？」的家鄉話。

被叫姊姊的女主人按輩分恐怕是家寶的遠房姪孫媳婦，這下被台灣天兵姑奶奶的家鄉話笑彎了腰，只能喘著氣笑不成聲地說了一串兩姊妹完全摸不著頭緒的土話，然後快樂的跑了開去。一會家勇過來了，嘴角明明含著笑卻又面作難色的告訴她們：「鄉下的條件不好，這家還是新修起的，大修以前這裡是祠堂，所以寬敞些。這裡的睡房好些也新些，可是茅房比較遠，要過去田那邊，等下七妹仔她們過來了，教她帶你們去。」

家寶疑道：「那這家人自己很急的時候怎麼辦？」

家勇拿手一指不遠處的池塘，笑道：「到處都可以呀，這裡就不錯。」四面一望，看見旁邊還有一豬舍，就說：「怕醜，到那裡也行。」

家愛決定進豬舍解決她的問題。兩姊妹站在低矮的茅屋邊觀察；小屋裡黑黑的，聞到動物的臭味，可裡面什麼也看不見。家寶勸家愛：「等七妹仔她們來吧。」

「我不能等了。」家愛告訴妹妹替她把風，就像個赴義的烈士一樣的走進了小黑屋。

家愛出來的時候臉色很難看。告訴家寶：「我上好廁所的時候那隻豬動起來，我以為它要攻擊我，我一慌就踩到——」兩姊妹同時望向家愛足下白色名牌旅遊鞋。

「那麼貴，還新新的耶。」家寶婉惜著，忽然想起問道：「你是踩到豬的還是——」

「閉嘴啦！」家愛喝住妹妹，一面雙腳互助踢掉鞋子，一面流下眼淚，無助地道：「現在怎麼辦？這麼髒不能洗了啦！洗了我也不要了啦。」號稱有毛細孔會呼吸，夏天也透氣的名牌鞋，看得出來是劇毒入侵沒得救了。

家寶隨著流淚的姊姊默然片刻，忽然想到辦法，高興的說：「我們有帶拖鞋呀！外面也可以穿。我去拿給你。」

第二天家愛就穿著夾腳人字拖跟著爺爺並家鄉親戚一行人在田埂和小山丘上穿梭，到一個個近親長輩的墓前去祭拜行禮。稍後家愛兩隻光腳丫起了許多水泡，夾腳的地方也磨破了皮見血。到晚上吃飯時候家愛沒去，爺爺過來問起，家愛就哭了，說：「爺爺，我要回家。」

「想家了！」、「想爸爸媽媽了！」、「台灣那麼老遠跑來掐了虧囉！」、「多住幾天慣適哈就好囉！」下鄉後走到哪都跟著爺爺的一眾親戚紛紛講評起來，表示他們的了解和同情；除了認為小朋友離開父母一週以上思念成憂，也有摒除心理因素歸咎於休息不足，要客人多住幾天習慣鄉下悠閒的生活，更多贊同是旅途勞頓，「累了」，土話說法是「掐了虧」。事實上本地二十歲的大姑娘多半有婆家了，兩個好嫁人的台灣大姑娘在這裡裝小孩，李村鄉親戚們不看僧面看佛面，對謹洲的孫女特別包容，也把二姝當「細伢崽」。可也有人偷著不以為然地說：「台灣妹仔嬌慣了咧！」

不管是不是如鄉人所譏誚的「台灣ㄚ頭寵壞了」，謹洲決定如孫女所請，提早一天回城，可是眾親戚不依，因為次日要開祠堂。說來可笑，這祠堂其實原也給外姓鄉人占住了，初初兩岸開放探親時，鄉下堂房親戚遊說謹洲給點搬遷費討回祠堂，謹洲離鄉四十餘年是在外逃難不是做官，自然宦囊不豐，可幸那時鄉人胃口也不大，祠堂又經過上百年風霜外加幾十年缺少維修，已經牆傾杞摧跡近倒塌，就給了住戶若干「保管費」，達成協議從他姓手裡收了回來。鄉下親戚再又慫恿謹洲出資修繕，而且只要他出材料錢，李村的李氏宗親出工分，重建這個家族共有的殿堂。謹洲算算所費，實在負擔不起，可是讓列祖列宗的牌位有歸，李氏得以福祚綿延這樣的大功德落到做為子孫的自己身上卻又無法推辭。如果勉強做成，謹洲心想，自己和祖宗泉下相見也能俯仰無愧了。謹洲就登高一呼，要李氏在外的子孫湊份子，自己更樽節挪用，東拉西扯，不顧家鄉兒子李慎思一家的大力反對，硬是湊了一千美金做了最大份，又賴皮先斬後奏地替台灣的慎行允諾捐五百美金，其他城裡親戚各也五元、十元人民幣不等，齊心來辦家族這件大事。不想重建後，祠堂反而正式變身民宅，只是這回住戶確實都姓李了。這些宗親也給謹洲和其他認了份子的親戚一個說法，那就是謹洲等人所捐的經費不如預期，不夠買所有建材，以至李村親戚不但出了力還出了錢，既與原議不符，出了錢和力而後搬過來住的李村宗親只是拿自己應得的一份，不算侵占。不過中堂一間祭祀大廳還是具體而微的恢復了昔日風貌，算做李氏公房，現由與謹洲共曾祖父的數房共治共享，因為屋脊高，地面又是百年石板，特別陰涼，平時有人專用來置放醃辣椒或泡菜的大罈子，祭祖的時候就清空私房雜物，擺上供桌香案，紅紙寫上列祖列宗名號往牆上一貼，嘩啦，一個流動李氏宗祠就橫空出世，可以展開祭祖大典。

主事這次祭祖的鄉下堂姪說什麼也要留住他們：「十二叔，天都夜了，勇伢崽又掐了酒，何得開回咯囉？」另一個也幫腔：「我們都搞好了的呀，牌位也寫了，香燭也買了——」

「是囉！是囉！」眾人七嘴八舌都來勸，其中一人加強勸留力度，說：「謹爹您老人家走不得！這次做了好多準備，我們還請了和尚來唱！」

「狗屁和尚！」謹洲忽然動怒，罵道，「家裡又沒有死人請什麼和尚！不要教他們來！都是些假和尚！亂七八糟唱些麼子東西？對祖宗不敬！」本地幾十年無產階級革命對宗教這一塊鏟除得比較徹底，謹洲頭次返鄉遷葬母親就發現李村鄉親大力推薦的「高僧」俱是附近農民扮的業餘兼職和尚，可氣這些傢伙光討賞錢不敬業；頭都不剃，穿著迦裟卻戴著頂道士的帽子遮住頭髮，還不會誦經，拿個本子咿咿呀呀的唱像花鼓戲的段子。

「對祖宗不敬」的帽子扣大了，李村親戚面子上有些下不來，可是如果賭氣讓財神爺走了，開祠堂祭祖的開銷要找誰去報帳？

鄉下老三房一個堂姪年紀最長，出來做主道：「把和尚退了。」又把眼睛盯住眾人之中的一個不容分辯地說：「哪個請來的哪個請回咯。」轉過來躬身對坐在椅上的謹洲說：「十二叔，和尚退掉了。祠堂都準備好了，明天早上上了香再回咯？明天午飯就不掐了吧。」

謹洲知道這是底線，他要是真把三天兩夜的行程縮短成兩天一夜，不一定他哪房堂姪帳上要出現虧空。謹洲雖然上的是洋學堂，算他那個時代的「新派」，離開家鄉時畢竟也是三十五、六歲的青年縣長了，對封建大家族裡的貓膩只怕比他這些久經社會主義洗禮因而疏於練習的子姪還清楚。謹洲於是宣布今晚計畫不變，明日一早給祖宗上香後就回城，並清楚表示此事不得再議。眾人又發出嗡嗡之聲，卻聽不清是還有意見，或只是在做計畫臨時改變的善後安排。幾個對這次家族大拜拜做了投資，期望有回收的宗親飛快在心中計算自己的成本獲利率有沒有因為大隊城裡親戚提早回去受到影響。請了和尚的那個因為做的是無本買賣，損失的只是原來可以到手的佣金以及一點面子，反到無甚所謂，比較感覺失落的是輪到承包明天中飯的一家，咕咕嚕嚕地念叨著自己可能的經濟損失。

次日一早開祠堂，上香的時候幾把香換來換去怎麼也點不燃。原先搶著上前點香的宗親在眾人催促之下惱羞成怒，罵道：「哪個哈性買的次貨！豆腐都敢賣肉價錢，太殺黑了！」他把香一扔，擺出「老子不幹了」的架勢，退了開去。無論品質良窳，「香」是在帳上的，扔了該算誰的呢？主事的老三房成員只好忍氣吞聲地把點不著的香撿起來，一試再試，還是枉然。謹洲雙手扶杖於前，臉色凝重，抬頭挺立大廳中央，隨便眾人亂作一團卻始終一語未發，顧自垂眉斂目彷彿在與祖先精神交流。

議論紛紛以至嗡嗡不絕的人聲隨時間過去漸漸沉寂下去，最終只剩老三房的幾個還在盡最後一點人事，弄出劃火柴的微弱劈啪之聲。原本亂得像菜市場一樣的李氏活動祠堂卻因這件讓採購團隊出乖露醜的插曲安靜下來，居然漸漸有了點肅穆的氣氛。

「開始吧。」謹洲終於抬起眼皮開了口。鄉下睡房條件不好，謹洲眼睛紅紅的像沒睡足，鄉下盥洗條件也不好，謹洲稀稀疏疏的幾根白髮沒梳妥，在夏日清晨的微風中微微顫抖。

負責此次採購的三房眾人如逢大赦，老堂姪尷尬地把沒點燃的生香分給家愛和家寶，卻不敢拿給謹洲。

謹洲對孫女道：「做子孫的孝敬祖宗，莫若自修。你們考了好學校，就是李氏的好子弟。這次你們長途跋涉，人來了就是誠心。我們空手行禮就好了。」說著自己朝香案方向三鞠躬。家愛、家寶拿著幾根似香非香的黑頭細棍不知所措，只得趕忙跟上爺爺胡亂行禮。唱禮的一時措手不及，等回過神來，謹洲已經轉身出廳，二個孫女緊緊跟隨在後。

「十二叔，十二叔！」三房老姪子追上去用告饒的聲音喊著謹洲，可是認錯道歉的話是絕不能說出口的。

「噯呀，你看弄個假香！三房裡這次真是搞得不好！」一個老的城裡親戚低聲埋怨著。

「那鞭炮還放不放呢？」年青的一個鄉裡親戚問。

「哈性！弄好了不放你把錢？」中年的一個低聲怒罵問的人是傻瓜，又催促道：「快點放，等下都走了還放個屁！」

謹洲祖孫三人便在震天響卻又因品質不良時而要中斷重燃的鞭炮聲中走到了村口土路盡頭家勇停車的地方。家愛和家寶注意到爺爺濃眉深鎖，一臉的不高興。二人偷偷交換意見，咸認為是做司機的家勇遲到之故。三人等了好一會才看到家勇小跑步過來，一面說：「我個爺等下跟他們大車子回咯，我們先走。」

家勇發動車子，一邊解釋自己為什麼姍姍來遲，又為什麼他的父親，就是謹洲城裡的十房老姪，原和他們一起坐家勇車來的，現在要隨大隊。

「一隻雞要五十塊，我爺叫我把錢，我說『家興哥，殺黑殺到自家屋裡來了！一隻雞要五十塊！你何得不去搶？』」家勇講得眉飛色舞，似乎完全沒注意到謹洲的不悅與不耐；原來準備了今天大隊人馬吃午飯的六房不堪代墊食材的損失，賴著皮要把自己捨不得吃的雞鴨魚肉賣給一眾城裡親戚，既是買菜，雙方自然是挑挑撿撿討價還價，所以耽誤了出發時間。

家勇笑嘻嘻地說：「我個爺拉我到一邊說鄉下窮些囉，六房三姑哀家可憐囉，十二爹爹這幾年也少跑李村了囉。我就把一百塊錢給我個爺說唉呀我怕了你我的爺呀，你只不要帶兩隻雞上我的車痾屎，我再把你一百求求你了我的爺！」

謹洲從鼻子裡冷冷地哼了一聲表示對這個話題的沒興趣，家勇也終於收到風，閉嘴專心在還沒鋪柏油的土石路上開車。兩個台北來的孫小姐兩夜沒睡好，也不管車行顛簸，很快在後座打起盹來。只有謹洲心裡煩，雙手緊緊拉住右側車門上方扶手保持身體平衡，用像受刑一樣的姿勢僵硬地坐在前座，老去的眼睛也紅通通的不知是在鄉下累壞了還是教李村的族人傷了心。謹洲大費周章下鄉祭祖原想教給「生在外面」的孫女敬天法祖，慎終追遠，上上中國傳統文化寶貴的一課，沒想到李村這些晚輩搞出這麼一場鬧劇。

「唉！」謹洲對著自己輕輕嘆口氣，心想人窮志短，馬瘦毛長，李村鄉裡人也是沒有辦法。其實以前謹洲在家的時候李村就一直有富戶救濟窮親戚的傳統。魚米之鄉的農戶一般不會搞到沒米下鍋，可是不到收成的時候可能缺點小孩繳束脩或家裡辦紅白事的周轉金，小地方沒有農會或銀行，那就帶上點自己田裡或池塘裡的土產去拜訪富裕的親戚，受訪者就用紅紙包適量的現金送給來「看」他們的宗親。富戶誰家會缺幾把漂亮的蓮子或一條特別大的鯉魚？可是給的紅包不但要多多超過禮物的市價更要「幫得上忙」。那時候的施者、受者一切都進退有規矩，哪像現在這樣祠堂裡就做起農副產品拍賣會來？最讓老人傷心的是人心變了，從前施的人懂得客氣保住告幫親戚的尊嚴，受的人也銘感於心全家老小記下這個人情，現在卻是漫天要價，就地還錢，要買貴了、買次了，那是買家蠢、「哈性」，再與人情義理無關。謹洲回到家鄉快滿三年了，不順心又不順眼的事真不少；電視劇裡出現頭歪戴帽、嘴斜叼菸，一口一個「娘皮」的國民黨形象角色，他還可以轉台，還可以關機，可是人心變了，社會變了，他的家鄉也變了，他一個過氣的老人就只能嘆息著練練字，寫寫「孤臣無力可回天」之類的句子抒發鬱悶之情。謹洲悲哀地想，他的時代真的過去了嗎？

謹洲兩手過頂拉得手臂、手掌都發麻了，車也開上了較為平坦的省道，謹洲放開拉手伸展一下，緊緊手臉，心中替自己打氣：「管不了那麼多了，下一代都管不了，還管下下一代懂不懂慎終追遠？自己一家都管不好了，還管李村鄉人懂不懂敬天法祖？至不濟我李謹洲也是直著身子坐汽車回來的，不是躺在棺材裡被抬進來的！」謹洲忘了，年輕時的他理想多麼崇高，他是中山先生的信徒，哪裡看得起只知獨善其身的鄉愿？既幸而能讀聖賢書又生在共和國，當然要「施行訓政」教化愚民，帶領鄉親走入實踐三民主義均富的新中國。現在他人生成敗總結的標準竟低至以自己是直的還是横的回到出生地?!謹洲老了！

謹洲真的老了。那天從李村鄉下回到桃花井家中，累得不及注意董婆併兒子媳婦都在而且形跡詭異還不稀奇，可是沒發現自己書房中東西移了位，睡房大櫃中暗屜也給撬開了鎖，那就不只是累了或一時大意能解釋了。只怕謹洲是真的老了，老先生老眼昏花，自己家裡遭了賊也幾天都沒發現。

賊自然是內賊。小紅一干人倒是沒想留個犯罪現場在那兒等著人回家抓個正著，只是謹洲忽然提早大半天回來，他們來不及整理妥善。董婆心虛得說話牙關打顫，有慶更是躲進了廁所，不敢和陪同送老人上樓的家勇打照面，只有小紅很快恢復自若神色把坐也沒讓坐的家勇送到門口，嘴裡還說：「雖然如今這裡不一樣了，到底還是桃花井，勇爹你車子沒人看著我們不放心，不敢留你，否則何得教你不掐了夜飯走！」

家勇佯怒道：「中飯還沒揞呢教我揞夜飯！」旋又展開笑臉問安告辭一通，準備學他兩個先到點下車的台灣堂妹跳過今天誤掉的這一頓中飯回去補覺。等小紅送走三人都忌憚的李家勇，有慶還正想從廁所出來，卻聽見台灣老頭到處叫小褓姆，說要吃午餐。

小紅說：「妹仔說家裡有事，爺你又這幾天不在，我媽就教她回鄉下咯，叫我們過來陪她。」一面繫上圍裙向廚房走，可走到哪嘴都不停：「這幾天爺不在，沒有麼子菜，我媽是我個爺不在，伙都懶得開哩。唉咦唷，真是莫得麼子菜，爺煮碗泡飯揞吧？——不想揞泡飯？好好，叫有慶出去買碗米粉？。有慶，有慶，這個人！掉到茅廁去了——」

小紅風風火火地拉著老人又問鄉下情形，又報告這兩天城裡小菜價錢，桃花井鄰居趣聞，以至謹洲累得吃完有慶買的點心後也倒下睡了。等老人鼾聲響起，小紅、董婆、有慶三人這才鬆了一口氣，先快快地輕手輕腳湮滅證據，再又關起房門共商大計。

「真是喝老子一挑！李家就那個李家勇能事，老子懶得搭講！」有慶搶著開場，他一直惦記著為自己躲進廁所的行為做個解釋。

小紅妙目横掃丈夫一眼，她才是跟他「懶得搭講」。卻又等董婆也發表了幾句廢話以後，三人閉門會議才得以進入正題。小紅總結成果：今天成績不錯，雖然台灣老頭早回來半天以至來不及去銀行取錢，可是不比前面兩天瞎忙和，現在頭緒有了，要的東西都找齊了，剩下只要去趟銀行就辦妥了。有慶等錢用，要明天就去。董婆說老頭出去了幾天，小褓姆不在，家裡離不開人。其實董婆參和這事真是被兒子、媳婦逼上梁山，心裡是萬分害怕得罪台灣老頭。說起來也怪，跟過這麼些個漢子，只有台灣老頭沒打過她，可是她偏就最怕他，雖然跟老頭談不到一塊，也不知道老頭天天寫字呀，嘆氣呀，到底心裡想麼子，她就是想順著他，彷彿只有順著老頭，老頭心裡舒坦了，她就也喜歡。小紅看自己婆婆這時不行那天不敢的窩囊樣子忽然心裡有氣，嚴重警告道：「大櫃裡暗屜的鎖是撬過的，台灣老頭隨時會發現我們開了銀行保險箱拿了他的東西。媽我勸你，這事開了頭就不能停，李家是好惹的呀？親戚站出來一人吐口痰都把你淹得死！」看董婆嚇得臉都白了，又放柔聲音道：「我們是拿自己的錢呀，又不是旁人的，他們李家也要講道理的。錢在自己手上才當得了用，說是給你的錢不讓拿，就不能當用，台灣老頭做過國民黨的官的，知道人家是不是欺負我們是桃花井的呀！」

對，衙門裡出來的都不是好東西，就不把桃花井的人當人！董婆讓小紅觸動前情；想起從前一個警察，一個收稅的，那兩個就專門在桃花井欺負人，從來都是說了給錢又不給錢的。

小紅軟硬兼施，終於議定明天按兵不動，還讓董婆陪老頭一天，後天李氏家宴的時候董婆借故不去，小紅和有慶來帶她去銀行取錢。

怎麼搞到董婆取「自己的錢」弄得像作賊呢？這就要回溯到兩個老人成親以前的財產分配協議；謹洲當時同意除了出錢頂桃花井的這個房子用董婆的名字，每月還給董婆零用金八百，另外家用實報實銷，更有一筆五萬人民幣答應了給董婆養老。這樣的條件當時讓董婆母子喜出望外，小紅雖直覺上的有些疑慮，可是憑她三年前的見識，實在想不出以這樣優越的條件嫁掉六十多歲光會在她家裡吃飯的婆婆，自己這方哪裡可能會吃虧，也就沒有異議了。謹洲答應的條件一一對現，只這一筆「養老金」數額既高，給的怎麼給，收的又怎麼收，套句時髦用語，卻是兩造認知不同。

結婚的時候沒有驚動任何人，連謹洲家鄉兒子李慎思一家都沒來賀。兩老冷冷清清，草草領了證，當晚謹洲心下過意不去，拉住董婆一隻手，心中感慨，想起東坡先生兩句詩，不禁吟哦出聲：「不念空齋老病叟，退食誰與同委蛇。」再又嘆道：「今後就是你陪我了，雖然如今我李謹洲在家鄉只是一介草民，你也是我屋裡的了。這樣的沒有排場是委屈了你，可是你要體諒我顧慮多。」董婆望著她的新夫婿微笑；台灣老頭說的每個字她都聽得清清楚楚，就是放在一起不大聽得出是個什麼意思。謹洲也看著這跟自己又陌生、又親近的女人，心裡說不出來的滋味，好像甜蜜卻又辛酸，可能像個寂寞的老人對住自己的寵物貓；她依著你，在你腳邊蹭來蹭去，可是聽不懂你的話。謹洲五十年前是新派，和子姪叫細十二叔的謹洲太太兩人是學校同學自己認識還經過幾年的自由戀愛，散了許多步，交換了許多封情書，把一生志趣與抱負都口頭並書面說明清楚後才談婚論嫁的。經過半世紀，即使這次二婚也算自主，謹洲反而老派地迎娶了一個自己不太認識的女人做妻子；像謹洲這樣走回頭路在台灣有個新詞叫「倒退櫓」。

那天董婆用謹洲先前下訂的錢置了一身新行頭，新做的黑色充羊絨西褲上面穿件百貨大樓裡買的唐襖;不敢穿大紅,暗紅緞面上盤了黑絲絨的龍鳳呈祥,像外銷甩貨。新燙的頭髮染得漆黑,和媳婦小紅一個師傅的手藝,圖年輕相,也是個頂上起糾的鴨屁股。董婆還買了點胭脂水粉化了妝,美不美「這個不好說」,可是臉上紅紅白白的確實比先前相親的時候水色好,人看了也挺喜慶。其實自從訂下和台灣老頭的親事,董婆就一腳踩上了雲端;非但再不用一個錢扳成兩個用,自己也能想吃什麼就買什麼,當然也不用上兒子、媳婦家蹭飯了;時不時給秀妹仔點零用,祖孫之間都親愛了許多。台灣老頭不在的時候,老太婆還嚷嚷獨住一個三居室的大屋太大了害怕,謹洲就教親戚從鄉下找了個小姑娘住家幫做家務。董婆這下生平第一次有了使喚丫頭,馬上把自己五十年以前被賣到桃花井娼寮做小丫頭的經驗派上用場,常常把垃圾袋打開來檢查核對蛋殼果皮的數量看小褓姆有沒有偷吃。

謹洲拉著婆子的手往自己身邊帶,董婆以為要香她面孔,不免垂下老臉嫣然一笑;她閱人多矣,男人哪怕八十歲他還是個男的不是?

「金花——你看!」老先生卻是懷中掏出一物,雖然沒有特別做出個身段,卻頗有點戲文裡薛仁貴對他寒窯裡的妻說「三姊——看寶」的調調。

謹洲手上是本藍皮小書,比董婆以前見過的小本紅寶書薄得多。謹洲告訴新婚老伴,先前答應的養老金替她存起來了,在中國銀行開了個美金定存戶頭,小書叫銀行存摺,到期憑證取款。因為他在的時候,一切家用歸他,這一筆既是留給董婆日後用的,就無謂拿現錢,懷璧得罪,遭人覬覦。中國銀行沒有聯名帳戶,謹洲特別指出存摺上寫的是她一個人的名字。董婆識字不多，自己名字還是會寫會看的，當下也細細辨識了小藍寶書上的名字以及金額無誤，雖然不清楚銀行種種，也還知道「中國銀行」是個效益好、後台硬、倒不了的大單位，甚至對教她不要拿著現錢顯擺，免得「得罪了隔壁」都完全可以領會。至於為什麼最後扯上別人的「醣鯽魚」？雖然不暸，卻猜到是老頭跩文，並不重要；反正董婆直覺台灣老頭沒有騙人。也像薛仁貴亮過大印以後揣回懷中，謹洲讓董婆看過存摺以後收進新買大櫃暗屜和他自己的台胞證等貴重物品收納一處鎖好，鄭重收起小鑰匙。但是董婆還是真正從心中喜了出來；畢竟是她董金花此生第一本存摺，還是美金戶頭呢！

那時節美金匯率高的時候黑市是十元人民幣兌換一元美金，比官價的九塊幾高了不少。謹洲每月家用都教孫子潘信拿了美金去換。一開始，桃花井的人對銀行這個他們生活圈之外的機關單位是心存敬畏的，就沒想參一份，更何況董婆家用以外還有八百元零用金已經讓大家都眉花眼笑，人人過上好日子了。可是幾年日子很快地過去，中國也在改革開放的大旗下飛速躍進，不但百廢俱興，還百物飛漲，連內地這個縣城也改變了它的古城面貌；以前乏人問津的貧民窟桃花井也劃入了將來的商圈開發計畫；媳婦王小紅的被服工廠本業跡近停頓，就廢物利用以閒置的工廠園區和營造商做起合建的生意來了，兒子林有慶任職的肉聯廠原來是個肥差，可是公家不再壟斷副食品的經營後，單位效益一年不如一年，現在已經停止營運。還有大家叫秀妹仔的董婆孫女林秀秀，和家寶同年，初中畢業以後多半時間在家待業，專心做孫女。隨著日子一天天的過去，董婆一家祖孫四個漸漸習慣了台灣親眷的新身分，也開始對他們的李氏親戚們品頭論足起來。

「最不喜歡潘信哥，」秀妹仔向她媽抱怨這天在董婆家遇上謹洲正牌孫子潘信去送換成了人民幣的月費，「他說姓林的老在他爹爹身上打主意。我也不過是咯哀哀屋裡吹吹空調，講講電話，偏他那麼多空話。」那還是家愛、家寶來訪之前月餘；尚未進入盛夏，天氣卻已經熱得要開冷氣了。

小紅恨道：「他個姓潘的主意打少了？」真是別人猶可，這個萬人嫌潘信就沒資格講閒話。小紅以城裡人的高姿態罵道：「去年還掏了老頭子六千塊學開車，他個哈性到現在還莫考到駕駛證！他一大家子不打台灣老頭的主意，難道靠潘信他老子三百塊錢退休工資活下去？那一家子就該回他容家灣種田！」

有慶老實，勸妻女道：「人家那是親的——」

小紅打斷丈夫，啐道：「親的人家姓李的又沒一個跟他搭講？賊頭賊腦，一點不孝順，每個月就拿錢送錢的時候去一下。」說起拿錢送錢，小紅遷怒到丈夫身上，數落起有慶來：「他一個農民，他都敢去換美金賺錢，偏你曉得怕換到假鈔票！」

這次卻是有慶有遠見；潘信終日打雁，果然讓雁啄了眼，他這個月送去給老人的人民幣竟有一半是假鈔！原來潘信美金買賣做久了，膽子漸大，專撿利高的，而不是有信用的買家去交關，就讓歹徒有機可趁。董婆拿了幾百元假鈔如何放得過前去請罪的潘信父子？自然一面呼天搶地，一面喚來兒子媳婦當援軍。五人當著謹洲的面爭執不休，推推攘攘，要不是對金主還有幾分忌憚，早就打起來了。謹洲置身這幾個只比嗓門大，卻不想講道理的市井之徒與無知農民中間，只能連聲叫喚眾人閉嘴，還要間中記住深呼吸，怕自己血壓上升過急，給這幫自家屋裡的無賴氣到中風倒下。左鄰右舍聽見吵嚷，忙來湊熱鬧，樓道上站一堆本樓名嘴邊打聽狀況邊評論，幸好屋中因為開冷氣關著大門，以至內外群眾一時不得合流，場面不至馬上失控。唷，屋裡屋外，那場面真是亂得可以！可嘆身邊沒有侍衛，老縣長再有威嚴也難維持秩序。可不是，哪怕包公再世，也要叫喚「王朝、馬漢」才鍘得了人頭呀。謹洲情急智生，拿起自己平日散步用的手杖，嘩啦拉一掃，什麼菸缸、花瓶、相框等等能砸出聲音的擺件頓時碎了一地。眾人這才安靜下來，只聽見有慶最後情不自禁地叫了聲：「媽呀！真是喝老子一挑！」

謹洲沒有採納潘信的建議把假鈔夾在真鈔裡想辦法花出去，也沒採行小紅的建議去公安局報案把潘信以共謀的嫌疑關起來，而是由謹洲概括承受，補償損失，總之這個假鈔詐騙案到最後真正的苦主只他一人。然而結果還是得罪了親兒子這邊，潘信父子非但沒有感激謹洲代為「賠錢」給董婆，還撂下些狠話，悻悻然而去。潘信既然自行解職，換美金的差事就落到有慶夫婦身上。有潘信在銀行外面換到假鈔的先例於前，沒有經驗的二人就只敢乖乖地走進銀行讓人用掛牌匯價「宰」。小紅的聰明不是一般，一回生二回熟，銀行才去過一趟，就看出這個氣派非凡的大衙門其實和郵局、電信局沒啥不一樣。裡頭那些穿著漂亮制服坐在體面櫃台後面的青年男女，雖然臉上做出「懶得睬你」的神情，只要耐著性子低聲下氣的磨，他們什麼都告訴你。最壞不過多跑幾趟，終究是辦得成事情的。小紅覺得銀行不再是個可怕的衙門，它只是一切照章程，然後那些章程每個銀行裡的人也只知道或者透露一部分，多排幾次隊，換幾個窗口，厚著臉皮多問問就會了。沒什麼難的。

偏是在小紅對銀行作業漸有認識之際，有慶得到一個好機會，昔日肉廠同僚找他做批發瘦肉精的生意，一萬元一股，要能一下認五股，就讓掛名當經理，每月還開八百塊工資。有慶找小紅商量，也想入個一股，賺點花紅，學學做生意。

小紅也覺得這是個好機會，還豪氣地加碼道：「人最要緊還是要有個『單位』，要入股就認五萬！搞它幾年哪怕生意不賺錢，我們也回本了。」兩夫婦手裡積蓄不過藏在床褥子下應急的幾千塊，怎麼也得留著防身。小紅足智多謀地道：「台灣老頭是不會借給你的，這件事只有找你媽。」

董婆手裡沒有那麼多現錢，可兒子和媳婦都知道她銀行裡有。有慶來軟的，向母親哭訴自己從農曆年後失去了「單位」的無依無靠與痛苦；小紅又嚇董婆，說一本存摺鎖在櫃裡兩年多，曉得上面還是不是董金花三個字？更何況有慶拿了工資是要給母親利息的，現在銀行說有利息誰見過呢？一來二去董婆給說動了心，有慶多大點出息，董婆是他媽媽還不清楚？董婆主要還是被小紅的理由說服了，就同意趁老頭帶孫女下鄉祭他們李家祖宗的時候打開大櫃暗屜「先看看」再議其他。董婆還暗藏了個賭氣的心，因為老頭每有他們李家什麼事，都不把她當「屋裡的」，說也不說，提也不提。像這次要出三天門，她還要勇伢崽講了才知道，教她心裡嘔得慌。於是老頭前腳一上車，董婆就打電話叫小紅、有慶過來開櫃裡的鎖。哪知這樣一件董婆想「看看」自己存摺的小事鬧騰了兩天半，沒個結果不說，還差點被提早回來的李家人逮個正著。

小紅三人在李氏下鄉祭祖的這幾天真是過得像〇〇七一樣緊張，並不比自覺在鄉下受罪的家愛和家寶吃香睡好。先是董婆不敢叫鎖匠，有慶又沒撬過鎖；起子、鉗子工具換了好幾樣，搞了幾小時才搞開大櫃裡暗屜。一開了不得，裡頭就些紙張文件和幾千塊做家用的人民幣和點零碎美金，哪有什麼董婆說的小藍寶書？董婆呼天搶地，要立刻趕到李村去找台灣老頭拚命。小紅、有慶也覺沮喪，反正一鬧開就要撕破臉了，撬抽屜搞得一蹋糊塗也不去收拾。最後還是小紅心細，到了晚上鼓起勁把幾張紙仔細看了，跟董婆和有慶說裡頭有張單據是老頭租了個銀行保險箱，還把媽的名字也寫上面了，會不會是換了個地方收著呢？大家夥也想起來電視劇裡是看過富人在銀行租保險箱存放金銀物件的。

三人又興奮起來。第二天等著銀行九點開門就去了，帶去的保險箱單據說沒用，讓帶保險箱鑰匙來。這真不知是個什麼鑰匙，深怕老頭隨身帶走了，又回去翻箱倒櫃，把屋裡兩支不認識的鑰匙都帶了去銀行，居然真有一把書房裡找到的中獎。可鑰匙對上了，還要身分證，三人又跑回去拿身分證趕在銀行下班前進去。誰想理論了半天還是說只能讓董婆一人進去，說是其他二人俱未經授權。董婆抖抖縮縮，猶疑不敢去，拖延半晌，行員就說下班了，改天請早。等三人一出門，銀行人員就按客戶資料打電話到府找開戶人核實，還留了言在謹洲的答錄機上。

小紅那天晚上沒回家，和婆婆一床睡，做董婆的工作搞通思想；小紅教膽小鬼婆婆無論去哪裡，做什麼，都別分心去害怕，專心想五萬元是「自己的錢」。小紅一再告訴董婆，銀行哪怕是個衙門也是為人民服務的，又不是公安局或法院，沒什麼可怕。第三天幸好也是銀行一開門就去，否則台灣老頭回來了他們都還沒進家門。出門前小紅交給董婆一個大皮包，雖然三人都沒見過銀行保險箱什麼長相，小紅想當然爾是一個大傢伙裡面放著金子和鈔票，就叮囑婆婆道：「我們也不多拿他的。該五萬我們就只要五萬。」

管開保險箱的銀行職員每天換人當班，按章程核對身分證後要董婆簽個字，就帶著進去了。董婆進去磨蹭半晌後，提著大皮包出來，小紅、有慶急忙趨前問有沒有東西？董婆把個輕飄飄的包向前一遞，道：「喏，都拿出來了囉。」

其中果然有董婆的藍色存摺，連圖章一起放在一個透明膠袋裡。董婆看見小藍寶書無恙欣喜無比，以為這次任務圓滿達成，幾天辛苦沒有白費，冒險就此結束，渾然不知上了賊船就不容她想下就下了。

小紅知道董婆顛三倒四的靠不住，可偏這個糊塗婆婆是正主兒，辦這件大事少不得她。講好今天不參加李氏家宴，三人同去銀行取錢，萬一又跟著老頭去了就糟糕。小紅在老人小區門口成功攔截了家勇後，趕快上樓，果然看見董婆已經準備好了要和老頭共赴李氏為家愛和家寶送別的家宴。

「唉咦唷，我個親娘欸，我就是怕你喜歡掐酒又要跟我個爺咯囉！」小紅在大腿擊掌表示痛心。這樣直接了當地拆穿共有陰謀，董婆不及反應，只能呆立原地聽媳婦擺布。

「我個爺，」沒外人的時候小紅都是親熱地像叫親爸那樣喚台灣老頭，「我媽呢這幾天你老下鄉去，她人不舒服，胃痛——看了看了，看了醫生了，教她不能掐酒，飲食要清淡些——是呀是呀，我這不是今天班都不上，過來陪她啦？」

小紅一面說著，門口鞋櫃裡拿出皮鞋過來蹲下替謹洲換上，一面催道：「剛才上來勇伢崽已經在下面等了。」攙起老先生往外走，卻對董婆說：「媽你就好好休息，今天就不去，等哈我煮稀飯你掐點。你這個毛病又沒什麼，就是一個忌嘴。你等哈，我送我個爺下去就來。」又笑盈盈的跟老頭低語：「我媽就是喜歡掐酒，今天我們就不帶她去，要她在家乖一天！」謹洲就笑著被小紅牽著走出門。下樓的時候還聽小紅在那兒說：「明天一早我就來，家愛、家寶去飛機場前要到你這裡來的吵？我帶秀妹仔來跟她兩個台灣姊姊、妹妹說再見，今天是李家的席，沒有我們坐的……」結果老先生一個人上了家勇的車，到招待所接孫女吃酒去了。

這下摒除了障礙，應該順利取出屬於董婆的錢了吧？沒想到等小紅帶婆婆到銀行排上了號，卻被櫃檯告知這是個五年優利定存，銀行的人解釋給她們聽，現在解約取錢，利息上要吃大虧。董婆至此已經愈來愈覺這筆錢是自己的了，也證實了老頭是說話算話，沒想欺負她的好人，就只想把拿出來的東西通通放回原處，什麼事沒發生過一樣地回去過她滋潤的小日子。可是小紅不依；千辛萬苦才到手的東西，看一看就放回去是不可能的事！

三人那天在謹洲回來時收得匆忙，而且一眼就找到存摺了，其他保險箱裡的東西都還不及全部清點。這天時間從容，就把一包包物件打開細看。私人文件、證件，甚至幾樣小金飾，三人均無所謂，只有一包五十張百元美鈔吸睛。

「真是喝老子一挑！」有慶望著小紅手裡的信封驚嘆出聲，也表示自己識得外幣：「這麼多美元！還都是一百塊一張！」

「我說，趁老頭沒回來趕快送回銀行咯。」董婆一再催促，「給人知道了，我不得了呀！」一面伸出手去彷彿要奪回信封放回包中。

小紅身子一讓躲開董婆伸過來的手，瞪著眼睛說：「不該我們的不要，該我們的呢？」她把裝了美金的信封緊捏在手中，強辭奪理地繼續說：「台灣老頭三年前就答應了給五萬，我們媽才跟了他，誰知道他欺負我們不懂銀行的事，存心賴五年，我們現在拿他的都遲了，還差利息呢。」

「小紅，」董婆哭起來，可是說來說去就是那麼一句：「人家知道了，我不得了的呀！」

「那像金子是好東西吧？」小紅騰出隻手去掂掂那幾個戒指；跟原先與董婆結親時台

灣老頭給她一家三口的一樣重，就說：「那我要我們拿他的嗎？我們不要他的金子呀！不該我們的不要，該我的才要的囉。」小紅說著也丟下金戒指，委屈地哭起來：「我是貪心的人嗎？——我不是貪心的人呀！——」小紅把裝美鈔的信封往有慶手裡一塞，涕泣道：「你們做好人，讓我一個人下十八層地獄！我做什麼不是為了這個家，想人家看得起我們？」有慶心一酸，也哽咽道：「小紅都是為了我這個悖時的。媽呀——你是嗯媽你不能見死不救啊！」有慶一面把手中裝美鈔的信封遞回去給董婆。董婆卻忙著淌眼抹淚，不伸手去接。小紅淚眼婆娑卻注意到這個細節，心知三人又上了同一條船，就從丈夫手中拿回裝錢的信封，清脆地道：「五千美金銀行裡還換不到五萬，算個整數，我們還算跟媽借了五萬，利息照五萬塊給。」她說著站起來拿手紙擦拭眼淚。

「媽呀，」小紅也給董婆幾張手紙擤鼻子，一邊勸她道：「其他什麼存摺、金戒指我們都原樣放回咯。老頭不會知道的。退一萬步等他知道了，就說我們跟他借的。借的又不是不給利息，比他把錢放在銀行保險匣裡生霉不強些？」這邊安撫了董婆，那邊又跟有慶說：「今天時間多，我把這裡仔細歸整一遍，你趕快帶媽咯銀行把東西送回咯。大櫃的抽屜也拆下來拿到家具行修修好，不要讓人看出來，看出來了我們媽不得了。」

董婆這是吃了幾年太平飯日子過得太好了，引鬼上門自尋煩惱；她原本想驗證台灣老頭對她的承諾，不想從犯給推成了首腦，聽小紅口氣，如果這事東窗事發，顯然只她一個會有「不得了」的後果。小紅和有慶錢已到手，借不借不過是一句話的事，如果董婆真和台灣老頭鬧到「不得了」，那她的存摺現在又怎麼能放回去？存摺和美金都拿了，為了幾個金戒子和些破文件再上銀行冒趟險究竟值不值當？「小紅，」董婆哭鼻喪臉地說，「包包暫時先放在家裡面囉。這兩天銀行跑了幾多趟，我如今想了還要咯，心裡怕得慌。」

次日一早家愛、家寶收拾好行李由家勇從招待所裡接來向爺爺辭行，小紅一家果然也都早早來到，還帶了市場買來的涼粉、米粉、肉燒餅、酒釀雞蛋等等各式早點，說是她盯著做的保證乾淨衛生吃了不拉肚子，堅持要二姝品嘗本地風味小吃。小紅兩母女加上董婆兩母子四個人又說又做，哇啦啦、鏗鏘鏘，瞬間屋裡熱鬧成一片。董婆兩母子還正忙擺桌子，小紅母女就親熱地拉著家愛、家寶和陪同上來的家勇坐上飯桌，問長問短招呼飲食，反而謹洲坐在一旁閒人一樣沒什麼話說。家愛就留家寶一人在飯桌上和小紅母女糾纏，自己走到客廳挨著老人坐下，問爺爺還有什麼吩咐。

「打電話教爸爸媽媽來玩了沒有？」謹洲慈祥地問家愛。

「打了電話了。」家愛含糊地道，「前天打的。」自然不會提陽奉陰違教爸媽別來的事。

「要是你們一起回來那有多好啊！」謹洲感嘆道，「走了想爺爺就打個電話，你爸爸很少打電話，你們多打打電話，免得爺爺掛念。」

家愛趕快替爸爸慎行辯解道：「爸爸說他跟慎思伯伯常通電話，所以爺爺的情形他都清楚，知道爺爺身體很好，說是回來以後都沒看過醫生。」

謹洲搖頭道：「這裡的醫生馬馬虎虎，看不看差不多。」旋又微笑地說：「爺爺自己的身體自己知道，就血壓高點，我是久病成良醫，自己知道怎麼招呼。我底子好，你在鄉下山上還走不過爺爺呢。總之你們回去了一定要常打電話，七十不留宿，八十不留餐，希望你們下次和爸爸媽媽一起來的時候爺爺還在——」

「爺爺——」家愛不依地喊起來。

家寶滿腔離情讓她對美食失去了平日的熱情，又感小紅母女虛情假意心中不耐，一直豎著耳朵在聽著姊姊那邊和爺爺說話。這下忍不住索性離座撲向沙發上的爺爺，她和爺爺長得像，也更親厚。家寶也不管自己這麼大個個子，抱著爺爺就像小時候那樣撒賴地哭起來：「爺爺你跟我們回台灣啦——這裡不好啦！我不要留你一個人在這裡——」

謹洲這時又成了老派，不習慣被個大姑娘這麼勾著脖子，就輕輕掙開束縛，拍拍家寶的手說：「這裡是爺爺的家，爺爺不走了。你是大學生了，還那麼愛哭怎麼行！捨不得爺爺就每年來看看。我身體好得很，董奶奶也照顧得好，我要活到九十歲沒有問題。」

家愛本來妹妹一哭自己淚水就在眼眶裡打轉，聽到爺爺說要活到九十歲，算算減掉老人今年的八十三只剩七年，就也哭出聲來。兩個孫女兒一人抓住著爺爺一隻手抽抽搭搭，屋裡另外四個在地的哭點都低，不關他們什麼事也聞聲掉淚，只有家勇一面擔心自己新車在樓下停久了不安全，又注意到謹洲臉有慍色，知道年紀大的人忌諱這樣哭哭啼啼，趕忙出來打岔，說路上修路，路況不佳，如果不吃了，最好早點出發。趕不上飛機事大。眾人聞言重又互道一番珍重，終於謹洲親送二個孫女下樓上車，祖孫灑淚揮別。

「兩個妹妹不要傷心啦！」車子都上了省道，家勇看家愛、家寶雖已停止哭泣卻還未收淚，想起接二人來時多了個萬人嫌的李潘信在車上，大家還一路嘻嘻哈哈講講笑笑的情景，實在不願回程這麼低氣壓，就勸慰道：「十二爹爹身體很好你們自己看見的。講句良心話，我們親人儘管再不喜歡，也要承認桃花井婆子這一家對十二爹爹也是滿巴結的。你們在台灣的親人不要擔心，這裡像十二爹爹講的，是他自己的家呀。」

「哇爺爺呀——」家寶聞勸卻大哭出聲，她可不覺得董婆家是爺爺家，「我不要留爺爺一個人在這裡，我要帶他回家回台灣啦——」

……………………

——原載二〇一〇年八月號《印刻文學生活誌》

大河盡頭（節錄）

李永平

一九四七年生於英屬婆羅洲沙勞越邦古晉市。中學畢業後來台就學。台灣大學外文系畢業。後赴美深造，獲美國紐約州立大學比較文學碩士、聖路易華盛頓大學比較文學博士學位。曾任教於中山大學外文系、東吳大學英文系、東華大學英美語文學系創作與英語文學研究所。著有《婆羅洲之子》、《海東青：台北的一則寓言》、《大河盡頭》（上卷：溯流）。另有多部譯作。《大河盡頭》（上卷：溯流）榮獲二〇〇八年度《中國時報》開卷十大好書第一名；《亞洲週刊》二〇〇八年全球十大中文小說，名列榜首；二〇一〇年第三屆「紅樓夢獎：世界華文長篇小說獎」專家推薦獎。《大河盡頭》（下卷）榮獲二〇一一年國際書展大獎。

不知什麼時候，天就落黑了。

怦然，大河口那一輪火紅火紅懸吊在海平線上，待沉不沉，晃蕩了老半天的太陽，終於墜入煙波蒼茫的爪哇海。

又見天河。

記得嗎，丫頭，七月七日七夕那天，我帶領我那重返故園、傷心欲絕的荷蘭姑媽，克莉絲汀娜．房龍，在一位好心的伊班老舟子協助下，搭乘他的摩多長舟，漏夜，擺脫成群科馬子怪獸的追殺，倉皇逃出紅色城市新唐。來到城外大河灘上，坐在舟中稍稍歇一口氣時，猛抬頭，我們看見，夏夜赤道線上黑漆漆的天空中，一條浩瀚的星河，呈大弧形，從東北方朝向東南方，橫跨半個天空，好似一條銀光閃閃一瀉千里的急流，嘩喇嘩喇，驟然出現在我們頭頂上，展露在我們那兩雙驚愕的眼睛前。

婆羅洲的天河，竟是如此壯美。

那時，我和克絲婷雙雙仰起臉龐，凝住眼眸，看呆了。

此刻在卡布雅斯河上游，朝山的第一站，燎燒了整日的太陽才沉落，天一入黑，好像澳西叔叔要戲法，在滿臉孺慕、目瞪口呆的一群長屋兒童面前，舉起手中的枴杖，一揮，瞧！這條天河又出現在我們眼前，那波光粼粼，殘霞如瘀血，成群白水鳥兀自盤旋不去的「巴望達哈」大湖上空。（丫頭，不知怎的，我心裡老記掛著澳西叔叔，沓爸．澳西，長屋兒童口中的白人爺爺。這位滿頭銀絲，笑咪咪慈眉善目，彌勒佛似的一逕腆著個皮鼓樣的大肚膛，伊班人敬之如神的「達勇・普帖」，偉大的白魔法師，自從魯馬加央一別，不知又上哪兒去耍戲法，蠱惑那成群倚門盼望、日日企待他老人家臨幸的長屋小姑娘……）」七月初九暴雨後，頭一個夜晚，婆羅洲的天空顯得特別清朗，萬里無塵。丫頭，妳看，天河中那一千多億顆恆星，密密匝匝大大小小，從天之北，往地之南，合力搭架起一座長長的鵲橋，橫跨卡江源頭、石頭山上那一碧如洗的夜空，乍看，像不像無數隻眼眸子，清亮、純淨無瑕，有如魔術表演會上，伊班娃兒們那一雙雙睜大的眼瞳，聚在一塊只管競相閃爍，眨啊眨……

●

半夜忽然醒來，渾身溼答答地冒出一片涼汗。屋內沒點燈。黑裡，只有一條蒼白的月光，悄悄照射進門板縫，投落在枕頭下方一張竹蓆上。我拍著心窩，努力思索好久，才記起今天七月初十（現在的時辰已經過了子夜，應該是七月十一了），我們在旅途中借宿於血湖畔的浪・巴望達哈村，一間無人居住的高腳屋。好靜。四下沒半點聲息。連那嗚噗——嗚嗚嗚噗——我們沿著大河溯流而上，七天來，每夜都聽到的深山母猿們召喚失散的子兒，此落彼起，競賽似地聲聲悽厲綿長的啼叫，這會兒也聽不見了。連那（丫頭妳聽了，可別齜牙咧嘴打哆嗦）鬼吹螺，那午夜報時般每晚必定綻響，彷彿古代邊關烽火台傳遞訊息，一家傳一家，一村傳一村，淒淒涼涼響徹大河兩岸，驚動數十哩方圓內每座長屋、甘榜和支那莊的狗吠聲，今晚，不知為了什麼緣故，忽然停歇了。我坐在臥蓆上，豎起兩隻耳朵諦聽，終於捕捉到隔壁房間傳出的鼾息。克絲婷睡得很沉、很安穩。我安心了，隨手抓起地板上堆著的衣服，揩拭身上黏答答的臭汗，這才想起，今天我還沒洗過澡呢。於是我打開行囊，找出毛巾和一套乾淨的衣服，趁著這子夜時分，更深人靜，踏著月光到大湖中痛痛快快泡個水。

才推得門，一腳跨出門檻，瞧，那滿天星斗便像萬千桶晶瑩剔透的碎冰，驀地給弄翻了似的，砯砯磅磅，沒頭沒腦直朝我頭頂上傾注下來！

一湖清光。我站在客舍門口伸首眺望，一時看得痴啦。滿天裡星靨靨。

丫頭，妳看過子夜的星星沒？它們就好像一群——好大的一群！至少有上億個喔——半夜逃家的小頑童，把身上所有衣物一古腦兒全都剝掉，赤條條地，光著皎白的身子，睜著一雙雙清亮調皮的眼瞳，月下，呼朋引伴，糾集在那一條白色巨虹般橫跨婆羅洲半壁天空的銀河中，蹦蹦濺濺，互相潑水追逐，玩水玩得正在興頭上，好不逍遙快活。天河裡戲水的一群兒童！他們讓我想起新月灣的伊班孩子。丫頭，記得吧？四天前我們搭乘鐵殼船，航經紅色雨林時，克絲婷曾為這個河灣的消失、娃兒們的不知去向，蹲在船頭，蒙著臉孔放聲嚎啕大哭！二戰期間被成噸、成噸燃燒彈，夷為一灘殷紅焦土之前，這片坐落於卡江中游，幽深深一條百里綠色甬道的盡處，好似上帝不小心，遺留在地球上的一枚月牙兒，美得正如其名「新月灣」的河灘，當初，自從開天闢地以來，經歷不知幾世幾劫，一直就是伊班兒童的專屬戲水場……

躡手躡腳，我光著腳丫，踩著木梯，步下我和克絲婷借住的高腳屋，摸黑朝向湖畔浴場走去，回頭一看，只見整座甘榜幾百幢白牆綠頂、玩具般玲瓏可愛的高腳屋，暗沉沉悄沒聲息，有如一群蟄伏的小獸，互相依偎著，匍匐在那迎著湖風婆婆搖曳的椰林中。一村人家，全都熄了燈火，只村落中央那間小小的石造清真寺，高聳的叫拜塔上，炯炯地點著一盞篝火似的橘紅風燈。

荒冷冷一瓢月，斜掛峇都帝山巔。

白鷺鷥！這子夜時分兀自成群盤旋出沒在湖心上。她們那孤獨、瘦小、美麗得有如幽靈般的身影，一瓣瓣一蓬蓬，沒聲沒息，風中飄飄蕩蕩忽現忽隱，月光潑照下顯得越發蒼白，輕盈，漂泊無依了。

湖畔浴場空無一人。我把毛巾和換洗衣物堆放在岸邊大石墩上，脫掉身上的衣服，光著身子，沿著一條五十米長的木造棧橋，快步走到湖中蘆葦深處，撲通，跳入水裡。湖水冷湓湓，一下子就滲透進我身上所有毛細孔，冷澈我的骨髓。我打著哆嗦蹲伏在水草叢中，撈起一把細沙，開始擦拭自己的身體。風吹草偃，一蓬蓊鬱的橄欖油香，摻混著濃濃髮精香，從蘆葦窩中四下漫漾開來，直襲我的鼻端，嗆得我一連打出好幾個大噴嚏。我想起昨天傍晚，日將落時，我獨自坐在客舍露台上眺望湖景。有如高更畫作似的，一幅色彩絢爛、線條簡樸、可美得讓人目眩的場景豁然展現在我眼前：夕陽照射下，一群甘榜婦女，渾身金亮亮，光著兩隻古銅色的膀子，裸著滑潤的肩背，只在腰間鬆鬆地裹著一條印花紗籠，三三兩兩喊喊喳喳談笑著，藉著蘆葦的遮蔽，弓著身子翹著臀子站在湖水中洗澡。她們身後的湖畔村莊，樹梢青煙飄漫，正是晚炊時分。

好久，我就蜷曲著身子，蹲在她們的蘆葦窩中，吸吸欷欷，恣意地，聞嗅她們的身體遺留在湖水中的橄欖油香，邊濯洗身子，邊馳騁思懷，霎時間覺得自己彷彿置身一場奇幻夢境中，天地空闊，萬籟俱寂，血水湖上白雪雪一群幽靈展翅飛舞，天際石頭山巔，鬼氣森森一團水月縹緲……

也不知過了多久，心中一凜，忽聽得潑刺刺一聲響，睜眼看時，只見月光下兩條水蛇扭擺著十呎來長、通體雪白、滿布著一蕊蕊花斑的身子，妖妖嬈嬈，倏地，從湖畔一株老栗樹根部大窟窿裡鑽出來，互相追逐著，齧咬著，癲癲狂狂一路纏鬥不休，迸濺起朵朵水星，穿越過月光粼粼的湖面，身形一閃，雙雙消失在湖心沙洲上水草叢中。

湖上，那群小幽靈自管拍撲著一雙雙皎白的翅膀，宛如一簇紛飛的白色的落花，一逕漂盪、盤旋在湖心。

月亮開始西斜了。

看看天時，早已過了子夜。

頭頂上那一穹窿星星，噪鬧得越發燦爛，一窩子笑吟吟俯瞰著我，眨巴眨巴，競相閃爍它們那頑童般億萬雙狡黠、清亮的眼眸。妳看那婆羅洲盛夏時節的天河，好低，好近——低得讓妳一豎起耳朵，就聽見星星們的喧譁聲，近得讓妳一抬頭就看到（朱鴒丫頭，妳肯定喜歡這種奇異、美妙無比的經驗）妳那張小瓜子臉兒，風塵僕僕，披著一頭亂草樣的短髮絲，帶著兩渦子笑靨，照鏡子似地，倒映在妳頭頂上那條清澈、晶瑩如冰川的星河中。

四更天時，大河上游冥山腳下的浪・巴望達哈村，就是坐落在這樣的一個星空下。我光著身子，獨自蹲在湖中洗澡，把自己想像成天河中的一顆孤星，感到好不逍遙快活，心情一放縱，不知不覺就哼起了那首民答那峨春米歌：

英瑪・伊薩——噯——伊薩

曼巴喲・卡德兮・安丹

英瑪・伊薩——噯——伊薩

古瑪士・蘇・葛蘇喂・丹……

湖畔椰林中，影一閃。我揉揉眼皮定睛望去。月下，紅灩灩一條窈窕身影，溼湫湫披著一頭漆黑的長髮絲。我使勁眨兩下眼睛，伸出脖子又一瞧。悄沒聲，影消失。我站在湖裡呆呆守望兩三分鐘。滿天星光潑照下，一張臉子水白白，驀地又浮現在椰林中月影裡。她終於挪動腳步，搖曳起腰間繫著的那條依舊光彩奪目，高高地，鼓鼓地，撐托起兩隻咖啡色乳房的紗籠，慢慢走出黑影地來，在湖畔一灘水月清光中，俏生生立定了。

自從七月初五，魯馬加央長屋夜宴上一別，五天沒見，她仍然穿著她那件粉紅紗籠，懷裡揣著寶貝似地，緊緊抱著一個用黃色小被褥包裹住的死嬰，孤零零，漂泊在大河岸，一路只管追躡我們的船。

不知為了什麼緣故，從河口坤甸城開始，她就跟定我們，夜夜朝向大河盡頭，石頭山巔那一輪隨著陰曆七月十五，月圓之夜日愈逼近，形體逐漸脹大，變得愈來愈豐滿的月亮，一路溯流，打赤腳跋涉數百公里，終於來到了朝山第一站的浪•巴望達哈民答那峨村。

這會兒，風塵僕僕，她一身髒兮兮溼答答抱著娃娃，佇立在村口湖畔，只管靜靜瞅著我。一雙幽黑眼塘子烏亮晶晶，瘋婆子似的綴滿血絲。我站在湖中怔怔望著她。兩下裡，隔著水湄一簇迎風招展的蘆花，雙雙打一照面。眼瞳一柔，她伸手拍拍懷裡的娃娃，羞澀地笑了笑，月光下綻露出好一口皎潔的門牙來。好久，她乜著眼睨著我，忽然舉起一隻手，抓起那一蓬覆蓋在她那兩顆黑珍珠似的乳頭上的髮絲，一把撩到肩膀後，甩兩下，回頭望望椰林中黯沉沉的甘榜，幽幽嘆出兩口氣來，隨即弓下腰身，把嬰兒安放在湖邊一座擣衣用的石墩上，挺聳起胸脯，邁步踏上棧橋，光著腳丫，拖曳著她那條在河畔叢林跋涉了好幾天、沾滿泥巴的紗籠下襬，跫，跫，跫，踩著棧橋上的木板，朝向我直直走過來了。

夜深。湖面一片空寂，連那群飄蕩不休的鷺鷥也棲息了，剎那消失無蹤。

一枚月亮搖啊搖，獨自個，盪漾在那倒映著天河、灑滿蕊蕊星光的遼闊水域中。

跫。跫。跫。

她直直走到棧橋尾端，停住腳步。

湖上，風潑潑。她身上那襲水紅紗籠飛飀起來，開衩處，倏現倏隱，露出兩條古銅色的長腿子和兩顆渾圓的腳踝。我瑟縮著身子，半蹲在水中，只顧昂著頭伸出脖子，怔怔望著她的身影。她只是靜靜站在棧橋上，迎著風，一手摀住她那滿肩亂舞四下飄散的長髮絲，一手聚攏起紗籠襬子，目光睒睒，凝住兩隻漆黑眼瞳，低下頭來一眨不眨瞅住我。橋上橋下，就這樣隔著一叢蕭蕭蔌蔌隨風搖蕩的蘆葦，好久，只管對望著。中了蠱似地身不由主，我扯起嗓門來，痴痴地，又對她哼唱起那首魔咒一般悽惻纏綿的春米歌／搖籃曲：

英瑪・伊薩——噯——伊薩
曼巴喲・瓦喀兮・帕蓋矣……

那一個個古老蒼涼的民答那峨馬來詞語：哦坎嫩・坎達特・巴巴喀喃／沙貢・喀德・笛的曼巴喲／伊薩爾紗籠・吉耶克科／英瑪・伊薩——噯——伊薩……彷彿字字沾著黏搭搭的瘀血，召魂般，不住流盪在午夜那空寂寂、白茫茫、沉浸在一泓月光中的「巴望達哈」血湖上，直欲將湖水染得猩紅……

眼睛驀一花，歌聲中，我彷彿聽見嘩喇喇一聲巨響。頭頂上那條浩瀚的天河，雪崩似地，驟然傾瀉下來。滿天星辰，登時幻變成漫空飛迸的血點子，一篷篷一陣陣，不住濺潑到我頭臉上，紅灩灩地灑滿她一身子。

她兀自佇立棧橋上，凝著眼，眺望湖畔的甘榜和甘榜背後，椰林梢頭，那座黑魆魆浮現在天河底下的石頭山，不聲不響只是豎耳傾聽，半天，眼圈陡地一紅，水白的臉龐撲簌簌就流下了兩行眼淚。

我慌忙止住歌聲。

如夢初醒，她使勁甩了甩頭，把滿肩迎風亂舞的髮絲往肩後一撥，伸手擦擦眼睛，隨即弓身捉住紗籠下襬，提在手中，望著我，只一踟躕便邁出兩隻光腳丫子，嘎吱嘎吱，踩著棧橋旁那座搖搖晃晃的毛竹梯，一步一步走下來，涉水進入蘆葦叢中，在我面前立定。

月光白皎皎灑潑到她臉龐上。

迄今為止，在這趟漫長的暑假鬼月大河旅程中，我與這個遊魂一般抱著孩子、夜夜逡巡河岸的女人，先後打過三次照面——三次，丫頭都還記得嗎？坤甸房龍農莊上、桑高鎮白骨墩紅毛城下的木瓜園裡、魯馬加央長屋夜宴——但這是頭一回，我們倆面對面站立，中間只隔三呎湖水，距離之近，我都聽聞得到甚至吸嗅到她的鼻息。這回，我可以清清楚楚、毫無顧忌地觀看她的容顏。

挺平常，可也挺健康明朗，年紀約莫二十四、五的民答那峨女子，擁有一副光潤的古銅色肌膚，和一張頗娟秀的鵝蛋臉。肩上烏油油一把縲絲樣的長髮，在大河畔飄蕩了這些天，鎮日曝晒在鬼月——陰曆七月陽曆八月婆羅洲大旱季——的毒日頭下，早已沾滿風塵，變成一窩枯黃的雜草了。那一雙原本應該十分清澄、靈秀的茶褐色眼眸，因日夜兼程趕路，如今，變成兩口幽闇深邃的眼塘子，滿瞳仁血絲斑斑，在這滿天星光，隨著夜深，銀河顯得越發燦爛熱鬧的午夜大湖上，只管一眨不眨凝視我。

我顫抖著嗓門，低低呼喚一聲：

——英瑪・阿依曼。

她沒有回答，只呆呆望著我。過了好半晌，她終於咧開兩瓣枯焦的嘴唇，綻露出一口皎潔的好牙齒，目光一柔，瞅著我羞澀地笑了。

——阿依曼，妳回到家了，從此不再漂泊流浪了。以後我再也沒有機會遇見妳了。

我瑟縮著身子，哆嗦著站在半夜深更沁涼如冰的湖水中，格格格直打牙戰，望著她，孩兒似地只管哀哀對她呼喚。也不答腔，她拎起紗籠下襬，邁出兩隻腳丫子潑刺潑刺涉水走上幾步，來到我面前，立定了，伸手解開腋下打著的結，鬆開身上的紗籠，不聲不響就往我身上圍攏了過去，把我整個赤裸裸、冰冷冷的身子，密匝匝地包裹在她那條溫熱的紗籠裡。

紗籠內，別有洞天。

石頭山巔一枚月亮縹緲注視下，浪・巴望達哈甘榜血湖上，就這樣，我和阿依曼共浴在這一方小小的、瀰漫著橄欖油香的粉紅天地中，很久很久，誰也沒吭出一聲。

●

不知過了多久，一抬頭，我就看到了一幅奇異莫名、讓我畢生難忘、至今思索起來，依然參不透箇中緣由的景象：

四更天時，天還沒破曉呢，我的姑媽兼旅伴克絲婷就已經起床，走出屋外來了。她穿著水藍睡袍，披著一肩蓬鬆的火紅髮絲，月下，迎著湖風，佇立湖岸上棧橋頭，睜著一雙海藍眼眸，只管朝向湖中呆呆地觀望。她身後，約莫五步光景，不知什麼時候，悄悄站出了那個肯雅族小聖母馬利亞・安孃・安達嗨。只見這個十二歲小女人，懷裡抱著芭比新娘，身上依舊穿著她那條邋遢花紗籠，圓鼓鼓，娗著她那日漸隆膧的身孕，站在湖畔一灘月光中，焦急地跂起一雙赤腳，睜起兩隻點漆般烏黑的眼睛，眺向湖心，一瞬不瞬只顧定定凝瞅住我。眼瞳中，依舊充滿話語，彷彿心裡有什麼要緊事情，必須趕快告訴我。但是，好半天，她那兩片蒼白的嘴唇只是一翕一張地，顫抖著，終究沒有把話說出口。湖畔風獵獵，她身上一把及腰的小黑鬘，飛蓬也似，飄飃在她身後，頭頂上，那一條亮晶晶嘩喇嘩喇兀自喧鬧不休的天河中。然後，丫頭哇，我把視線投向馬利亞・安孃身後椰林中，霎時，看到了我在這樣的時刻和這樣的地點——觀音菩薩！——萬萬不應該、絕對不可能看到的一個人。

我媽媽。

我的親生母親。

——娘，才十天沒見，您的頭髮怎麼一下子就又增添了好些花白？家裡還好嗎？

我一邊呼喚，一邊從阿依曼的紗籠中騰出一隻手來，使勁揉了揉眼睛，跂起雙腳，從湖中蘆葦窩裡伸出脖子，就著月光，朝向湖岸的椰林眺望過去。只見她，我那年紀不過四十歲、頭髮早現縷縷銀絲的親娘，天還沒亮，就已梳洗整齊，穿上她平日愛穿的那襲淡青底碎白花唐裝衫褲，瘦挑挑，帶著一臉微笑，瞅著我沒吭聲，獨個兒站立在——我又伸手用力搓搓兩隻眼皮——小聖母馬利亞・安孃身後的湖灘上，那一地閃忽搖曳的椰影中。莫非今晚天氣燠熱，在婆羅洲中央分水嶺的另一邊，古晉城的家中，她又跟往常一樣睡不著覺，打早起床，走出門口來站在屋簷下，眺望山巔的明月光，邊想自己的心事，邊惦念她那個才十五歲、生平第一次出遠門的兒子，永：這會兒，少不更事的永，正跟一個年紀已三十好幾、來路可疑的荷蘭番鬼婆，攪混一起，在這陰曆鬼月，結伴從事一趟神祕危險的旅程呢。想著，惦著，念力所及，母親的精魂就化作一道只有兒子才看得見的形影，飄飄蕩蕩，飛越婆羅洲的崇山峻嶺，來到大河盡頭聖山下的血湖村，顯現在兒子眼前……

●

石頭山下水湄上的三個女人——克絲婷、馬利亞・安孃和我摯愛的母親——這天晚上就這樣一前一中一後，排列成一個奇詭而美麗的縱隊，靜悄悄，佇立在大河上游的浪・巴望達哈血湖濱，椰林中那一穹窿浩瀚燦爛的星河下。

三張溫柔、憔悴、美好的臉龐，浸沐在滿湖白皎皎月光裡，一瞬不瞬，齊齊朝向湖心凝望著，如同姊妹合影留念一般，似親密，卻又好像有點生分，神態若即若離。

就在我跂著腳站在湖中，抬頭痴痴眺望湖岸，目眩神迷、滿心惶惑之際，忽然聽得幽幽一聲嘆息，低頭一看：蘆花蕭蕭水草搖曳，紗籠中空蕩蕩，只剩下我自己的一條光溜溜瘦巴巴的身子。不知什麼時候，她，漂泊的阿依曼，甩著一頭枯黃長髮又靜悄悄地走了，從此不再與我相見，只遺下她那一胴體溫熱濃郁的橄欖油香，久久，久久，陰魂不散般，停駐在她留給我的那條粉紅紗籠內。

湖面上，一漣漪破碎的月影，兀自洄漩盪漾。

大河嘆調

婆羅洲的天亮，總是伴隨著滿山呼號的猿啼聲。長夜將盡，天欲曉未曉。一天之中就屬這個時辰的景色最美麗淒迷。所以伊班人給它取個詩樣動人的名字：「英普猿・北奔吉」（長臂猿啼鳴的時刻）。今天早晨，在旅途中借住一宿的浪・巴望達哈血湖村，我便是在甘榜周遭滿林子乍然響起、濤濤如海浪、比賽似地彼落此起的「嗚——噗！嗚——噗！」聲中醒過來，揉著兩隻血絲眼睛，豎耳呆呆傾聽，好久才從臥蓆上跳起身，走出屋子，站在晨風習習的臨湖露台上，雙手扠腰，放眼覽望婆羅洲第一大河卡布雅斯河上游，深山中，盛夏時節，那一湖我前所未見的奇異曉色。

陰曆七月、陽曆八月中旬的拂曉，很是壯觀。西方海平線上，一枚殘月水濛濛斜掛大河口。東方天際大河源頭，黯沉沉蒼莽雨林中，太陽兀自藏匿在黑魆魆的一座石頭山背後，還不想露臉呢，妳瞧，山巔上整片魚肚白的天空，便像一匹剛紡成的布，給突然扔進了染缸裡，霎時間一古腦兒被染成紅色。叢林頂端樹梢頭，驀地朝霞似火燒。從臨湖高腳屋陽台上俯瞰，湖畔甘榜中，那三三兩兩東一幢西一簇，魅影似的四下浮現在晨霧中的景物，剎那全都給塗上濃濃的染料，一切看起來紅冬冬地：椰林梢，紅；村中人家的屋頂，紅；花木間兩三縷大清早升起的炊煙，紅；湖水，紅；就連那一早便出現在大湖心、幽靈樣飄蕩的白鷺鷥，悄沒聲，一眨眼間也隨著天空的顏色，幻變成一群豔麗、聒噪、迎著朝霞嬉戲在血水湖中的紅色水鳥；還有還有，那條黃色巨蟒般，晝夜不息，扯起嗓門嘶吼著流經村外的卡布雅斯河，在這破曉時分，也突然給傾倒入了成噸、成噸的染料，登時變身為一條紅色大河。

這便是我在大河之旅第十一天，朝山首站，浪・巴望達哈，婆羅洲內陸小小的一座馬來甘榜，一覺醒來，在成群血紅鷺鷥喧鬧中、滿山嘹喨猿啼聲裡，所看到的破曉景色。

石頭山巔，迸射出鏃鏃金光。

日出。碩大的一輪。

今天肯定又是個萬里無雲的大晴天。

太陽才一露臉，血湖畔，那座在死亡般的一片寧謐中度過漫漫長夜的甘榜，便霍地醒轉，霎時滿村莊熱熱活活，四下綻響起各種各樣的人聲。首先，我們聽到男人們的晨禱：嗚哇依夏阿拉，遵從真主的旨意……安努葛拉阿拉，感謝真主的恩惠……禱告聲雄渾虔誠，一波一波滔滔地乘著湖風直飄出村口，搭上村外那條大河的浪濤，滾滾西流，湧向大河口，進入西方天際煙波茫茫的印度洋。接著，我們便聽到滿湖濱，䐗，䐗，迸響起婦女們的擣衣聲，一棒緊追著一棒，此落彼起，交織著孩兒們蹦蹦濺濺的戲水聲，在這晨早時分，清亮地洄漩在朝陽下波光粼粼、蘆葦婆娑的浪．巴望達哈大湖上。嘁嘁喳喳嘰嘰呱呱，棧橋下，整座湖濱浴場笑語聲四起。水草窩裡，只見一把一把烏黑長髮絲溼漉漉，潑剌潑剌，不住甩舞在水面上朝霞中。我扠腰站在客舍陽台上，聳起脖子，伸出鼻尖嗅了嗅：空氣中又瀰漫起了一叢叢濃郁、清新的橄欖油香。不多時，瞧！宛如嘉年華會般，椰林內一村子數百幢高腳屋，家家露台上五彩繽紛，爭妍鬥麗，晾掛起成百上千條剛洗好的各式手染花紗籠，嘩啦嘩啦滴答滴答，迎著湖風旭日，閃爍著水珠，伴隨那一裊裊滿村四下升起的炊煙，嗚哇嗚哇晨禱聲中，只管飄舞不停。

早晨七點鐘，我們就在伊班人稱為「曼珊．金比奧」的吉時良辰——晾曬紗籠的時刻——聆聽著這一首由男人的晨禱聲、年長婦女「篷！篷！篷！」的舂米聲、年輕婦女的沐浴聲和擣衣聲、兒童戲水聲、椰影下紗籠颯颯飛舞飄颺聲……組合成的甘榜之晨交響曲，依依不捨地，重新踏上旅途。

姑姪倆，克絲婷和永，告別朝山第一站——那幽靈似的成群白鷺鷥，瓣瓣雪花般，兀自悄沒聲飄蕩出沒的「血水之湖」巴望達哈——在村長賈巴拉．甘榜親自送行下，登上寄泊在村口河畔小碼頭的「布龍．布圖號」摩多長舟，由另一批小不點水鳥接棒輪流領航，鼓足馬力，繼續溯流而上，迎著峇都帝山巔一輪碩大的、金亮的旭日，晨風習習，好天時！展開我們進入伊班人的祖傳禁地後，第二天的航程。

——收錄自《大河盡頭：下卷》（麥田，二〇一〇年九月十日）

女兒命

林佑軒

一九八七年生，台中人。現就讀於台灣大學。作品曾獲《聯合報》文學獎、台大文學獎首獎、大墩文學獎首獎、全國學生文學獎、教育部文藝創作獎等。

當我轉頭，父親在梳妝台前。他悄然掩進休息室，牆上有畫，門邊有巨大花籃。他逡逡的背影，哪不與他借住我套房的那天一個模樣。

●

湖口那摸骨的，說話利索。父親拜訪之後，怨他就顧講，嘩啦啦啦，父親右掌讓他壓，左手想寫不能寫，自恨沒帶錄音筆，希望我隨去摸，幫他錄音。

我說好，我去，我不摸。

父親笑說，我摸好了，換你也去摸一摸。

爸，每次對你說，算命不準，你說準，你要曉得，關於命運，預測它是歧視它。不慎聽聞了情節，看電影的時候，愈忘愈清晰，又何必去看電影？《鐵達尼號》火熱的冬天，我對耳語「傑克最後會凍死」的小孩灑了可樂。我恨他拿走快樂。

就講我不摸了，我吼。

好，不要去了。他掛電話。

賭氣嘛你。我匆忙套好長裙。再彆扭嘛你。像個小女生。你以為我會立馬回電道歉：對不起，爸，我不是存心要吼你的，原諒我。我偏不。將妄想收起來吧，爸。我今天趕著出門，就算有閒在家，我也是要對你說，爸，我就是要吼醒你。佛陀說法如獅子王之咆吼，能聽聞者，皆具有大善根功德1。我邊對鏡邊追想父親轉述，摸骨的是怎麼說的。不受教。我拿粉餅打底。正信佛教你也拜，摸骨你也瘋，你不受教。你會吃到九十二，八十那年有劫難，摸骨說。未來五年你會起七層大厝，你莫使結交溪北的朋友，要多與出身溪南、下港的交陪，摸骨說。是是，父親說。父親想必這樣說。我補塗深色眼影。你兩個喔。對，生兩個，父親敬答。民國一百年，伊講我會嫁娶後生，父親說得開心。我很生氣。摸骨的不就真厲害，與耶和華共款囉，是要抽我肋條，幫我做男友啊？那不關我的事，你去對林建宏說，我喊。弟弟才上大學，沒那麼快，你啦，我看難講，你看堂弟堂妹嫁嫁娶娶咧，了了你大伯二伯的願……我手機快沒電了，我喊。是是，父親唯唯諾諾。爸想討論個事，他說。

什麼？

你看我是不是要認乾女兒？摸骨的說我有女兒命。

女兒命。鏡子照不清我的眼線。

是喔，爸，再看看，我要出門了。是是，他說。

女兒命。我搭公車看窗外。

媽的有點意思，什麼是女兒命？

●

父親老去以前，母親就離開家，鬧了半年有吧那次。

母親好漂亮，愛打扮，我嫉妒她。忘了哪年除夕，我們在小舅家吃團圓飯。母系親戚感情好，做餐飲的、業餘的都去揮刀動鏟，豬腳進去水果來，飯後要打小牌、摸八圈，父親靜靜看，他不說話。他來自沉默的家族，我們不曾與父親那邊圍爐。

喲，相片在哪？舅媽嚷。讓小舅替下方桌，抬老相簿，嘩啦啦翻動起來，她指著最大那張。你爸以前多緣投。緣投？你看，他笑起來，帥。

蒼白的少年父親，下頦有尾子的笑容。我看照片想，聽說阿公真凶。

爸的巴掌臉、黑眼圈都跟我一樣。要說我跟他一樣。沙發間的父親瞧賞牆面那幅彈琵琶的旗袍女子，照片裡的父親乜視身邊的白婚紗。房門未關，舅媽以手畫出前凸後翹的輪廓。你媽彼時夭壽水，她說，然後小聲走私她的話：你爸有眼光，曉得你媽衫褲多，又會穿。舅媽，我聽不懂。他是在羨慕她。您在說什麼呀。我想舅媽是醉了。

我哪會醉，比你舅舅還會喝。她拋下這話，走回方桌替了她的丈夫。

舅媽，我看著她的背影。妳沒我媽漂亮，妳在羨慕她吧。他羨慕她？我不懂。

母親離家是清晨。那時間不該有任何人是醒著的。今日我猶然怕是夢裡吵大架呢。我聽見她在大吼。沒事，太陽要出來了，我喃喃自語，沒事的。她摔壞了鬧鐘，我們家從此沒時間了。沒事的，我換了姿勢試睡。你不走，她喊，那我走，衣服都送你。我瞥見白洋裝閃過我的房門。拜託，拜託你們。往外瞧去，母親在客廳哭泣。我沒有向她說話。我應當說話的。她起身朝大門走，回娘家住了半年。半年能做的事可多了，父親修好了母親扯壞的衣櫃門，裡頭收藏她最寶愛珍惜的衫褲衣裙，有天我放學回家，瞧見父親把藏品全拿出來，手裡也攫了一件。他看見了我。

通通風，不會發霉。他說。

嗯。我答。

五個月後母親住回我們的小公寓，這戶口又像洋裝的尼龍質料，完好如初兼又撕扯不爛。母親不開那櫃子了，從娘家帶來新的。我憑印象描繪被遺棄的衣櫃內，套裝、洋裝、婚紗禮服的模樣。

祕密是我發現的。我是小聰明，小可愛。

父親北上開工專同學會，要借住我的套房。算命也沒那麼準。那陣子系必修演話劇，我是茱麗葉，西門町租衣貴，我讓父親直接挑件上來。祕密武器祕密用。美服患人指，高明逼神惡，又怎樣，豔壓全場如我，不關心賤民的事。那，我說，來住的時候，幫我帶套洋裝，我要借人演戲。你媽櫃子裡的？嗯。白的還是亞麻的？爸，你滿清楚的嘛。白的那件。好。

父親來了，他還沒吃晚餐，台北入夜會冷。爸，我買薑母鴨吧，我家教的附近有。很遠嗎？還好，來回二十分鐘。好啊。我出門了，沒帶錢包，我跑回套房拿。我開門，父親正脫掉洋裝，匆忙間扯壞了左袖的玫瑰蕾絲。我看見他抖動的老人斑。

爸？我叫。

奕誠，父親說，那個，不知道合不合身，我幫你試穿一下。

爸，洋裝是我要穿的，我哪會對你坦白。祕密不換祕密。你講不公平。誰又公平過啊這世界。爸，隨姊妹逛百貨，我好自在。謝謝你，你送我的肉身，好像你的肉身，小臉白，黑眼圈，爸，你沒搞錯，你的就是我的，我喜歡你的煙燻妝，小祕密會遺傳，打勾勾，開不開心。今天窗外有雨，彼時也有雨像霧，我與CC去亞比倫艾專櫃，試用曲線馬甲磨砂蜜，聽我高中英文老師說，她們科辦公室集資合購，哇，好迷人，我們就來。

那天下戲，CC稱讚我。娃，你演得好棒，好女生。

她講什麼？好、女、生？

不懂。是嗎？「好」形容詞而「女生」名詞，像我想偷取鄰家妹妹的祕密而對她說：妳是好女生。或像我暗戀的高中同學褚杰楷（別提那男校。又髒又亂又吵鬧。性別盲、陽具崇拜、交尾競爭、嘲笑殘障。好處只有，制服那麼醜啊，仍不減眾多的帥哥姿容）說，林奕誠，你好娘，走開，揍你啊敢碰我——「好」副詞而「女生」形容詞。女生啊妳轉品了，我羨慕妳善變並且美麗，但我撇頭，看見王澤元、康宛庭卸完了妝，帥氣漂亮的系對嫉妒了多少人。走了。嗯。王摟康的腰肢走遠。我又沮喪下來，媽的，臭男生聽著，女生不是命定的形容詞，少在那自以為名詞了你。

我是戰士，我好感動，我幫女生說話。我直視CC，想聽她讚美我，她卻安靜坐在梳妝台前，我看見羅密歐的扮相底下，她的咽喉、她的指節、她的眉骨。好奇怪，都是女生，為什麼她指節纖細、眉骨柔和、沒有喉結。我說，ＣＣ，我們女生……茱麗葉，茱小姊，還沒下戲啊你，還我們女生咧。不，ＣＣ，我要講的確實是，我們女生。林奕誠，你穿白的那件算很好看，但你不是女生。她不耐煩的時候，胸脯微微起伏，骨盆寬闊像課本插圖，兩河流域的陶俑，六隻奶的生育神。妳講我不是女生，那麼快告訴我，是不是妳通過了什麼考試，所以能當女生。ＣＣ啊我要報名，快說好不好。夠了你林奕誠你是男生。可是，我從小就是女生。那大概是跨性別吧，她聳聳肩。

跨、性、別？

對，生理心理性別不同就叫跨性別。

所以我是跨性別？是吧。嗯。她走開了，豐臀細腰，那把中世紀的紙匕首搖啊搖。

ＣＣ，謝謝妳告訴我這個祕密，現在我知道，為何我跨上什麼，常常就下不來了。那個太陽月亮雙雙輝映高天的詭譎下午，褚杰楷指揮全班，將我擺在窗框上。他確實是與生俱來的領袖，我愛他，我沒逃。兩個校隊中鋒固定我，我抱白鐵窗框固定自己。墜落了，會死掉，就愛不到褚杰楷了。ＣＣ，我不能死，我要活著，接受他送我的東西。

啊——褚杰楷退十幾步助跑，朝我衝刺過來。他努力的時候最可愛了。幹，去死——他盡全力推窗砍進我的褲襠。人妖去死——他繃緊的小腿，我看見他的靜脈不斷變換，那是拿過校運會百米冠軍的肌肉。媽的變態去死——褚杰楷，我抱緊你，否則我會死掉，你好強壯，你好溫柔，我好痛，我不怪你，你別自責，因為是我的初夜。查某體去死啊幹——謝謝你，褚杰楷，你曉得我愛你，所以你雕刻我，砍掉不要的器官，看，褚褚，褚褚，我流血了，那兩顆骯髒的肉球，林奕誠向你們說再見。滾去泰國吧林奕誠幹——用力啊褚褚，用力，多餘的東西沒了，你就進來，噢，你進來了，我好痛，我好開心，初夜可以獻給你。

鐘響，褚杰楷停了攻擊，狠狠喘氣並瞟我一眼。

他看見我的表情，ＣＣ，他哭了。褚杰楷，褚褚，為什麼你要哭，哭了就不像男孩子囉。你是喜極而泣，我好開心，今天是我們的第一次。

全班都去操場了，體育課要測千六，教室剩下我了，常存抱柱信，我緊擁窗框，豈上望夫台，褚杰楷的背影轉進樓梯，我跨著女兒牆下不來。

可是很多事情，都來不及對ＣＣ說了。當日在亞比倫艾，櫃姊在ＣＣ手背塗滿馬甲磨砂蜜。娃，是砂糖，這款紫羅蘭香，ＣＣ驚呼。我從她手背沾了嘗，真的甜甜，邊用手偷偷調整鞋跟。適合我的高跟鞋比較難找，多虧ＣＣ費心。除了用後手乾，其餘她都滿意。欸，換你囉。換我囉，好期待，甜甜的東西我喜歡。我坐上ＣＣ的椅子。唉喲喂，new half[2]來囉，人妖爹爹逛大街——櫃哥朝同事啐出這幾個字。我與ＣＣ都聽見他的悄悄話了。他說我是new half。漂亮的河莉秀、美麗的椿姬彩菜都是new half。

你憑什麼說他是new half，死gay，ＣＣ叫。小姊拜託，穿女裝來逛專櫃，不是new half那是啥？再講啊，你這死屁精，醜玻璃，玩巧克力棒的髒不髒啊你。磨砂蜜被ＣＣ掃到地下。

妳罵我，我告妳。你告啊，是誰先罵誰啊，我向樓管客訴你。但CC，他罵我了嗎？我想當new half，河莉秀她真漂亮，椿姬彩菜真美麗。死gay你聽好，同性戀沒有比較好啦，她吼。沒有比較好，妳是什麼意思，CC？我想起那天下戲，CC在女廁所裡尖叫，她喊，林奕誠你不要進來，要換裝去男廁所換。我大概真的不是女生吧。我看著暴怒的CC，我與她沒再聯絡。

爸，好可惜，CC分享了她的祕密，她來不及聽我的。

巷口的舊衣回收站，我去求了套女中制服，拆了繡線的。妹妹考上女中啊？恭喜恭喜。謝謝您，她很開心。我買了蜜茶，回家後鎖好門窗，房間要緊緊的喲，你怕嗎？挈了母親的針線盒，這活計不過進去出來，進去出來，這麼回事。與緒杰楷結婚了也是這樣。林——邊繡邊想他。緒緒我愛你。奕——聽說觀音示現有男女兩相，祢保佑我好不好，讓我跨過去吧。拈香。誠——做個好女生。你看，林、奕、誠。歪歪沒關係，我是正妹，我很美麗。拉闔窗簾，脫去醜死了男校衣褲，我轉學了。國立房間女子高級中學。鏡子在哪，正面、側面、正面、側面，喝茶，拍照，跳舞，睡覺。後來我想，不拉窗簾才好，太陽大帥哥也來看看，漂亮的女生。我看見窗外飛過了蝴蝶。好醜的蝴蝶，像是蟲蛹插了翅膀。妳好醜，妳沒有我漂亮。漂亮有什麼用，我發現女中是不繡姓名的。誠——一個字一個字。奕——拆掉它。林——有人敲門。收好制服。胸口還剩一隻孤單的木，它男友已經死了。

門外母親扠腰。

住對面的看見你房間有女生啊。沒有啊。給我誠實。沒有啊。

別騙了。……

女朋友？

嗯。

在哪裡？

先走了。

先走啦？母親說，像發現救難器材不必上場那樣鬆動下來。在一起就好好照顧人家，別學你爸。爸，別學你耶她說。下次歡迎她來家裡吃個飯呀泡泡茶。母親有意聚高音量，謚溫溫地綻笑，我瞥見衣櫃露出一段深綠半張黑。有比你媽水沒？沒有，媽媽最美麗。媽，當然妳最美麗，妳給我最大壓力，脖頸、曲線、雙乳、骨盆，我嫉妒妳，穿穿看我那套女中衫褲，妳從我獲得望子成龍的期許，我就要從妳曉得我可以有多漂亮。舅媽沒錯，爸，我與你都嫉妒她，然後我恨，因為她講，你媽睏了，去躺一下，朝衣櫃掩嘴打個呵欠。故意的吧，哈欠！那是純粹的女高音，巫婆如我想要她的聲線，我不想再買書訓練發聲，希望變成點唱機，從男調變成女調，哪天接到了詐騙電話，聽筒裡會傳來，阿母，我乎人掠去呀，緊來救我啊，阿母，阿母，阿母。

爸，要快，媽她們在外面。

慢了怎麼可以，賓客等呢，他們祝福我，我要天女散香花，讓他們沖沖喜氣。

是是，父親邊答邊脫西裝。

慢騰騰的搞什麼？我發現他畢竟是老了。罪疚感湧上心頭：妳急個鬼，羞羞臉，要孝順啊。孝順。

於是我提醒他，還有兩件能換。

是是。

休息室有名畫亦有巨大花籃，比不上什麼亮眼：父親的背後蒼白，老人斑散成銅板黑花。爸，我先補妝，待會換你。

是是。

補妝麻煩。漂亮物都很麻煩。訓練後，嗓子偶爾不穩，我不在意，漂亮又完美那會折壽。喉結手術的傷痕，人常常以為吻痕。哪那麼多爛桃花啊，我摟我未婚夫這樣回應，心酸酸。隆鼻，提唇，磨顴骨。天殺的磨顴骨。爸，謝謝你，巴掌臉不必切下巴，磨頜骨。至於你，聽好了，褚杰楷，我早就不愛你了。不愛不愛不愛你了。繡花肉球你沒摘，哼，我親自拿下來。敬酒時，我會悄悄對你說，你知道嗎，我的陰道擴撐器，上面寫的不是褚杰楷，是我老公的名字。你輸了，愛不到我了，乖乖，不哭。

打勾勾，這是我們的祕密。

祕密你壞壞。你是帥哥吧，帥哥通常壞壞。那日我向父親借電腦，發現他會用即時通。六十好幾了，爸，不簡單。我檢閱訊息紀錄，敲呼了他的網友。你好。

網友回傳了父親的女裝相片，十張、二十張，擺滿了整個螢幕，母親那櫃衣服。變態，偷偷喜歡我爸啊。我朝網友的大頭貼扮鬼臉。爸，你最愛白的那件對吧，你看你換了幾個姿勢，仍是漂亮的白洋裝。我也好愛，每次打開那個衣櫃，穿過一輪之後，還是那件好看。爸，你別和我搶。

不必搶啊，輪流穿。父親換回西裝出去了，我挽好丈夫準備敬酒。母親在主桌，舅媽在附近，ＣＣ與褚杰楷分坐遠處兩桌。包多少啊你們兩個。婚姻是人生大事，老公甜心請指教。父親？林建宏會照顧他。

我看也不用，他多快樂啊，補妝之際回頭，父親穿嚴了我的婚紗正在對鏡。女兒命。摸骨的全對了，加送引申義：父親是女兒。

我看見她已拉不攏背後拉鍊，銅板黑花隨浮腫肌膚綻放白浪之間。爸，妳做女生，還要加油，看妳像看舊的我，在蕾絲啊、鋼圈間跨半天跨不過來。又怎樣？父親妳想當我的母親，女兒我支持妳。來生，若有來生，換我做妳的阿娘，我們是全新的一對母女。

放下眉筆，步向父親，撫她的背，用力拉起拉鍊，將黑花埋葬白衣裡邊。爸，慢慢穿，今天晚上還有三套要換，我說。

注釋：

1. 《如來獅子吼經》。
2. new half，ニューハーフ。half是混血兒，而new half，日式英語，男跨女的變性人。

——原載二〇一〇年九月十八日、十九日《聯合報》

本文榮獲第三十二屆《聯合報》文學獎小說大獎

阿媽的事

葉揚

政大企業管理研究所與政大土耳其語文學系畢業，現任職於Google，從事網路廣告行銷與業務工作。以〈阿媽的事〉獲得第三十三屆時報文學獎小說首獎。平常工作之餘，喜歡幻想自己還能做些有趣的什麼，因此開始練習寫故事，目前仍高興地繼續努力中。

「阿媽，」從房間跑出來，六歲的我又哭了。「阿媽。」那時客廳裡還有客人，這時他們通通轉過來看著我，我受不了他們的目光，只好低下頭來看著自己的光腳丫。

「喔，嬰仔睡醒了，要打電話給媽媽。」阿媽走過來，一副理所當然的樣子。她把我抱起來，若無其事地問：「我們去房間打電話給媽媽好嗎？」我點點頭，她向其他客人示意，請他們繼續喝茶，接著拉開布簾走進房間裡。就在床上，我尿溼了一大片。阿媽看見了，一句話也沒說，她輕輕地把我放在白色橡木的梳妝台上，把食指放在嘴唇中間，開始替我整理已經溼答答的噁心床鋪。

「噓。噓。」帶著雙關語的意味，阿媽對我眨眨眼睛。接著又大聲地叫了起來，刻意讓外面的客人都聽到。

「唉呀，這電話沒電啊，打不通。一定是我忘記拿去充電了。」快速地，阿媽將新的藍色床單壓平，把髒的那件先揉成一團放到角落去。

「嬰仔，我們先出去跟大家喝茶，等一下再打電話好嗎？」

「好。」我怯生生地配合演出，根本忘了剛剛哭泣的理由。

我

阿杰是我的名字，今年十月我就滿二十五歲了，所有男人基本該有的煩惱我都有，我既不夠帥也不夠高，口才不好也賺不了錢，現在還在念一個我覺得這輩子怎麼念也念不完的研究所，但大部分的時候，我還是像個真正的男人一樣，每天都努力地讓自己看起來一副很知道在作什麼的樣子。

我跟阿媽兩個人，住在菜市場的旁邊，生活是很便利的。阿媽很高興有我陪在她身邊，她總說，自從爸爸離開以後，家裡就很久沒有年輕人的味道了。

研究所同學們聽說，長期以來，我都跟一個相當老的老人住在一起時，都覺得非常不可思議。

「你阿媽是民國元年出生的人喔？不是吧？」

「你到研究所都跟你阿媽住，學校沒有宿舍嗎？」

「欸欸欸，離開家，過得精采放蕩點，才是真男人啊！」

不知道為什麼，不管別人怎麼說，我自己倒是一點也不介意，關於這樣的問題。

阿　媽

我的爸媽在很久以前就離婚了，媽媽離家後，爸爸究竟去了哪裡我也不知道，因此阿媽成為我唯一的家人，唯一可以學習模仿的對象。她在一間水果攤裡幫忙，我也學會一些叫賣的本領。我有時想念父親，阿媽總告訴我他是個天生就浪蕩的人，沒有人可以掌握他的行蹤，身為兒子的我最好也不要有這個打算；而我的媽媽，聽說又再結了婚，她曾經寄過一張相片給我，是她跟另外一個我不認識的男人站在一起的畫面，阿媽很快就把照片藏了起來，多看無益，她堅決地說，並且用食指在我的雙眼前左右擺了一擺。過了這麼多年，媽媽的影子淡了，現在我只記得她照片中，模模糊糊的一抹笑容。

說起來我們住的房子只有十個榻榻米大，不能算是很豪華的家，奇特的地方是在這個小小空間裡，有一台三十二吋的電視，但卻沒有任何廚房器具的蹤影。關於這件事，阿媽總能自圓其說。

「吃的出去買就好了嘛。但是，電視我可沒辦法自己演喔。」

雖然阿媽不會做菜，但在無數上學的日子裡，她還是天天幫我準備便當，她的作法是，從市場帶回現成的便當，然後再裝進我的鐵飯盒裡。

「阿媽，為什麼你要去買便當，再把那些菜裝進我的便當盒裡？」

「因為鐵盒子才可以蒸熱啦，保麗龍有毒啊，傻嬰仔。」

「我是說，那我就在學校訂便當就好了啊。」

「那樣不行喔，訂便當就不算有人在照顧你啦。」

「可是你跟別人買也是別人做的飯呀？」

「我有負責裝便當，這是誠意啦。」

阿媽摸摸我的臉頰，那笑容好像午後讓貓咪會睡著的陽光。

我記得當她把水果努力塞進幾乎要破掉的袋子時，總會附帶一句：

「別人的媽媽會做飯，這是她們的天賦。我沒有天賦，還是很疼你。」

小　英

第一次遇見小英，是在阿媽病倒的那段日子裡的某一天，那是巨大醫院側門外的一個小角落，我走在去買溼紙巾跟人工皮的路上，眼角卻突然瞄見一個小小的影子，我探探頭，發現一個呆若木雞的人，斜癱在牆壁上，我細細地看著她，還沒開口，她便自言自語地說爸爸在急診室裡急救，我問，需要幫忙嗎？她在雨中突然就哭了起來。

我覺得很倉皇。

阿媽跟我，在平常的生活裡不太容易哭，於是我對於人類突然哭起來那種狼狽的樣子，感覺相當陌生。她眼淚滑過臉頰的地方，妝都花了，留下白白的痕跡，一條一條的。我看著她，心裡默默想著，這可愛的女生不就是那個外語學院的嗎？她好像這學期還當選優良學生吧？不管怎麼說，以她美麗的外表跟過人的成績，她應該是世界上最不需要哭泣的人，而我想，我也應該是世界上最沒有機會跟她說到話的人吧。

剛剛從病房走出來時，天空亮得像是一百億顆電燈泡同時打開，我腦中根本沒有閃過帶傘的意念，可是現在我們兩個陌生人卻溼透了，看來一百億顆電燈泡一戳破，裡面裝的是可以轉動的一百億支水龍頭。

我趕快跑到機車旁，將置物箱打開，拿出裡面的一件雨衣。

「悶得臭臭的，不好意思。」我遞給她。

她還是自顧自地哭著，像是沒聽到我說的話，也像是什麼都無所謂了。於是我慢慢靠近把雨衣打開罩在她身上，先擋一擋雨。大雨中，我們兩個人中間隔著一張布簾，就好像簡易的告解小房間一樣。

我問她叫什麼名字，她哭著不說，我說我叫阿杰，阿媽也住院了，醫生要我有所準備，那是什麼意思？她問。好像意思就是會失去喔。我回答。

她踮起腳，隔著黃色雨衣偷偷看了我一眼，我低下頭，不敢跟她目光交接。啜泣聲中，她說她叫小英，我點點頭，雖然再走二十公尺，前方就有騎樓，可是我根本不敢移動一個正在哭泣的女生，就像健教課程裡教導我們應該如何對待重度外傷的病患一樣。

雨嘩啦嘩啦地下著，感覺脖子以下都麻麻的。

世界好像把我們同時都拋棄了，但有一股發自內心的力量，讓我想要安慰這個叫作小英的女孩。醫院這個地方，有時候就像一個看不到底的洞穴，在不停崩壞的碎石中，除了拚命抓著牆壁，也得保護自己，練就很會閃躲的技巧才行。

雖然想是這樣想，但是目前的情況，卻讓我感到有點棘手。我不知道她爸爸的狀況，也不知道該不該問她，我不知道她需要什麼，更不知道自己究竟能提供她什麼，說穿了，我什麼都不知道，只能任雨這麼下，並且保持固定的姿勢站在她的身旁。

「你有衛生紙嗎？」在一段沉默過後，小英突然抬頭問我。

我急急忙忙地打開背包，開始一陣翻找，錢包、鑰匙、過敏藥膏、阿拉丁餐廳的傳單，但就是沒有任何柔軟白色的衛生紙，一張也沒有。

「我有香蕉你要吃嗎？」我從包包裡拿出兩根香蕉，表情無辜地問她。

小英笑了起來，她不可思議地看著我，好像在說：

「你這個人也太怪異了吧？」

照道理說，一個可愛女生在流淚的時刻，男主角應該要深情地拿出手帕，擦拭她嬌弱的臉龐，我感受到瓊瑤阿姨對我失望地搖搖頭，這種美好的畫面，居然出現兩根香蕉包在紅白塑膠袋的場面，我想是蠻神經的一件事情。

但事實就是如此，我帶了很多東西來醫院，我腳上一雙鞋，背包裡甚至還有一雙拖鞋，就是缺一包十公克都不到的衛生紙。這是現實教會我的事情，就算沒有做好萬全的準備，事到臨頭，也總得想辦法變出一點東西來應付才行。

我想起有一次，國文老師要我交作業，我忘記帶來學校，於是我只好用午休時間做了一個林語堂讀書心得報告，天知道那是什麼，但老師還是收下了，她跟全班同學說，至少我挺有誠意的。

因此，在這種無論如何都生不出衛生紙的情況下，我拿出兩根早上醫院配給阿媽的香蕉給她，算是我個人展現誠意的作法，畢竟我的高中國文老師，是我少數有接觸，並且曾經當眾稱讚我的女性之一。

袋。

香蕉雖然奇怪，但意外地出現了不錯的效果，因為小英不再哭了，她接過我手上的塑膠

「好，我要吃。」她對我說。接著我們就站在雨裡，認真地吃起兩根香蕉來。

阿媽與小英

阿媽生病的時候，變得愈來愈像孩子，而我就理所當然地跟她角色互換，擔負起照顧她的角色。阿媽有時清醒有時昏睡，只要清醒的時候，她總要我說故事給她聽，特別是王子公主的故事喔！她如此指定著。

有一次，當我說著關於小美人魚跟王子的故事時，阿媽臉上透出微微的光暈。

「自由戀愛啊！」她雙手合十，由衷地讚嘆起來

有時候，阿媽也要我教她寫字，一些簡單的就可以，我寫了自己的名字給她看，阿媽笑得很開心，「你的名字看起來很英俊咧！」我又寫了幾個字給她，她天天都在練習。

同時間內，小英成為我的新朋友，她的爸爸心臟需要開刀，跟我的阿媽住在同一層樓，我教她一些在醫院的生存法則，像是永遠不要惹毛值班護士，特別小心有外籍看護的地方，各種貼在皮膚上的儀器監測方式，還有醫院附近最便宜的衛生紙店家。

在某種程度上，小英跟我就像是同一戰線的士兵，她回家睡覺時，我幫她爸爸倒尿跟擦背，我去上課的時候，她會到阿媽的病房裡，唱歌給阿媽聽。

每次我從學校趕到醫院時，小英會跟我報告今天阿媽的狀況，因為就讀外語系的關係，她說話時習慣把英文的For Your Information夾在中文的句子裡，甜甜的聲音加上外國人的口氣，總是讓我清楚明白，她不是我所能妄想的女生。

「醫生說阿媽今天要禁食，明天要抽血。就我觀察，阿媽會偷喝水喔，FYI。」

「嘿，隔壁的看護話很多，FYI，你最好假裝聽不懂以免累昏。」

這樣講久了，有天阿媽突然問我說：「阿杰，你英文名字叫FYI喔？」

這件事把我跟小英都笑死了。

我把這三個字母念得很慢，向她解釋，FYI是「告訴你一聲」的意思，阿媽點點頭，要我把這三個英文字母，用奇異筆確實寫在她的手心，那一整天，她逢人便說，**九十歲阿媽也會講英語咧，FYI。**

失去的準備

阿媽睡著的時間愈來愈長了。

我還是持續講著公主遇見王子的故事，直到某一天，我從學校離開，走進病房的時候，看見忙碌的醫護人員，圍著我的阿媽，我能做的，只是在角落等待最後的結果。

醫生說，現在的情況是心臟衰竭，全身性感染，敗血性休克。他說了很多複雜深奧的醫學術語，但他臉上的表情卻再清楚也不過了。做好心理準備喔。他掩藏不住的細微表情，小小聲地對我說。

阿媽的身體一直抽慉，皮膚紫紅，我試著讓她安靜下來，她卻反而瞪大眼睛，抓我好緊，一些看不見的東西，對我而言非常重要的東西，正飛快的流失，我知道的，我抓不緊那些選擇離開的東西。

急救的過程很漫長，每個嘆息聲、每個竊竊私語都驚動我的神經，我盡量忍住自己的眼淚，讓眼球跟著各種偵測數字移動，讓自己不哭，醫生跟社工人員走過來安慰我，他們說，阿媽年紀很大，已經享受過人生，現在終點到了，他們拍拍我的肩膀，我點點頭，知道自己不能再勉強這個生命了。

在不停崩壞的碎石中，得練就很會閃躲的技巧才行。

我想起住院的這段日子裡，阿媽總是在一睡醒就問，我們今天去哪裡？

不管我回答什麼地方，她總是開心莫名，期待得不得了。

有一次，我累得根本編不出任何謊言，於是提議，我們今天待在病房裡，哪裡都不去。

「好耶！」像個孩子一般，阿媽突然大力拍掌，興奮地喊叫著：

「今天我們兩個待在家裡，真是太棒了！」

於是我便咯咯笑了起來。

阿媽總是用手舞足蹈的樣子說話，她不該這般蒼老軟弱。

阿媽，我是如此的愛妳。我輕輕地在心裡說著。

但是，我已經做好失去妳的準備了。

阿媽與我

小英的爸爸出院的那一天下午，阿媽過世了，我表面鎮定地處理所有事情，心裡卻像是被火車正面輾過一樣的痛苦，小英幫著阿媽作最後的擦澡，她問，還有什麼我能幫忙嗎？我不記得自己有沒有回答，我其實不能記得很多阿媽過世以後的事情了。

十二歲那年的學期一開始，我一走進家門口就告訴阿媽一件討厭的事。那時阿媽正在廁所刷假牙。

「阿媽，有同學說我很醜。」

「哪有可能？」她鄭重地對我搖搖頭，露出狐疑的表情。

「我的金孫最英俊了。」

「是真的，」我低頭看著自己的鞋，心裡面多多少少覺得難過。

「而且還不只一個同學說。」

「他們起肖啦，」阿媽把牙齒套回自己的嘴，泡沫從牙齒裡面啵啵啵地滿出來。

「阿孫你要知道，神經病看人跟說話都會倒反過來。」

我抬起頭來，發現阿媽的牙齦跟牙齒都是粉紅色的泡泡，像是用葡萄柚汁漱口一樣，顯然是她剛剛用力過猛，不小心把牙齦刷破了。

「我覺得他們一定是忌妒你才會說你醜。」

「那意思是說我事實上很帥，所以他們才說我醜嗎？」

「你很聰明，生得醜又沒差。」

阿媽對著鏡子瞧，顯然發覺不對勁，於是張大嘴開始尋找粉紅色泡泡的起因。

這下我卻完全聽不懂了，十秒前她明明說我哪有醜，現在為什麼又改口說醜也沒有什麼關係呢？

「可是你剛剛說神經病講話都顛倒，那就是在說我其實長得很帥不是嗎？」

我開始追問：「還是說我是不醜，但也沒有很帥？還是……」

我話還沒講完，就看見阿媽往我這個方向衝過來，我還來不及躲，她就開始拿著剛剛拔下來的假牙，猛敲我的腦袋。

「你這個小孩怎麼這麼起肖，一回家手也不洗，就在那邊講什麼繞口令？」

我一邊往後跑，還不忘邊問到底是誰帥誰不帥的問題，不小心又撞倒了放在桌子上面的水杯，水噴得滿地都是。這下搞得阿媽更火了，她對著我呲牙咧嘴地叫：

「你看你看，阿媽現在沒牙齒，一定比你更醜啦。」

阿媽 小英與我

阿媽火化的時候，是在第二殯儀館，我心裡覺得很寂寞，但還是逞強地把眼淚留在眼眶裡，我是一個勇敢的男人，我對自己小小聲地說，而就在那時候，小英輕輕握住了我的手。

「我跟你在一起吧。好嗎？」她問我，聲音細細柔柔地。

「在一起，」小英低著頭，露出淺淺的笑容，「我也會對你很好。」

時間好像凝結成一塊美麗不動的結晶體，小英看向我，我仍是一臉呆滯的表情，她把皮包放在我腿上，埋頭開始翻找東西。

「喔，找到了。」我依稀看見她手裡拿著一張照片，但我還沒有回過神來，直到她用力地將照片在我眼前晃了晃，我眨了眨眼睛。

那是一張我小時候拍的照片，那一年我七歲，呆呆地站在樹前面，手裡捧著三顆大柚子，很滿意地笑著。

我不記得有給小英看過這張照片，事實上，連我自己都快忘了曾經拍過這張照片，但能笑得如此燦爛又一副蠢蛋模樣，一定是我本人不會錯。我注視著照片許久。

「翻到後面看看。」小英有點迫不及待地，指導了我一下。

我看著她一臉的興奮莫名，覺得很奇怪，於是我將照片翻過來，那是我人生中驚喜的一刻，真真切切地，我第一次感覺到祝福是有其重量的。

照片的背面，似乎是用一支幾乎快斷水的原子筆，寫了兩排扭扭曲曲的字，我一眼就認出來，那是阿媽寫的字，對她來說，這已經算是很整齊了。

阿杰是個好人，他會對妳很好。

FYI，他小時候也是非常英俊的。

我忘記自己為什麼立刻就哭了，小英輕輕地扶住我的肩膀，我的眼淚跟笑容同時掛在臉上，很難形容是什麼樣的一種感覺。這一路上，因為遭受種種挫折與忽視，使我變成不是很有自信心的人，常常會對幸福感到懷疑跟害怕，但阿媽不一樣，她對我有十足的信心，就算信心裡是帶點傻氣的自以為是也沒關係。

小英說，阿媽在過世前兩天，趁我去樓下買便當的時候，像是準備了很久，終於逮到機會似的，她把小英叫到床前來，偷偷地將這張照片遞給她，小英說，她當時很驚訝，阿媽對這種感情的事的敏銳程度，但阿媽一句話也沒說，只是對她慈祥地笑了一笑。

阿杰是個好人，他會對妳很好。我用手指撫摸著字跡留下來的紋路，真不敢相信，原來阿媽從來沒有停止過照顧我的心情。

「這張照片你留著吧。」小英說：「你比我需要它。」

回家以後，我怔怔地對著照片發了好久的呆，我試圖將照片靠近，看看是否能聞出阿媽的味道，但我能感覺到的全部，只剩下香香的原子筆墨水味了。

那天晚上睡覺前，我拿起筆在照片後面，一筆一劃，非常慎重地，又寫下了兩行字。

阿媽，我會是好人，全都因為妳的栽培。

FYI，我很想念妳。

那時照片裡的我笑得很燦爛，一臉天不怕地不怕的，在世界上活得很自在的樣子，我想起那柚子是阿媽塞進我手裡的，她總是對大顆的水果情有獨鍾。

——原載二〇一〇年九月三十日《中國時報》

本文榮獲第三十三屆時報文學獎小說首獎

白棺材

黃靜泉

山西省作協會員，大同市作協副主席，多年來從事小說、散文寫作。作品以關注民生、民情為主。把追求自由和民主作為畢生奮鬥目標。曾在《長城》，《黃河》，《新地》，《雨花》，《山西文學》，《陽光》，《散文選刊》等雜誌發表中短篇小說和散文。著有小說集《刮走世界的風》。

盛殮了死人的棺材油了紫紅色油漆作底色，用金黃色勾畫出行雲流水花鳥圖案，很安詳很漂亮。小白狗白天黑夜都臥在棺材下不吃不喝，有時從鼻腔裡發出一聲哀鳴，很尖細、很衰弱，人們說恐怕這狗是要隨著主人一起去了。有人就擔心，就餵狗好吃的，不管餵什麼，不管怎麼餵，小白狗就是不吃。有人就說：「這狗，比人都傷心，比人都強。」

怎麼拿狗來比人呢？好像時下的人喜歡這麼比，好像時下的人真有不如狗的地方。幫忙的人看那狗可憐，就跟女主人說，牠不吃不喝，餵肉餵牛奶，聞都不聞。

女主人六十歲，頭髮有黑有白，看上去灰騰騰的，就好像剛從建築工地上篩灰篩沙子回來，加上那張哀傷憂愁的臉，就更像是剛剛受過重苦的樣子。女主人說：「唉，我也顧不上牠了，連人都顧不上了，哪還顧得上牠呢？」女主人說丈夫活著能開兩千塊錢工資，老兩口節省點，省下錢補貼孩子，丈夫一死，孩子們就沒有一點補貼了。老人懷裡抱著三歲的孫子，眼淚不停地溢出眼眶，老人不停地抬起手背擦去眼淚，擦去了流出來，流出來再擦，擦了再流，流不完的淚水。老人說丈夫是傷心死的，一定是傷心死的。他們的兒子，活著的時候在煤礦下井，去年在井下砸死了，老頭子好像一下子就變成了啞巴，不說話了。有時候女人對男人說：「老頭子，你要是想哭就哭出來，哭出來就能好點兒。這樣總憋著，會憋死的。」

老頭子不回答也不哭。默默地承受著人生的災難。

老頭子心裡明白，孫子才三歲，要拉扯成人還早著呢，這真是一個沉重的心理負擔。這麼重的負擔，說出來也卸不掉，所以就不如不說。兒媳婦沒有工作，帶個兒子，很難再找到合適的人家。老兩口對兒媳說：花園，你別愁，有好的你就找，孩子我們兩個老人帶，不影響你，你已經夠可憐了。

花園就抹著淚溼的眼睛說：「我知道媽和爸都是為我著想呢。」

他們經常談起這個痛苦的話題。有時候大兒子說，你們都別愁，弟弟的孩子，我養。母親說你養，你拿什麼養？你下一個月井才掙兩千來塊錢，養著兩個孩子，你媳婦也沒工作，你養活你自家都困難，還能再養你弟弟的孩子？你養不了。盼著你爸好好活著，我們老兩口就不愁養不大這孩子。大媳婦對這事兒從來沒表過態，這事兒的確是太難表態了。說養吧，真是養不起，說不養吧，好像又有點道德問題，這確實是不能隨便表態的事情。

現在，老頭子一死，這家人家就覺得是天塌下來了。

這是停靈的最後一個晚上，明天一早就要給死人發喪了，所有的人，心情愈發沉重起來。

花園走到婆婆跟前說：「媽，晚上給幫忙的人安排啥飯呀？」

婆婆猶豫了一會兒說：「最後一夜了，領著人們到就近的小飯店去吃頓飯吧，也算是謝候謝候大家，咱們家也沒錢，就到小飯店去吃頓飯吧。」

花園站在婆婆面前，默不作聲，婆婆就又說：「咱們再窮也不差這一頓飯錢，就到飯店去吃吧，給人們吃的好點。」

花園還是沒作聲，憋了一會兒說：「媽，要我說還是在家裡給人們做著吃吧，花同樣的錢，能買好多東西呢。在家做著吃，又省錢又能吃好，只要給人們吃好不就行了嗎？」

花園和大媳婦都沒工作，平時都在家裡做家務做飯菜，所以做飯菜還不成問題。婆婆想了想說，那就聽你的吧。婆婆看著花園，眼淚就溢出來了。這可憐的女子，兩年穿了兩回孝服了。從模樣上看，這女子長得又文靜又漂亮，尖尖的鼓鼓的鼻子，鼻尖很亮氣，閃爍著晶瑩的光，很秀氣的一張小嘴，不笑也好像在笑，一雙杏核眼哭過以後顯得更水靈更好看。應該說這女子長得很喜色，可她的命咋這麼苦呢？婆婆想，這孩子的名字也好。起初，婆婆聽媒人說女孩子叫花園，一下子就高興了，婆婆說這名字多好這名字多好，花園，裡邊啥都好，花園好花園好，就給兒子娶花園吧。花園從來不大聲說話，是那種溫情的女孩子，就是哭的時候都顯出幾分溫情來。去年花園死了丈夫，哭的時候好像一直不敢放開聲哭，好像不是那種忍不住的大聲的痛哭甚至是嚎叫，而她的哭，卻哭得是那麼低沉，卻哭得是那麼長久，好像害怕猛一下把力量哭完了就不能再哭了，好像她的哭法是把勁留下來，然後長久地哭下去。後來人們都說，那孩子，總是不停的哭，比世界上所有的人哭死人都哭得時間長呢。

花園說：「媽要是同意在家吃，我就去買肉買菜了。」

花園穿著孝衣孝褲，戴著孝帽子，露著一張白白淨淨的臉，整個一個玉雕玉塑的美人。花園是美，可美也沒用，因為有個兒子，死了丈夫一年多天氣，好像沒有人願意娶她，沒有人提起要娶她的事情。看來，多好的人，一旦有了人生的殘缺，就不再是真正的美好了。她摘下孝帽子，習慣性地攏了一下女性那美麗的頭髮，然後開始慢慢地脫掉孝衣和孝褲，準備到市場上去採購肉菜。她做這一切的時候，都表現得特別溫柔甚至是溫順，好像是一個永遠都不會發脾氣的女孩子。她懂道理，知道穿著孝服出去買東西，那些買賣人見了她會認為是晦氣，所以她不能給人們帶去晦氣。花園上街的時候看了一眼臥在棺材下的小白狗，小白狗好像已經死了。小白狗過去是一條被主人拋棄的狗，據人們猜測，這隻狗的主人一定是搬到新樓房裡去了，嫌狗髒，所以把狗拋棄了。這年頭兒，搬遷的人太多了，都從平房往樓房裡搬，好像從此要過好日子了，就把舊日裡養的狗毫不心疼地拋棄了，所以街上的野狗就多了起來。冬天的時候，這隻小白狗鑽進了死者的柴炭房裡，死者那時候還活著，活著的死者剛剛死去了兒子，看見柴炭房裡凍得直打哆嗦的小白狗很可憐，就像拾到一個可憐的孩子一樣收養了小白狗。那時候這隻小白狗渾身骯髒，就好像剛剛鑽過炕洞，白毛幾乎變成了黑毛，兩條黑顏色的前腿倒像是假顏色，倒像是這隻白狗一不留神把兩條前腿閃進了墨汁裡，然後又急忙抽了回來，但卻把兩條前腿染黑了。我們那個曾經活著的死者，抱起顫抖的小白狗抱回家去，給狗用溫水洗了澡，才確信無疑地相信這隻白狗的兩條前腿確實是兩條黑腿。從此以後，這隻小白狗就結束了苦難的流浪生涯，就像這個家裡的一口人一樣，開始了新的生活。現在，小白狗一定是知道主人已經死了，知道主人躺在棺材裡，所以牠就不吃不喝地臥在棺材下，一動不動地守候著死去的主人。有時候小白狗從鼻腔裡發出一點哀鳴般的聲音，很微弱，就好像危重病人發出的心裡很難受的那一點微弱的呻吟。

花園走在街上的時候，認識人見了她都說同樣的話：聽說你公公走啦？那可真是個好人啊，一輩子沒跟人吵過架，老實了一輩子，是出了名的老好人。都說好人有好報，可好報啥呢？去年沒了兒子，今年自己又走了，老天爺殺人呢。

花園很靦腆地點點頭或者低下頭，顯出一個弱者無奈的樣子。

關於對公公的評價，好像給花園身上長出了一點點力氣，就覺得做好人還是好，起碼死了的時候有人想沒人罵。自由市場人來人往，還是從前那般混亂，一如饑民逃荒的場面。花園低著頭走路，盡量回避人們的目光，她從心裡害怕見到熟人，害怕熟人那種可憐她的眼神去搜尋她全身的每一個部位，讓她留不下一點隱私，她似乎覺得人生災難就像人生恥辱一樣讓人心裡難受甚至是心裡害怕。這樣一來呢，本來做人溫順的花園就更低調了，她輕聲輕語地問菜價，付錢的時候顯出一種溫和的樣子，自由市場裡幾乎是沒有這種樣子的。花園的母親曾經對女婿說：「花園不會和人打架，以後你們要是打架了，多數是你不對。可惜這孩子就一點缺陷，沒工作，你以後別嫌她。」

花園和愛人一起生活了五年，沒打過架，她平時說話聲音的高低是那麼合適，怎麼會引起夫妻打架的事情呢？就連生孩子的時候，女人們疼得撕破嗓子喊，可花園卻沒那麼喊過，只是嗡嗡嚶嚶地說：疼啊……疼啊……疼啊……好像是，這樣的女人，你給她用刑都逼不出大嚷大叫來。說起來，這樣的女人真應該有個好報應，可結果就是不好。

花園買了肉菜回到家裡，不聲不語地開始做飯菜。嫂子和外人也幫著做。花園的刀功挺好，切出菜來很均勻很美麗。她拌出一搪瓷盆子大涼菜，那盆涼菜比世界上所有的菜都美麗可口。裡面有山藥絲兒，醃苤藍絲兒，紅蘿蔔絲兒，粉條子，黃豆芽，還有綠油油的菠菜，攪拌在一起，紅紅白白黃黃綠綠，色彩很鮮豔，看上去就好吃就爽口。

吃飯的時候，人們各自先盛了一碗漂亮的涼菜，邊吃邊說，這菜，到哪兒都吃不上，到中南海裡也吃不上，將來我們家裡請客吃飯，也學著做這涼菜。

人們表揚花園，花園還是不顯出一點作人的張揚來。只是音調極其合適地說：「也不怕你們笑話，這頓飯本來想請大家去下飯店，可家裡困難，就只好在家裡湊和了，大家多擔待吧。」

人們說，擔待啥？吃你做的飯菜吃得舒服，比大飯店的飯菜吃起來好吃多了。

婆婆見人們表揚花園，心裡刀割一樣疼痛，就覺得老天爺真是不睜眼睛，怎麼能讓這麼好的女人承受這樣的人生災難呢？

人們說花園的老公真是沒福氣，攤上這麼好的兒媳婦，能做出這麼好吃好看的飯菜，卻死了，卻吃不上了。花園男人更沒福氣，真是死的可惜。人們偷著說傷心話，鬼鬼祟祟的樣子。

花園不停地忙著飯菜，總是默默的樣子逼得別人想說話。有人問婆婆死人要埋到什麼地方去，婆婆說埋到後山坡上的亂墳崗裡去，那裡到處都是墳堆，煤礦裡死了人都往那兒埋，那片山坡就變成了亂墳場。婆婆還說，他兒子就埋在那兒，這下老頭子白天黑夜都能跟兒子在一起了。可憐就可憐這孫子了，將來咋辦呢？老頭子活著還有份工資，老頭子死了，婆婆只能領點撫恤金，婆婆也是一輩子沒有工作，今後的日子可怎麼過呢？

婆婆跟孩子們商量過，為了省錢不想在打發死人上多花錢，可兒子不行，兒子說別人怎麼打發咱們也怎麼打發，一是不想讓人笑話，二是要對得起可憐的父親，借債也要把喪事辦得風光一點。晉北地區很講究辦喪事，出殯前一天晚上要雇鼓匠班子，要唱戲，要比過年放更多的禮花，把黑夜震得天搖地動。有錢人家還要雇兩班鼓匠，兩班戲子，兩班鼓匠挑戰一樣對著吹，兩班戲班子唱對台戲，互相比賽，以此壯大各自的名聲，為了以後爭取更多的生意。好像是，打發完死人，活人就不活了。婆婆說，咱們不能那樣辦，省點錢，活人不是還得活下去嗎？兒子說反正總得雇班鼓匠吧。事情就這麼定了，鼓匠們吃了花園和嫂子給他們做的飯菜，都說吃得舒服，吃得爽口，表示這一夜一定要好好吹打吹打。這麼窮的人家要雇鼓匠，這鼓匠們總得對得起那點可憐錢。好傢伙，鼓匠們鼓圓了腮幫，真就很賣力的吹打起來了。看熱鬧的人們圍了很多，好像不是看喪事是在看喜事，晉北地區的人們就是這麼辦喪事的。

晚上九點多鐘，婆婆突然像是想起了很重要的事情，急急忙忙走到外面對鼓匠班子的領班說：「吹到十點就停吧。」

領班人以為婆婆不滿意他們的吹打，趕快說好好吹好好吹，吹一夜，保證讓聽的人聽一夜。

婆婆說：「我不是那個意思，我是說明天學生要高考了，不能吹的太晚了。」

領班人說，咋也得吹到十一點吧？

婆婆說，就十點，一分也不能多吹。

兒子插話說：「咱們花了錢，不吹就吃虧了。」

「吃虧就吃虧，吃虧也吹到十點就停。」婆婆的樣子很堅決，好像誰也不能改變她的意思。

兒子說，按理說咋也得吹到十一點呢。

領班人也跟著解釋說：「我們拿到錢就數不吹好了，可不吹不像話，咋能白掙人的錢呢？尤其不能白掙你們的錢。咋也得吹到十一點，要不真是交待不了一世界。」

「你們要交代誰呢？能交代我不就行了嗎？」

領班人碰到的主顧都是讓多吹，使勁吹，沒碰到過不讓吹的人，所以一時半會兒還轉不過彎兒來，就僵了吧唧地說：「沒事兒，打發死人誰都能理解，人一輩子就死一次，多吹一會兒人們能理解。」

婆婆說：「能理解也不吹那麼晚，說十點就十點。」婆婆很堅決，又補充道：「明天學生們就開始高考了，要早睡早起呢。」

領班人對鼓匠們說，大夥好好吹，一個小時當一輩子吹，使勁吹！

鼓匠們吹慣了過去的吹打時間，這一晚上突然早早停下來，反倒覺得不習慣了，反倒覺得很難受。鼓匠們提前走了，那靈棚就比以往所有的靈棚過早地寂寞了。

黑暗的夜空上閃爍著朦朦朧朧的星星，也好似很寂寞。這世界顯得很安靜。也許是過愈安靜的緣故，所以當一輛白色麵包車來到靈棚前的時候，就顯得聲音是那麼吵鬧，那麼奇怪。轟隆隆轟隆隆，汽車聲居然是那麼響亮。辦喪事的人們最懼怕的事情突然發生了。

從麵包車上下來一群穿灰色制服的人，他們急匆匆下車，好像是急匆匆來弔孝。其實不是弔孝，是來制止土葬的。他們說他們是殯儀管理委員會的人，是執行國家規定的人，是不允許土葬的人。這樣的人，大家都知道，大家都痛恨他們，他們名義上是要執行國家火葬法，但實際上只要給他們一些錢，就啥事兒都沒有了。這在民間，比國家的火葬法規更有效應。他們要撬開棺材，要把死人拉到火葬場去火葬。

突然響起一聲尖銳的喊聲，那一聲尖銳的喊聲一下子就把夜空給撕裂了。

花園大聲喊道：「誰敢碰我爸，我就拿喪棒打死誰！」她的喊聲是那麼尖銳響亮，那是一聲尖叫，讓聽到的人都不敢相信這聲音是從溫順的花園嘴裡喊出來的。這一聲憤怒，一下子就挑起了所有人的憤怒，所有的人好像在同一時間裡聽到有人喊了預備齊，便同時發出了憤怒的喊聲：「誰敢動，誰敢動就拿喪棒捽他！」

人們早已恨透了這些利用死人的機會來發財的人，只不過他們穿著合法的外衣，人們拿他們沒有一點辦法，否則殺了他們都不解恨。人們只能憤憤不平地說，這年頭兒，發什麼財的人都有。這人世，簡直是亂套了花園兩手高高的舉起喪棒，像古代武士舉起了一條狼牙棒。她的背後是公公的棺材和棺材下面臥著的一隻小狗。這隻小狗，突然尖叫了幾聲，就把殘存的生命力全部耗盡了，就死了。

花園手裡舉起的喪棒，是柳樹棍子做的，棍子上纏著螺旋似的白紙條，還真像一根狼牙棒。在花園的憤怒行為帶動下，死者的兒子和媳婦和孫女，全都舉起了喪棒，憤怒地迎向「殯管會」的人。幫忙的人們也被憤怒感染了，也都怒吼著把那些穿著灰色制服的人圍了起來，要打他們。人們心裡都有一個同樣的想法：這些傢伙，早該挨打了。

氣氛一下子就緊張起來了，形勢一下子就嚴重起來了。這裡就要爆發戰爭了。

穿制服的人們虛張聲勢地嚷道：「咱們誰也別動，咱們站到一起來，看他們誰敢動。」殯管會的人還說，「這種事情我們見多了，看你們誰敢動？」

人們把那些人團團圍住，好像要一個不留地全部剿殺掉。就是那樣的，要打就全部打死，不留下一個活口。

雙方僵持起來，誰也不服軟的樣子。「殯管會」的人說，撬開棺材，把死人拉走。憤怒的人群說，誰敢動棺材一下，就打死他，按進棺材裡，按進棺材就是鬼！

花園又一次嚷道：「我活得夠麻煩了，你們把我拉到火葬場去火葬算了！」

人們真沒想到花園這會兒的聲音是那麼響亮，簡直不能相信，簡直不敢相信。這個世界上的壞人，把狗都氣死了，怎麼能不氣人呢？人們的眼睛噴著怒火，吼罵著各種髒話，圍攏著穿制服的人，包圍圈在漸漸縮小，穿制服的人們則像漸漸被晒乾的牛糞，體積縮得愈來愈小。一場劍拔弩張的戰爭似乎即將展開。如果這是一場正義與非正義的戰爭的話，那麼，哪一邊應該代表正義呢？人們的生活中已經充滿了莫名其妙的矛盾，那些矛盾已經輻射到許多方面。有些掌權人為了謀求私利，已經把掌握在手中的權力變成了製造矛盾的工具，讓人們對社會產生誤解和仇恨。

想想看，家裡死了人，本來心情就不好，這時打起仗來一定會打得很厲害，甚至會打死人。婆婆大兒子揮舞著喪棒，怒吼著衝向「殯管會」的人，鄰居和朋友們一邊助威吶喊一邊又攔擋著婆婆的大兒子，不讓婆婆的大兒子打著「殯管會」的人，人們只讓喪棒在人頭上空呼呼旋轉，旋轉出一種尊嚴和一種威懾，盡量不讓喪棒落在那些人的頭上，因為打他們是犯法行為，是要受法規制裁的。

人們怒吼著：打打打，打那些狗日的……

婆婆坐在地上哇哇地哭起來：「老頭子啊，你死了也不叫你死的安生啊……老天爺啊……老天爺啊……」那哭聲，是一個快要傷心死的老人的慘嚎，彷彿能把天嚎塌了。

「殯管會」的人裡有兩個女人，人們都認為女人心軟，就把求助的目光投向那兩個女人，希望那兩個女人能心軟一下，勸走他們的同事，可沒想到那兩個女人尖聲尖氣，叫得更凶。看情形是，即使男人們妥協了，這兩個女人也決不妥協。

雙方僵持著，充滿戰爭的緊張氣氛。

「二宅」經多識廣，看看憤怒的人群把「殯管會」的人稍微鎮住了一點，就站出來說話了。「二宅」說：「各位領導各位領導，你們誰主事兒，咱們商量商量，有話慢慢說。」

「二宅」長年在民間打發死人，碰到「殯管會」的人那是太平常了，所以一點都不覺得奇怪。在他看來，如果有一次喪葬碰不到「殯管會」的人，那才叫奇怪，奇怪「殯管會」的人怎麼疏忽了這次掙錢的機會？

「殯管會」的張科長說：「我負責我的人，你負責你的人，咱們最好是別發生衝突。」張科長說，咱們的人都到車上去。那些人就像夾著尾巴的狗一樣，灰溜溜地往車上去。憤怒的人們給他們讓開一條人形夾道，他們就像被嚇壞的樣子，急匆匆地走在人形夾道裡，接受著眾多眼睛的審視。

「二宅」說：「張科長，你也是一個上有老下有小的人，總得積點陰德吧？」

張科長是一個體型瘦長的人，兩隻鼻孔很小，就像錐子紮了兩個眼兒，讓人看見很不舒服。張科長說：「這不是積德不積德的事情，我們也沒辦法，我們也不想管這種事情，可國家給我們開著工資，養活我們這些人就是管這事兒的，要不國家養我們幹什麼？」

「二宅」聽到這些話覺得很熟悉，覺得所有穿制服的人說出的話都很相同，好像在背台詞。「二宅」說：「他們家太窮了，去年二兒子在井下砸死了，留下個三歲的孩子，媳婦也沒工作，老太太也沒工作，就這一個掙工資的老漢還死了，這以後的日子已經沒法兒過了，你就同情同情他們吧。」

張科長說：「這不是同情不同情的事情，這是違反國家法規的事情，你讓我怎麼同情？」

「二宅」陪著笑臉說，這我知道這我知道，事情不都是這麼解決的嘛。

張科長說怎麼解決的，你說是怎麼解決的？

「二宅」說，領導們半夜三更的來了，也挺辛苦的，要是換了有點經濟能力的人家不早就給領導們拿點辛苦錢把領導們送走了嗎，還用著這麼費事？這也是窮的沒辦法，才這麼拖著。

張科長說：「拖就拖吧，反正到了明天早晨起不了靈，看誰著急。」這話是真的，大凡起靈的時辰都有講究，是延誤不得的，好像延誤了，這家的活人包括近親近鄰都會遭受滅頂之災的。

「二宅」說：「要不領導給個數兒，我去跟東家商量商量？」

張科長說，好吧，看在他們家可憐的份兒上，少罰點，罰款兩千。少了不行，少了我回去沒法兒交代上頭，上頭會以為我黑吃了，將來我的飯碗也得被打了。

「二宅」想：罰款？罰什麼款？是為了說出來好聽的，好像是給國家罰回去了，其實誰不知道你們是發死人財的人？你媽了個臭X的！「二宅」在心裡罵了一句，轉身走了，去和東家商量。兩千塊錢對於婆婆來說真是捨不得掏給他們，說是不給又不像話，這年頭兒已經形成習慣了，那些人來了你就得給，好像是不給還真是有點不像話。大家商量來商量去，說是讓他們可憐可憐這家人家，給六百行不行，來了六個人，一人一百。

張科長說：「簡直是笑話，一人一百，你以為是打發討吃子哪？」

「二宅」說：「這不是他家可憐嘛，晚上謝候人都沒捨得下飯店，他們真是很困難。」

「他們困難我們就不困難？」

「你們再困難也總比這家人強吧，再說了，你們總不能掙死人的錢吧？」

張科長笑了，好像是真話假說，顯出幽默的樣子說：「哎，這話讓你說對了，我們這種人，還真是掙死人錢的人呢。」張科長還說，不掙錢我們深更半夜的不在家睡安穩覺，跑出來做啥，不是瘋了嗎？

「二宅」心想：你以為你們沒瘋啊？你們早就瘋了，早就為錢瘋了。

不管「二宅」怎麼說，說什麼，可就是說不動張科長的心。張科長說，我把人們帶出來，辛辛苦苦一黑夜，鬧不上錢，你讓我咋向大家交代，你不是也得給我個面子嗎？

「二宅」覺得難以對答了。「二宅」是在民間給活人看陽宅，給死人看陰宅的陰陽先生，所以當地人簡稱他們為「二宅」。「二宅」這種人大都嘴好，能把活人說成死人，能把死人說成活人，現在「二宅」變成了理盡詞窮的人，人們就知道眼下的事情真是難辦了。

兩家商量不下來，怎麼辦？人們說怎麼辦？

人們就像研究作戰計畫一樣研究著如何出殯的事情，人們說不行就硬走，咱們用一輛車擋在他們麵包車前面，再用一輛車擋在麵包車後面，不讓他們的車追咱們。他們的人要是攔咱們，你們孩子女人就拿喪棒打他們。反正死人是要入土為安的。

車上穿制服的人們也在研究對策。車上的人們說，到過無數家了，沒碰著過這麼黏纏的人家，一人一百塊錢就想打發走人，世界上哪有這麼便宜的事情？等到天亮也等，到時候看他們怎麼辦？不信死人能飛了。

雙方就像打仗一樣，都在制定著作戰計畫。

天光已經散漫在夜空上，夜空顯得十分混沌，好像一盆巨大的汙水要倒扣下來。偶然有一兩聲尖利的鳥叫聲劃過長空，聽起來很淒厲，很心驚。

花園來到棺材前跪下，往喪盆裡抓了幾把麻紙，劃著火柴點燃麻紙，算是出殯前給公公燒的最後一次紙錢了。這時候，她的眼淚又一次悠然而下，低低的、哀哀的哭泣起來，像似害怕驚動了人們黎明時的睡眠。她一邊輕輕哭泣，一邊輕輕地哭訴道：「爸爸，把錢收好了，到了那邊，別再像活著的時候那麼仔細，不捨得花錢，我給您多燒點錢，想吃啥買啥，想穿啥買啥……」嗚嗚嗚嗚嗚，「到了那邊，您就能見到您的兒子了，您告訴您兒子，就說我想他，孩子也想他，孩子經常在半夜裡醒來，跟我要爸爸……」嗚嗚嗚嗚嗚，「您和您兒子，以後再也不用受人間的苦了，兩個人互相照顧著，好好過日子，過好日子……」嗚嗚嗚嗚嗚。

哭聲很低，像蜜蜂的聲音，嗡嗡嚶嚶。

穿制服的人們實在熬不行了，就讓張科長再去商量。人們說這家人家的確是很困難，實在不行，少給點就少給點吧，反正又不指望這一家發大財，就便宜他們一回吧。張科長說，既然大家原諒他們，我也沒說的了，我去找「二宅」，讓「二宅」把話捎過去。一個挺漂亮的女「殯管員」開玩笑地說：「男人心軟一輩子受窮，女人心軟一輩子挨……」女人沒把流氓話說完，笑出聲來了。男人們就問：女人挨啥女人挨啥？說呀，把那個字說出來呀？車裡的人們都哈哈大笑起來。

張科長微笑著走下車，去找「二宅」。

「二宅」跟婆婆說，要不再給他們加上二百，湊成八百，到時候少給我二百算了，這種事情我比你們見得多，人家有國法保護著，我們鬧不過人家。婆婆說，既然你說出這樣的話，加二百就加二百吧，給你的錢我是一分也不能少給的，給你的錢是應該給，可給他們錢算怎麼回事兒呢？

「二宅」說，別管怎麼回事兒了，這年頭兒說不清怎麼回事兒了，碰著他們就自認倒楣吧。「二宅」還說，「別人家要比你家給的多多了，這我可比你們見得多。」

「二宅」拿著錢對張科長說，好說歹說，又讓東家給加了二百，湊成八百了，八八八，發發發，也算個吉利數，領導別嫌少，就圖個吉利吧。

張科長說：「真他媽的倒楣，熬了一黑夜，熬毬了這麼點兒錢！」張科長又補充說，看在你的面子上，饒了他們這一回。

「二宅」想：這是什麼話，饒了他們這一回，莫非你還盼望這家人家再死一口子？當心你們不得好死吧！你們這些掙死人錢的牲口，不得好死！

穿制服的人們很不高興，罵罵咧咧的走了。

人們心裡都很緊張，都害怕「殯管會」的人一旦後悔要錢少了再返回來怎麼辦？人們說「殯管會」的人走的時候都很不高興，說不定還真有可能會返回來，真要是再返回來，肯定就不好辦了。人們神情緊張，滿臉憂鬱，盼望著定好的起靈時辰能趕快到來，趕快把死人發殯出去也就放心了。

婆婆原來是捨不得老頭子走，總希望老頭子能在家門前多待一會兒，可這會兒卻是心驚膽顫，好像是偷了別人家的屍首，一分鐘也不敢多留老頭子了，這讓她心裡非常難過。

人們對「二宅」說，走吧走吧，別再按正常情況對待了，這讓人心慌難受的。人們都圍到了棺材周圍，都顯出害怕的樣子看著「二宅」。

「二宅」高聲喊道：「起靈啦……起靈啦……」

人們開始慌亂起來，慌慌張張地往靈車上抬棺材。

就在人們往靈車上抬棺材的時候，「殯管會」的司機實在是熬乏了，抱著方向盤睡著了。白麵包車離開道路向山坡下跑去。車離開道路車就不正常了，就開始翻跟頭，白麵包車就像一口挺大的白棺材開始往山下滾，後來愈滾愈小，滾下山去了……

拉著棺材的汽車經過白麵包車翻車的地方，靈車上的人們都看到了翻倒在山坡上的白色麵包車就像一口白棺材，司機減慢了一下車速，好像要停下來，但馬上又恢復了原速，向墓地駛去。當地的拉靈車都是用一三〇卡車改裝的，原來的汽車馬槽被拆除以後，重新安裝起了集裝箱子一樣的馬槽，卡車的車頂封閉成一座小廟的樣子，頂子上做成金黃色的琉璃瓦，看上去又恐怖又好看。護送靈柩的人們都坐在棺材兩邊的長椅上，最外邊的孝男孝女一邊往車下扔紙錢打發野鬼，一邊囑咐著躺在棺材裡的死者別害怕，坐穩了，很快就要到家了。特別是拐彎和過橋的時候，護送靈柩的人還要專門提醒死者：「XX，跟好了，該轉彎了……」遇到過橋的時候也要喊：「XX，要過橋了，坐穩了，當心別掉到橋下去……」氣氛是陰森而莊嚴的。拉靈柩的車廂和駕駛室隔著駕駛樓後擋板，車廂裡的人即便是大聲喊話，司機也很難聽到。花園對婆婆說，好像跟咱們要錢的那輛「殯管會」的麵包車翻到山下去了。婆婆說：「是嗎？趕快讓司機停下車看看。」

花園喊了一聲，司機沒聽見。花園急了，又喊，喊出比昨天黑夜要鎮住「殯管會」的人更亮的喊聲：「停車……停車……快停車……」司機回了一下頭，汽車站住了。

婆婆說：「倒回去，倒回去，看看那些人去。」

有人說，管球他呢，那樣的人都死了才好。

二宅說：「下葬的時辰是不能耽擱的，要不咱們埋完死人回來再說？」

婆婆說：「先別顧死人了，還是先顧活人吧。」

拉靈車開始倒退行駛，聲嘶力竭的喊叫聲愈來愈響亮了：救人啊……救人啊……救人啊……

——原載二〇一〇年九月《新地文學》季刊第十三期

溪砂

戴玉珍

筆名瑩川繪。國立台灣師範大學學士、美國南伊利諾州立大學碩士。曾任竹北高中美術教師，現退休，從事繪畫（曾經多次個展）與寫作。作品曾獲桐花文學獎、鄭福田生態文學獎、教育部文藝創作獎、宗教文學獎、竹塹文學獎、吳濁流文藝獎、桃園文學獎、夢花文學獎等。著有《古厝逍遙遊》。

青佑接到請簡，陶窯的姜老闆要舉辦個展，展出地點就在窯場。

那座老窯從前是劉師傅的。青佑少年時跟著劉師傅做了幾年陶，學校畢業後不再做陶，卻進入矽砂廠工作。劉師傅去世後，無人繼承窯作，姜老闆買下老窯，開了間咖啡屋，生意清冷，倒是重新燃起了窯火。

陶窯位在石子溪上游。群山溪谷間，變質砂岩上有斷層，溪水奔流沖刷，將斷層拆解成無數大大小小的階段和坡床。有些斷面是青灰色的砂岩，山壁上的石洞和溪谷裡的壺穴便是青灰砂岩的水蝕痕跡，最大的石洞被用做佛龕，小的是獵人夜宿的營地，更小的成為獸穴。另有一些斷面是淺灰色的砂岩和深灰色的頁岩，白色砂岩層很厚，是高嶺土和矽砂等土質的交錯，厚度從數公尺到近百公尺都有。

從前，劉師傅作陶用的土是自己就地採的。灰白色的高嶺土因為砂質太重，塑性不這麼好，但是骨子硬，耐燒，燒出的成品硬度高。後來知道是含石英較多，其中還有鋁和長石，反覆洗選之後可以離析開來。

青佑將洗選分離過的高嶺土放在高倍率的電子顯微鏡下，那些近於白色的六角形，才五十微米大的扁平顆粒，在繞射光裡閃著半透明的輪廓，它們之間本來夾著些石英和鈦鐵，現在被洗選開了，細致的高嶺土是要攙入紙漿用的，而石英會在下游廠裡進一步加工成為玻璃或晶元的材料。

工人從除鐵槽裡濾出鈦鐵，那些用電磁從土漿裡抽離出來的金屬有淺淺的黃色。

「生鏽的顏色。」從前劉師傅都這麼說。「沒用的渣渣。但是再不濟的廢料鍛鍊以後多少也有些用處。」

劉師傅將鈦鐵放在球磨機裡加工磨細，當做釉藥。磨好了，用手沾了一些漿放在舌尖上嘗。

「不行，還扎舌。」劉師傅皺著眉。

旋緊了球磨機的蓋子再啟動馬達，槽裡的磨球嘎擦擦嘎擦擦，像個認分的工人在屋子角落作活。

那些帶鐵的鈦礦石又叫「金紅石」，結晶裡映著棕黃色或橙褐色的光，卻在高嶺土裡稱作雜質。在劉師傅的年代，鈦金屬的使用還不普遍，金紅石對於他來說只是釉藥，而且是無光的釉藥。

認識釉藥，是從那個多年前在峨眉溪下游河堤上野燒的紅泥土罐開始。青佑將土罐帶到陶窯，想再一次釉燒。同樣在做陶的夏薰自告奮勇的要代勞。

「要噴透明釉。」青佑說。

燒好了。不是青佑想像的晶亮剔透，整個土罐像濛了一層薄霧那樣，釉厚處還有一抹滯緩的白。

「師傅調的釉。」夏薰的臉笑成渾圓。

「像糊到蛤仔肉一樣。」阿標指著那一塊滯厚的白。

阿標是劉師傅的兒子，和青佑、夏薰同年。

「你知道啥。」劉師傅瞪著眼。「這是乳濁釉，不是亮金金就叫美。」

夏薰興味十足的擦拭土罐，然後用砂輪機打磨罐底。

「我幫你磨好了再給你。」她說。

青佑淡懶懶的看著那只土罐。

劉師傅做的大甕也是用的紅土，從鄰近鄉鎮田地裡翻刨出來的，調整以後耐火度提高了，燒結後再上一層厚厚的金屬釉。劉師傅還做茶壺，一個個紫褐色如拳頭大的壺，都不用釉藥。夏薰很捧場的跟著劉師傅學做矮胖的小壺，兩個男孩在背地裡偷偷的嘲笑，拿夏薰略胖的身材和那些茶壺相比。

馬達轆轤聲像競賽的起始信號。兩個男孩各自對著轉盤上排球一般大的溼土用力推壓，眼睛盯著旋紋，拇指深深穩穩的切入圓心，塑成旋缽，又往上拉拔塑成坏腹坏肩，坏體伸展到了極限，拿尺來量。

「我的比較高。」青佑揑著尺上不到兩公分的刻度。

阿標重啟馬達。輕輕的將坏體扶推上拉，變高了。轉頭看了看青佑的陶坏，又再一次拉高了坏足，拉長了坏頸，塑圓了翻唇。再偷眼比較一下，一個手勁不勻，唇歪了，來不及縮手，頸也斜了。已經拉到張薄的陶坏一歪就回不來了。

重新揉土，阿標不耐煩的摔打土塊。

「水分會摔掉啦。」劉師傅瞪起眼。

「這土雜質太多，揉到手痛。」

「唉，那是熟料。」

「他故意的。心裡不爽的時候就讓人家用那種土。」阿標暗暗的抱怨。

「不會吧，加了熟料後硬度變高，不是嗎？」青佑說。

「騙人，有很多調配土硬度都很高。用這種過時的老方法磨人，我不想跟他做陶了。」

劉師傅接的訂單裡有很多是大形水缸。做的時候，繞著工作轉盤一邊用腳推蹭轉動，一邊擠壓泥條盤築。劉師傅要阿標學著做，阿標不愛，說是做得腰痠，又說塑膠水缸更好用。

「買陶缸的人愈來愈少，不要做了啦。」

「死囝仔，真功夫不學，就想要取巧。」劉師傅瞪起眼來罵人。

「繞著水缸彎腰駝背的樣子很沒出息。」阿標轉身低低的說。

「你講啥？」劉師傅大聲起來。「你講你老爸沒出息？」

「沒啦，沒啦。」阿標快速的走開去。

「回來，你給我回來。」阿標溜進屋裡，劉師傅追了進去，又恨恨的罵著出來。「死囝仔，溜得這麼快。」

青佑知道哪裡去找他。從屋後竹林下的陡階進入溪底，沿溪上行一小段距離後有一座小橋，橋旁一座土地廟，廟後那株九丁榕巨樹下就是阿標的避難所。劉師傅酒醉數著家譜的時候，瞪著布滿血絲的眼咒罵世道不公的時候，阿標總是悄悄進入屋後，像一隻蛇一樣潛行到這裡。青佑去找他，他說這裡還不夠隱密，帶著青佑穿過橋底往上游去。走了近十分鐘，在一片層層疊疊嶙峋大石之間，兩岸喬木拱立，酸藤織結如網，蹬石攀藤上崖。崖壁上一個蝕穴，大小如一間斗室。

「祕密基地，不可以告訴別人。」阿標說。

有幾回四處尋不到阿標，青佑找了來，都見阿標一人帶著零食和隨身聽躲在這裡。

「你爸會找不到你。」青佑說。

「就是不要他找到。」

「為什麼？」青佑坐了下來。

「你看。」阿標捲起襯衫的長袖，露出手臂上好幾條烏青帶紫還結著血疤的鞭痕。「背上也有。」

「為什麼？他用什麼打的？」青佑用手輕觸。

「聽他念經念煩了，頂他兩句，被他用藤鞭抽的。」

那是一條從舊藤椅上扯下來的指粗黃藤，依舊是椅背上彎彎的模樣，平時掛在寮棚的牆上。

「我一直奇怪那根藤條是做什麼用的。」青佑說。

阿標抿嘴笑了笑，眼淚順著眼窩、鼻翼滑了下來。

後來青佑又到那裡找過他幾次，午後的陽光完全隱到山背，阿標點起蠟燭，兩人對坐，聽路過的風扯落黃葉，數著撲火的小蛾。

青佑最後一次來這裡找他是在念五專的一次暑假。阿標念的海專，說是過了暑假會上船實習，兩人約好了聚一聚。青佑到陶窯沒見到他，便深入蟬聲喧噪的濃蔭，涉過前一日午後雷雨匯集的深流，爬上蝕穴，阿標不在那裡。青灰色的石壁下，舒懶著一條紅色絲帶，看了很眼熟，拾起來，上面沾帶一絲烏黑澤亮的頭髮，絲帶兩端還殘留著結痕。就像夏薰經常綁在頭上的那樣，從頭頂絆過耳後，在鬢邊綁了一個蝴蝶結，結的尾稍和她彎起的髮尾一起，半捲著垂在耳後。

他收起紅色絲帶，爬下蝕穴。

溪谷裡的藤自然野生，酸藤、血藤、猿尾藤等，這裡一聚，那裡一落，像橫張的網斜掛的縵，各有地盤。鴨腱藤的螺旋莖鎖霸了方圓幾十步內的大樹；柔細的柚葉藤吸附入喬木的皮層。谷中的暮色隨著粗藤細莖無邊際的漫沿。著了苔蘚的巨石邊徑，滑濘濘的跟著急流跌宕。他攀著溪石和藤網走出溪谷時，天色已經昏黑了。

劉師傅去世的時候，阿標還在遠洋貨輪上。那個春末，豪雨連下幾週，陶窯裡堆積的生坏，在冷雨厚霧中養出白絨絨的霉來。劉師傅閒著悶著，抱著酒瓶日夜沉溺，全不知外頭的豪雨沖得山崩了、路坍了、橋也斷了。等到豪雨過後，路搶通了，夏薰和青佑過橋去探視，發現他早已醉死多日。

劉師傅去世後，他們在窯屋這裡那裡的整理出一些陶碗，棕黑色的油滴釉濃濁渾沌，用來盛飯飲水嫌笨重，想丟棄又質堅耐摧，只好暫時擱著。另外還有一堆生坏和素坏，積滿落塵的柸體，撢淨了，猶然印著清晰的指痕。那是劉師傅做的最後一批陶器，素燒之後就像年輕的小妾一樣，隨著老人家的病塵封在屋角。阿標回來，看了這堆陶坏，想將它們搗毀丟棄。但夏薰堅持留下它們。本來有一座小型瓦斯窯，分兩次可以燒齊的。可是阿標說船期到了，就要出海，沒時間等待。喪期一過就將瓦斯窯賣了。連同一本燒火記錄，陪嫁丫頭般都送了人。

「找一家窯代燒吧。」青佑說。

夏薰搖頭，眼睛盯著山壁下那座塵封多年的老窯，神情像火山口上飄出的微煙，慢慢在增溫。

老窯再一次生火。沒有那麼多相思柴，青佑蒐集了一些枯倒木，併著人家果園裡整地拓林清理出的雜木，積了近兩公噸，在窯廊下分粗中細的落成好幾壁。

他抖落髮上和身上的木屑，褪去衣服，躍入溪澗裡暢快的沖洗。接連幾日午後大雨，分水匯集奔入峽谷後，變成一泓深長急流，錚錚鏜鏜流過對峙的大石。他吸了一口氣，潛入水裡。一隻烏鶖嘎沙著俯衝過水面，又從另一端的峽壁之間飛了出去。他在水面下叉開十指用力梳涮頭髮，讓那些相思木屑、梨木屑、油桐木屑和其他喚不出名字的雜木殘渣，全部隨水流走。

劉師傅最後一次燒柴窯的時候，他們才國中，裝窯時，第一次看見穹窿內壁上層層燻染的相思灰釉，熠斑斑的色澤叫人炫目。那些狀如點染的，像垂淚的，融成柔婉的青灰，又微微的流轉著霞色。阿標取了銅釉在窯壁上塗抹人影，那人影短髮梢上有彎彎翹起的弧。夏薰中學時一直有個習慣，用食指兜捲著髮梢，撩弄得久了，髮梢自然彎成俏麗的弧。那一窯燒完，窯壁上留下一個赭紅色的人影。

封窯後，劉師傅不許他們再打開窯門，說是窯頭上有神，那些被砍截成段的木材沒有被火化超渡的殘餘靈氣都還在窯尾裡。於是記憶中窯內穹窿裡斑爛的陳年積釉都像古墓壁畫一般愈來愈鮮活。

對於這座窯，阿標似乎毫不在意。劉師傅的法事一做完，他就出海去了。臨行前還說「沒用到就拆了它吧」。

「先別拆，讓我用。」夏薰說。

「很費柴的，燒窯要體力。」阿標說。

「你不要出海了，另外找頭路好嗎？」她問。

阿標靜默著，點了一支菸，用力吸了幾口，又擱了下來。

「你不做，我就叫青佑幫我。」她說。

「他會嗎？那年燒窯時，我們才國二。」

阿標冷冷的瞥著老窯。拿起菸再抽一口，又擰熄了它。

「我出去一下。」

阿標出去了，留下她看著那堆灰黃如死面的陶坏。

天氣熱到極點，夜雨開始稀稀零零的落。轉涼，又起了風。

「可以燒窯了吧？」夏薰來找青佑。

「嗯，是涼快些了。」他說。「我先裝窯吧。」

裝好窯，封了窯門。青佑一個人在靜謐的窯旁守著暮色，聽落葉從沙柔交響的林梢落下。他附耳煙囪壁上，聽見風聲清晰，將氣閥打開一些，老窯的呼吸高亢起來，咻咻律律，共鳴出圓亮的哨音，悠揚在寬廣的音域裡。像是歌唱，歌聲有長短頓挫休止，還醞釀出強弱情感。離開煙囪，發現那歌聲依稀還在迴繞。簷外的老樹也加入合音，沙沙啦啦的漸奏漸強，煙囪的歌聲被淹沒了，寒意從窯廊外不速而來。他一躍而起，點著了柴薪。

帶著煙的暗紅火影，低低慢慢，像敘述一段長遠的故事。不能中斷，要熱切的捉住每一枝柴的尾焰，殷殷添續。空氣裡有一絲溼意和暖意，陶坏失去的游離到空氣裡，順著煙囪昇騰到林間山巔。劉師傅在燒瓦斯窯的時候，總是一口一口的飲著酒。那些設定好的燒程自會順著理性分曉，劉師傅醉糊糊的跟著窯火升溫，又跟著燜窯昏睡，直到酒意隨著他的鼻息慢慢散去，窯溫也降得差不多了，如此習慣了瓦斯窯的作息，柴窯便一直塵封著，直到青佑和阿標國二那年。先是阿標一直打著柴窯的主意，說是想看一窯猛火狂燒的盛景。劉師傅說是費柴費工不答應。後來阿標說看見一尾扭著銀灰色尾巴的長蛇鑽入窯門的磚縫裡，劉師傅才開了窯門，燒了一窯陶甕。劉師傅一面燒火一面要阿標和青佑做記錄。那些柴量、火色、測溫錐和試片的用法，至今仍留在業已泛黃的紙上。

青佑不斷的添柴。太陽升上來的時候，火膛裡的焰苗已經出落得赤辣辣的。他勻勻的遞柴，像餵食一頭慾望熾熱的獸，摁捺著性子看牠吞噬，看牠伸長了舌須索。他在腹中翻找曾經熟唱的歌，用那些曲子間隔添柴的時間。

正午的時候，夏薰過來了。從高高的煙囪上熱流波動的景物裡捕捉到火的訊息，燻出一股怒意。

「為什麼不叫我？」她說。

「昨夜裡一時衝動生的火。」他說。

「換我來。」

她取過升溫表，在火膛前坐了下來。

粗柴交替中柴，窯腹裡呼呼哼哼的和秋老虎通著聲氣。青佑躺在長椅上打盹，對於這座窯和窯室裡的陶皿，他不存太大希望，卻又像座火山一樣，非要燃盡了才得以釋放。阿標走前說了，絕不經營陶窯，要不，拆了它；要不，賣了它。青佑在燠熱中翻了個身，鬧鐘將他從零亂的假寐中喚醒。

搬過了柴，又在火膛前坐下。夏薰沖了茶，又出去買了冰啤酒給他。

青佑接過啤酒，看著夏薰映照火光的面頰，想起從前阿標在穹窿上畫的銅紅剪影。青佑念五專時，離家住校，一時之間特別思念起她來，電子情書一封一封的傳，她的心卻跟著念海專的阿標乘風破浪去了。

劉師傅不要阿標念海專，阿標不理會。不要阿標畢業後出海，阿標上了遠洋輪。陶業愈來愈冷，窯爐難得開火。劉師傅沒事就在窯廊下飲酒。青佑在化工廠裡，整日不是伴著水旋器，算計著浮力和重力，就是將熠閃閃的金紅石砂研細再研細，又一下子凝一下子解的離析成肉眼分不清的微粒。至於夏薰，念商去了。

那張泛黃的升溫表上有一處塗改，用力修正的筆跡刮破方格紙。那是窯爐加壓的持溫點，當時阿標和青佑都沒有把握，卻又黑頭青面的為了一格的差距爭執起來。那條上升的溫度線就像登山的稜線，到了半山腰有個分歧點，可以沿著平緩的腰際線環山賞景，也可以陡坡拔高直攻峰頂。那個分歧點在兩人一來一往的塗改下，變成地圖上對立的兩座城。

「唉，你弄錯了啦。」劉師傅瞪了阿標一眼。

不知什麼時候，那張升溫表上被多了這麼一筆有力的誤改。用力擦也擦不乾淨。

近黃昏時，火影搖魅的窺孔裡，有一支測溫錐彎了，在金黃烈燄裡深深鞠躬。就在那個持溫點上，加速添柴，窯裡氧氣不足，鬱積成帶煙的赭色。柴愈用愈細，愈加愈多，濃煙從投柴口和看火孔裡擠迫出來。風勢一轉，嗆得人涕淚不及。煙閘開大些，爐壓降低了，火膛吸足了氣，猛然一吼，渾身紅通通的血旺起來。彎了腰的測溫錐匍伏了，化成一灘熱淚。

煙閘再關小，窯裡又開始鬱積壓力，老窯像吃得盡情的孩子猛然被灌了一口藥般，滿肚子怨氣憋得釉色逆轉。本來熱豔豔的赭色釉會煞做灰寒。

天黑之後，窯火愈煉愈明豔。陶坏橙得近乎透明，其中的水和膠質被抽煉光後，剩下筋肉骨架，外表還背負著更耐火的釉衣。全力攻火，熱度輻射出來，他汗如雨下，咽喉之間像埋入熱帶流沙一般。他舉起水壺，長飲而盡。

中夜裡，忽的轉涼。葉梢淅淅瀝瀝的滴雨，窗外的微光在和衣而臥的夏薰身上溫柔的描繪剪影。她坐了起來，探頭看窗外，許久，起身過來為他添滿壺水，在一旁坐下。

「阿標這一趟要去多久？」他問。

「八到十個月吧。」她說。

「會回來嗎？」青佑問。

「沒說。」她轉過臉去拿了一根柴扔進火口。

晨光稀微，第二支測溫錐倒了。試片取出來，那熱紅的，烙鐵圈一般的試片拿出在冷空氣裡，頓時黑冷下來，嗶嗶滋滋的裂解。窯裡的火漸趨白熱，坏體的剪影黃燦燦的搖。照這樣一路燃下去，燒到午夜，就會坏軟釉融，像在火山熔爐之內，矽也好、鋁也好、鎂也好，再一次熔融一處。坏釉滲結後，就可以封了火口和氣孔，任由火浪在窯腹中漫舞，坏釉在慢火裡入味。待火燃盡了，陶自會沉潛入定，進入酣眠。

他小心的控火，那些乾硬燥裂的木柴中埋伏的意氣在火膛裡爆裂，生出高溫，纖維焚作灰燼。落在陶坏上的為陶坏增色；著在穹窿上的為窯爐獻祭；至於那輕如飛煙的，就隨熱流逸入雲空。

近午時分，刺熱的秋光裡進來一個人。那人短袖襯衫結著領帶，精靈的目光四下一瞬，用一種油熟的語調和動作遞過來名片。

「房地產仲介？」青佑接過名片。

「是的，過來看看。」

「我們不是屋主，這地也沒有要賣。」青佑說。

「是地主委託我來估價的，叫劉雲標。」

「是他沒錯，可是——」青佑看著他。

「不行，他沒有交代我們這個。」夏薰大聲說。

「你等他回來再看。」青佑說。

「已經簽了約，我要看看——」

「不行，不行。」夏薰的臉漲紅起來。

那人走了，兩人沉默著，風聲忽強忽弱。

窯爐瘖啞的嗆起煙來，鏽色的濃煙從火膛、投柴口和煙閘逼擠出來。夏薰將柴一枝接一枝的往火膛裡扔，她滿臉是淚，擦汗拭淚的手在額上和頰上橫畫豎抹。

「這樣不行，窯會承受不了。」青佑阻止她。

她理也不理，一逕拿柴餵著老窯。老窯靜了下來，原本呼呼哼哼的火氣停了半晌。近窯腹的投柴口，濃煙氣咻咻的噴出來，腹底的窯門磚喀喀嚕嚕的抖。

「不好，快走開。」青佑拉了夏薰往外跑。

才出了窯廊，就聽背後轟然巨響，接著叱叱嚇嚇霹霹啪啪爆裂的聲音在搖撼。只見暗紅的火舌鼓弄著黑煙，從老窯破裂的腸肚裡竄出，黑煙衝到窯頂又向下籠罩。兩人不加思索的直奔溪澗。

站在溪中，回身看柴窯，濃濁的烏煙直奔入雲，在半天裡凝成捲捲濃墨。煙囪吐出紅辣的燄舌，燄尖竄入高空。

溪澗裡的風跟著水急暢，兩人逆流上行，進入石壁夾峙的谷裡，曲水跟著蝕穴流轉。潛入水中，裙、衫、袖、髮上下迴旋，褪去衣衫，塵埃滌盡，肌膚上的水光晶瑩如釉色。老窯的煙囪還在噴火，兩人相擁啜泣。

兩日後，窯冷卻下來。爆裂的窯上烙著煙痕，捱連的山壁也被燒成焦土，巒頭上的綠林已變成枯木。那些破罐裂甕的殘片在怪手的鋼蹄下碾成碎礫，清完了敗屑，只剩一管煙囪連著半壁穹窿。原本穹窿壁上的銅紅剪影卻消失了，都埋在青灰色的釉裡。

青佑蹲在穹窿壁前細細的尋，想找到一點屬於銅紅的跡影，膝下被鈍物刺痛了。是一塊殘片，拾起來，那裂口看來很熟悉，彷彿多年前一只被摔破的陶罐殘骸。那個他嘗試多次後做成的陶罐，才素燒完成就被劉師傅一再溢美的，卻無緣無故的不見了。幾日後在窯廊下的溪邊看見，就是像這樣的一塊殘片，那是被用力摜碎了的，因為裂口上還染了一點血跡。

展覽旗子迎風飄動，路邊停的車輛前燈抵著人家後輪，窯場門外的花籃擠擠攘攘直排到廊下。對面山壁下的柴窯依然留著半邊殘壁和煙囪。當年燒得焦黑的山壁，崖頭上又青森森布滿林木。是油桐，梢頭上白花簇簇，風一吹，遍地似雪。原來正是五月春濃。新的窯主在屋裡另設了瓦斯窯，利用電子儀器監控。柴窯殘跡只是供人憑弔罷了。

會場裡黑鴉鴉的人影穿梭。展場中央有一行四面櫃，櫃子裡陳列著陶碗，總共才十幾只，都是天目釉。釉色看起來和劉師傅生前做的那批陶碗差不多。

靠中間的櫃子裡，有三只陶碗，黑色釉點細密，略帶漸層的在碗心和碗沿處漸稀。而棕黃色釉點卻愈來愈密地在碗沿處集成一環金扣。

「怎麼會想燒金色的天目釉？」記者問。

「我在日本的陶磁博物館，看見一個南宋茶碗，那金色的油滴釉，全世界才一件。我以它為目標做研究。」姜老闆說。

姜老闆伸出手，指的卻是旁邊櫃子裡陳列的一個破陶碗。

青佑認得那個碗。是劉師傅生前燒的，坏體質粗，油滴模樣黑糊，棕黃色也不起眼，碗沿還缺了一角。

「這是……」

「陶窯的前主人，劉師傅做的。」姜老闆指著那只破茶碗。「缺角的部分正是精華所在。」

眾人圍攏過來。

「我是學材料科學的，每次做陶燒窯都會詳盡記下數據，並且用電子顯微鏡拍下細微的結構。這樣連續燒了近千個碗都不成功。」

「後來呢？」

「就在這裡找到。老陶師的釉藥成色已經非常接近。因為碗緣有幾點小小的金色釉點，我將它敲下來，用X光繞射儀打出能譜，找到氧化鐵和氧化鋁的比例和適合的窯溫。」

「現在能完全掌握了嗎？」

「我試了兩年，才燒出金色圓點。在一千三百度的窯溫下，矽、鋁、鎂各離子間的結合仍然有很多變異性。燒了近四百個，完全成功的只有三個。詳細的經過，我來說明。」

燈光暗了，螢幕上投射天目釉茶碗的特寫。深黑帶綠的茶碗上，篩密的金色釉點連著碗沿上的金扣，像秋季裡的星空連著一帶極光。

——本文榮獲第一屆桐花文學獎小說首獎（二〇一〇年十一月）

生活的全盤方式

黎紫書

馬來西亞華裔。曾獲花蹤馬華小說獎首獎、世界華文小說獎首獎、《聯合報》文學獎短篇小說評審獎、時報文學獎短篇小說評審獎等。現居英國。著有長篇小說《告別的年代》；短篇小說集《天國之門》、《山瘟》、《出走的樂園》；微型小說集《簡寫》、《無巧不成書》、《微型黎紫書》；散文《因時光無序》；個人文集《獨角戲》，以及編著花蹤文學獎回顧集《花海無涯》。

你在等海水嗎　海水和沙子
你知道最後碎了的不是海水

你不會忘記了。

很安靜，很年輕，很纖細，很乾淨。清冷得玉一樣的于小榆。你不可能忘記這個人了。她那麼狠，一個女生。即使讓她把兩手都浸泡在鮮血裡，或者拿快要變成紫褐色的血漿塗汙她的臉和胸襟，她看來仍會像往日那樣的整潔與無辜。她會讓你想起顧城。後來你總是想起顧城了。你想起顧城的時候也會想起她了，于小榆。你，好狠。

她們說　冷／冷是什麼樣子／我不知道

你知道冷。冷的樣子是于小榆微微扯動嘴角，在暗影中笑或不笑的樣子。冷是給她的四分之三側臉做大特寫。她的眼睛，說，不要穿過水面。

穿過水面，陽光會折斷。

你就打了個寒顫。那時候陽光在窗外燒得很旺盛，樹葉都劈劈啪啪在冒煙，有人彈掉一截菸蒂，平攤在公路上的貓屍「逢」一聲冒火。但你想起剛才的情景，斜角照進來的陽光穿入她的眼珠，便折斷了。于小榆說完她要說的便什麼也不說。她稍微歪著頭像在聆聽，你和她之間醞釀的靜默，還有身邊那女警擤鼻子時粗笨的聲音。

為什麼是你呢？你多想問于小榆。但你知道那樣問了會顯出你的不安與庸俗，于小瑾會看不起你。就像你之前提起司法精神病鑑定時，她垂下眼簾冷冷笑了。眼觀鼻，鼻觀心。彷彿胸前掛著鏡子，她在與鏡裡的自己會心微笑。看吧，他們這些人。

於是你沉著氣等她開口。既然她把你找來了，必然知道自己要的是什麼。這女孩，才二十出頭，當別的女生都在為流行曲死去活來的時候，她歪著頭，目光穿入一個不存在的空間，於靜寂中聽她一個人的獨奏曲。也可能是詩。你藉這機會細細端詳。她平靜的面容，那麼俐落的手。僅僅一刀，深深切斷了那人的喉嚨。

在那拘留所裡，于小榆第一次在你心裡喚起那死去的詩人。你有個衝動想問，讀過顧城嗎。因你突然想起同事們以前告訴過你的，你不在的時候，那個于小榆常常會到你的辦公室，在書櫃前面站很久。

她站在那裡看什麼呢？書都安分地停泊在櫃子裡，灰塵也都靜靜地日積月累，悄悄掩蓋陽光漫入過的痕跡。你無法知悉于小榆的目光曾經停留在哪些書本上，但你隱隱記得櫃子裡有一部顧城全集。或許你該念一首詩，于小榆請注意。但顧城，你當時能記起來的唯有黑夜給了我黑色的眼睛。感其陳俗，你也就放棄了。

人們曾經抱怨她太過安靜。她？那個新來的助理。你聽了曾轉過臉一瞥，于小榆下班離去後空著的座位。桌面上的物件多而十分整齊，椅子推放好了，椅背上披著她對摺好的灰藍色毛衣。那時你想到的不是她的安靜而是自律。這孩子，難怪在同期聘來的一批實習生中，她的考試成績特別優越。

現在你才可以感受到，人們說的安靜，堅硬而冰冷，如銅牆鐵壁。人們覺得如此怪異，彷彿看見于小榆拿來一副手銬當鐲子。不難受嗎？不冷嗎？你卻連大伙兒的不適也不曾留心。冷是什麼樣子，你不知道。倒是在接見于小榆的父母時，你看見那垂下頭來不斷拭淚的婦人左手戴著一枚戒指，象牙雕花，白骨那樣清冷。才記起那女孩的手腕上也曾經戴著同一系列的鐲子，現在果然變成了手銬。于小榆也沒表現得有多不自在。誰也鎖不住她了，她聽自己的音樂，她甚至坐在那裡輕微地晃動腰枝。攔不住。她已經穿過水面。

「于小榆，你知道我不接刑事案。」你說，「我不擅長。」

「嗯。」

她知道。她辭職時，已經在律師行待了十幾個月。前面九個月實習期滿，她順利拿了執業證書，但不知怎麼她堅持要「多學習」，於是輾轉被調到你的部門，當起公共助理。她的辦公桌就在你們幾個人的辦公室外頭，對著入口，接待處似的，擋風攔雨。那公共助理實際上是份工作量奇大的雜差，要應對的內外人事也多。她似乎沒個可以依賴的前輩，或可以交流的同儕。奇的是，大半年過去，于小榆一聲不響，手上銬著看來有點笨重的象牙手鐲，把所有事情都做了，竟無人聽過她的怨言看過她的嗔色。後來她走了也就走了，倒是如果還有人提起，仍然會搖著頭說啊那女孩，太安靜。

卻無人說過，我喜歡你是寂靜的。

如今你明白。讓人們感到不自在的，所謂「靜」，其實是于小榆的倔強與堅硬。即便帶刺吧，她不長成玫瑰而長成荊棘。她的靜如此叛逆，強悍，無瑕可擊。于小榆，你深沉至此，超出我的想像。像一口井，幽深得讓人看不見自己的倒影。你是寂靜的，彷彿你已消失。

「你也知道，這罪名成立，只有一種判決。」

于小榆不應聲，僅僅眨了一下眼睛。你覺得有什麼東西阻隔了你們，她在你無法進入的空間，就像在鏡子裡面。她用你看不見的眼睛在凝視你，那麼遠，那麼逼近。

她當然知道。她沒有逃。如所有的案卷材料所述，當其他目擊者還在尖叫的時候，于小榆往後退了一步，深深吸進幾口氣，便舉起手機打了警方接到的第一個報警電話。直至警察趕去把她帶走，她不曾失控，沒有流淚，對已經發生的一切都供認不諱。血猶在剃刀上滴落，空氣裡還彌漫著死亡那潮溼的氣味，倒在血泊中的人睜大著眼睛，仍未相信自己已經死去，她卻那樣乾脆。

死者比于小榆小兩歲，年少輕狂。那還是個躁動的週末下午呢，他的電腦遊戲才打了一半，再過兩個小時他就可以下班了，但死亡從一個不可能的角度突如其來，他幾乎來不及痛苦。也許他連于小榆都沒來得及看清楚，像你一樣，只依稀記得那是一個看似瘦弱卻特別爭強的女孩，沒了面目，只有手腕上晃動著象牙鐲子，蒼白的骨質，隱約閃著燐火。

她說，「我很清醒。我就是要他死。可憐地死。不值地死。」她做到了。一言不發，讓「他」無助而莫名奇妙地死去。她是于小榆，才二十三歲呢。她說這些話的時候，好大一瓢浮光從女警身後的小窗洞傾入。你終於看真切了，睫影之下，她清澈的眼睛。

不要穿過水面。

●

他們在電話裡說，正在趕來的路上。路很長。太陽早已落山。城市的輪廓被暗影與塵煙掩蓋了細節，變成一堆積木。世界像是一幅巨大的剪影。那一對老夫婦風塵僕僕，抵達你的辦事處後，左手無名指上戴著象牙戒指的婦人，先到盥洗室整理自己。出來時，她把頭髮梳整齊了，蒼蒼的灰黑，紋若流雲。老先生隨後也去洗臉，用摺得很好的素色手帕拭去臉上的水珠。後來婦人說到落淚處，也從皮包裡掏出她的手絹，淡綠，雅而清冷，輕輕在眼角上印去淚水。

那淚卻漣漣。兩老似有默契，哭得自律而安靜；一個禁不住飲泣，另一個便接下去說。於是你知道了事情發生兩個月以後，一直在拘留所中拒見任何律師的于小榆突然想起你。你。她要求見你。今早檢察官才聯繫兩位老人家，他們中午便開車趕這幾百里路。

兩人皆為退休教員，都有一種素食者的氣質，說話聲音很輕，皮膚特別白皙，似乎連額上的皺眉都曾仔細梳理。你上午接那通電話時，本來已不太記得起來于小榆其人，直至看見他們，還有那一枚象牙戒指，這同個系列的一家人，你毫不費勁地想起那女孩了。那臉上掛不住五官的孩子。半年前她才辭職離去。你不期然瞥一眼她曾經用過的辦公桌。某一天那披掛在椅背上的灰藍色毛衣消失了。上頭從別的部門調了個老經驗的助理過來，後來再由兩個實習生取代。卻原來只過了半年嗎。

老人家說，于小榆沒跟家裡說清楚辭職的原因，只在電話裡打了聲招呼，沒過幾天便拎著兩個行李箱回到老家。兩人知道這孩子的脾性，也因為她從小就很少讓家裡操心，所以便沒追問。他們說起這個的時候，你一直感覺到某種探詢的意思，似乎期待你告訴他們知道更多于小榆的事。不然，為什麼于小榆只願意見你，而不是別人。

待要說的都說完以後，已經是深夜了。你替兩人就近找了一家小旅館，陪他們下樓。本來還遲疑著是否該帶他們去吃點什麼，但兩人心照不宣似的，還沒行到旅館門口便用接連的鞠躬把你送走。你感覺到的，街燈光罩下恰如其分的生疏，人與人之間周到的距離。讓人感到安心的禮貌。他們做得一絲不苟。

你回到十七樓的住處，男人已經睡著，狗則醒來了，你在泡澡時牠便趴在浴室門外。你閉上眼睛任水聲蕩入夢裡。夢裡你把手伸到涼空氣裡／吸收睡眠／你很疲倦。無數泡沫在夢中破滅。你在那看似無垠的白色夢境裡走向四面八方，一不留神就被卡在夢與現實的間隙裡了。左腦倒是一直在岸上，告密似地說，別怕，只是個夢魘。等你掙扎著醒過來時，浴缸裡的水經已涼透，身體變得僵硬，皮膚被泡軟，像要與肌肉分離。狗在外面用爪子刨著門板，並發出一種壓抑的，似乎怕會驚動鄰居的嗚咽。

這短暫的睡眠讓人疲勞，彷彿睡夢中你蕩著船想要到世界的對岸，卻中途迷失，又丟了槳，只有划動雙臂奮力折返。你帶著「幾乎回不來了」的餘悸，用僵直的脖子撐著一顆腫脹的腦袋，先在男人騰出來的半床被窩裡整理出自己的形狀，然後爬上床。你仍然感到冷，遂往男人靠近些，鼻息哄上他的肩膀。一些詩句像一排溼淋淋的螞蟻列隊爬行，經過你的大腦。在透溼透溼的世界上，有一隻透溼的小鳥。牠再不能回窩了，由於偉大的自豪。

男人翻過身來，你順勢迎去，讓他抱你。男人從夢的溫床裡傳來發芽般的聲音。下雨了是不是，外面下雨了。你微笑著搖頭，然後要從小小的窗口爬入夢中。男人卻把你拉回來，在你耳畔嘟嘟噥噥地不知說了些什麼。你迷迷糊糊聽到自己說，臨時有個案子，頭痛。男人親吻你的眉心和嘴角，有點乾燥的手像蛻皮中的蛇在你的身體上游移。你意識到他要從小小的生命的瓶口鑽進來，你就在夢中笑了。你說，窗簾沒拉上。

月亮很圓，是這城裡最高的一盞街燈。

●

其實沒有人知曉于小榆為什麼辭職。那孩子。用沉默來承載生活給她的所有考驗。她很安靜，而且不斷加深那安靜以調整她看世界的焦聚。她把世界放大了，但世界在另一邊卻逐漸看不清她。然後她會消失，變成浮動的謎。就像她早已找到了離開這世界的出口，只等有一天她有足夠的勇氣，一腳踹開那扇生鏽的門。

門外是一面鏡子。是不是？鏡子裡面在下雨了。

在去拘留所之前，你把所有的案卷材料都看了一遍。它們不厭其煩地覆述那個發生在週末下午的事件。所有證物與證詞互相吻合，沒有絲毫矛盾與破綻。你幾乎可以看見于小榆推著她的腳踏車出門，她的水藍色工作服就晾在外面的鐵架上，鐵架左邊開滿了半透明的九重葛。陽光穿透一切，人影十分淡薄。

于小榆穿著T恤，七分褲，帆布鞋，加一件運動型的橘黃色外套。外套兩側的衣袋裡裝著十元紙幣，一小張紙條和她的手機。紙條上寫著生命的密碼，那是他們一家人的生日月分和日期，三組，六個號。因為要買的是超級積寶，于小榆的父親說還欠一個號就機選吧，買五注。於是于小榆用紅色馬克筆在那六個號碼後面添了「＋X」。

你忽然想看看于小榆的字跡。辦事處裡有許多案卷還留有她用馬克筆寫的字。那都是英文字母和阿拉伯數字，公整，娟秀，平靜的殺人者。你從來沒見過她生氣的樣子，沒見過她紅色的字體；甚至無人可以想像，盛怒中的荊棘。于小榆自己也不曾想過，她騎著腳踏車往南走，沿著回憶的反方向，先到鎮上唯一的小書店逛逛，再到菜市場附近找那個磨刀的流動小攤，替父親拿回他的老剃刀，然後去大街上的多多博彩投注站，竟然就碰上那一扇畫在地圖背面的大門。

踹開它！踹開它！

到達世界的彼岸。

說來真像電影情節，荒誕，黑色幽默而天衣無縫。于小榆的父親說，那天是他的生日。他說得就像在怪罪自己似的，因為他習慣了在各個特殊的日子買幾張彩票，用他們家的生命密碼去碰碰運氣。「但我以前不會在生日那天想到要磨剃刀。」他想說鬼使神差吧，想找出這裡頭某個不尋常，不該出現，但至關重要的環節，卻終於無語凝噎。這退休校長一直垂下頭，兩掌緊扣，像個懺悔的老人在抵禦他晚年的惶惑。

我多想把你高高舉起／永遠脫離不平的地面／永遠高於黃昏，永遠高於黑暗／永遠生活在美麗的白天

案卷材料十分充足。穿橘黃色運動外套的于小榆看來如此明亮。她騎著腳踏車慢慢行駛。不急，不急。那天她值下午班。五點鐘前她會洗過澡，漱了口，穿著齊整的制服抵達商場那一邊的肯德基快餐店。鎮上的時光行駛得安定而平穩，像個溫度適中的熨斗貼著生活滑行。不知不覺。她在那裡上班快三個月了，不久前才剛調升店長助理，領到兩套她喜歡的水藍色制服。

你看到于小榆在那些畫面中微醺似的臉。那秀氣而有些單薄的齊耳短髮在風中輕顫，釘在耳垂上的玻璃珠在中午的曝光下閃著稜形光芒。你幾乎以為自己聽到了畫面裡的聲音。腳踏車的鏈子很久沒加潤滑油了，它轉動時發出一種像響尾蛇的聲音。街上有人在叫賣什麼。巷口有一隻狗朝路人吠了兩下。嬉鬧中的孩童結伴闖過馬路。叮鈴鈴叮鈴鈴。于小榆擺了擺車把靈巧地閃避過去，又馬上回過頭，朝來時的方向笑了一下。

畫面中央綻開一朵淺淺的漣漪。

你覺得畫面很真實，除卻裡面的女孩長得並不真像于小榆。但那並不重要。即使所有人都說不出來于小榆離職的原因，也想不明白她放棄當律師，捨棄大好前途的道理，你以為那已經不重要了。于小榆如一顆葉尖懸垂的露珠自願墜入湖裡。她低下頭處理沉默而整齊的冷凍雞，用摺好的紙杯丈量炸薯條和汽水。每天，聽收銀機一次一次響亮地吞吐。用簡易的公式結算日子。

「他們說，我有病。」于小榆如此開場。病。她輕描淡寫，「病」像一條蠕動的蚯蚓，被釣翁輕輕垂入水中。

那是因為見你坐下良久而無語，于小榆像個熟人似的先說起話來。連稱呼也沒有，幾乎讓你以為你們過去就這般談話，像她是你的老朋友而不是當事人。你順勢說那就接受鑑定吧。於是于小榆看了你一眼。你躲閃不及，那淡褐色，如玻璃珠般透明的眼睛。

「你是說，精神病鑑定？」她垂下眼簾，眼觀鼻，鼻觀心，從鼻腔輕輕噴出一朵冷笑。

看吧，他們這些人。

就這樣你們便陷進各自的沉默中了。于小榆把世界推開，慢慢後退，再掩上那一扇鏡子似的門，此岸與彼岸之間的出入口。她在微微晃動身體。她那裡有歌嗎？抑或是詩？站在你們中間的女警先是擤鼻子，然後忍不住打呵欠。於是你記起律師該做的。你挺直腰板，深呼吸，把斗室中所有的光明全吸進去又吐出來。你說，你不擅長這個。

「這罪名成立，只有一種判決。」

于小榆眨了眨眼睛。只眨了眨眼睛便切除了生命。死亡是一個小小的手術，甚至不留傷口。以她的法學知識和在律師行工作的經驗，你說的這些都太淺顯。你知道她要的不是這些，甚至不是法律，否則她不必等到今天，等到你。

你翻了翻面前的案卷材料。現場照片。再翻。勘驗筆錄。再翻。受害人死亡證明。再翻……終於，你在犯案人供述筆錄裡找到了最無關緊要的事。于小榆說她從家裡出門，第一站先到書店。那是在血案發生之前，陽光慷慨，于小榆騎腳踏車緩緩穿行在有點髒亂的小鎮道路上。她的小腿纖細，橘黃色外套背後有發亮的白色號碼。你的視線追隨那背影，如熨斗似地貼著日子光滑的表面。日光如斯揮霍，太陽正直，路很燙，小鎮拿自己的影子墊腳。書店在大街另一端，你們愈行愈遠。

「是一家怎樣的書店呢？」正因為它與案子本身無關，又與案發現場太過疏遠，你覺得在這堆環環相扣的材料裡，這書店是唯一的「其他的事」。它完全沒有必要被紀錄下來，但于小榆畢竟對警方說了。

冷不防你有此一問，于小榆就笑了。且如曇花，即生即滅。那笑讓這女孩看來潔淨而無辜。誰想到她會那麼狠。為了一個被曲解的紅色「X」符號。至於嗎，那麼冷。于小榆恐怕也沒見過那樣的自己。她走進那狹長的老店鋪，裡面賣的多是漫畫，雜誌，兒童讀物和翻版暢銷書，再加一些文具和影音光碟。于小榆比較感興趣的是角落頭一個小書架上放著的二手書。她偶爾會在那書架上找到一些好東西。譬如文豪們的詩集，還有「看來很像陪葬品的線裝書」。

那天于小榆找到的是一部舊電影，正版碟。她沒告訴你那是什麼電影，只說是以前看過的一部日本片。「挺喜歡的，覺得應該收藏。」她因為身上沒帶夠錢，便讓書店老闆替她保管住那碟子，說好過幾天再回去拿。于小瑜也像其他女孩一樣，喜歡把手掌塞進外套兩側的袋子裡。那是一副清白的姿態。書店老闆對她很熟悉了，她有別的女孩沒有的乾淨氣質，有一只象牙鐲子。

「小地方，」于小榆說，「書店就那樣了。」

你完全可以想像。那些陳設，那些書，那種老店。每一本書裡都有雨的味道。但那不重要。你們都明白。書店總是離現場太遠。

殺人是一朵荷花／殺了　就拿在手上／手是不能換的

醒來時男人已經離去。你覺得他吻過你了。狗在。牠趴在床腳，像造案後的凶手在清理指爪。像牠剛把男人吃掉。手是不能換的。一個人不能避免他的命運，你是清楚的。

窗簾始終沒拉上。城市把長長的側影投給你。你的手，在陽光下遮住眼睛。你手投下的影子，在冥冥中微笑。

你才記得詩人說，我失去了一隻臂膀，就睜開了一隻眼睛。

但于小榆念的不是這首詩。昨日你離去之時，她在你轉身以後，幽幽地念了一些詩句。聲音很碎。你屏住呼吸在聽。背上的寒毛全豎起來。太陽在外頭劈劈啪啪地縱火，柏油路在騰煙，一截未熄的菸蒂足於讓烘乾的貓屍燃燒。那麼熱的天，你卻覺得世界成了冰窖，心裡凝結了一柱不能溶解的冷。

你離開拘留所。七月的陽光在身後呼喚你，用發燙的巨掌在你的背上打手印。你沒理。陽光從背後攬腰抱你，把你整個嵌入懷中。沒用。它對你的左耳熱呼呼地說，只是夢。你知道它在撒謊，因為你始終沒有醒來。直至回到辦公室以後，你仍然坐在城市深沉的斜影中發愣。

那首詩，你知道它在哪裡。那是首十四行詩。于小榆放大了一首詩的局部。你只是不明白為什麼這些詩句被于小榆念出來以後，會突然變得陌生。你發現你從未讀懂過那些詩句。

于小榆拉開了一首詩與你的距離，彷彿她把那詩從你這裡拐走了。

離開辦事處以前，你和幾個打刑案的同僚一起研究這案子。大家都不樂觀，因此談興不高，也實在談不出頭緒來。日頭漸漸沉沒，城市的背影是好大的一張黑色斗蓬。你開車回去，帶著狗到樓下的小公園蹓了一圈，回去洗過澡吃過晚餐再看了一陣電視。男人還沒回來。你躺在沙發上看書，沒發現下起小雨來了。你又迷迷糊糊地找到了夢的小小的入口，聽到裡面有雨聲。於是你闔上書本，看見十七樓窗外的月亮薄如宣紙，有點溼。

你以為你會夢見于小榆。她不在。外面的座位空著，椅背上披著灰藍色毛衣。有人動過你櫃子裡的書了，那一部顧城全集被放到最高處，你踮起腳仍碰不到它。夢中你就用盡各種辦法想要把那書拿下來。你搬來椅子墊腳，從哪裡找來竹竿去撩它；你甩掉高跟鞋，赤足攀上書櫃，但那書總在手指可勉強觸及卻無法拿下來的地方。這夢讓人焦慮，你跑去敲每一個人的門，要他們過來幫忙。人們看來很有興致，卻不加理會。你終於還是空落落地一個人回到辦公室，竟十分惱怒，然後無奈地醒來。

我們早被世界借走了，它不會放回原處

男人回來過的，又起早走了。你翻身躺在男人留下的形狀裡，看狗在床腳舔牠的指爪。你想起你的夢，彷彿領略了于小榆的憤恨。一個「X」符號被正確理解，與一本書架上的詩

集被人拿下來，都是合乎常理的事。然而你睜開眼睛便從不合理的夢境走出來了，那女孩卻丟在夢裡找不著出路。

賣彩票的男生比于小榆還年輕。不明白，我們不去讀世界，世界也在讀我們。卻並非每個人都有夢可供參照。況且他在打遊戲，巷戰正酣，一整個上午的心血。但于小榆記得自己對他說清楚了，說時還以右手食指點著那紅色馬克筆畫的「＋X」符號。

「最後這個號機選，五注。」于小榆遞上她的十元鈔票。

彩票打了出來，男孩把票子，找回的五元錢和于小榆給的紙條都交到她手上，也沒看一眼便又潛回浴血巷戰之中。那票上卻只打了一注，五倍。于小榆蹙了蹙眉，對那男孩說票打錯了，要求更改。男孩頭也不抬，說是于小榆打票前沒說明白，而票打了也就再無反顧，不能退不能改。

男孩的態度令于小榆很不服氣，她小聲反駁，卻一步也不後退。男孩見她犟，也就來勁了，目光與指尖依然沒離開屏幕上的戰場，說話的聲音卻愈漸昂揚。而因為他堅持說紙條上的紅色「X」是個乘號，指的是倍增，于小榆忽然感到生氣了。她占住窗口，青著臉解釋那「X」是個未知的代數，是機選數字的意思。男孩一個勁搖頭，始終目不斜視，只是一臉不屑地對屏幕上的巷敵痛下殺手。于小榆感到手心發寒，語音開始發抖。她把紙條攤開，指著上面的紅色符號說起 x＋y＝z的理論來。這不像于小榆的聲音，嗓子有點尖，她自己也感覺不妥。但男孩反而得意，毫不掩飾地用半張臉笑。一掌冰一拳火，痛擊攔路者。

後面來了些買彩票的人，還有一些路過者循聲而至。人們眉開眼笑地看于小榆激越地講解數學公式，概然率與「X」的定義。見那賣彩票的男孩不搭理，于小榆轉身對圍觀的人群重述事件和「X」的原理，但她愈是煞有介事人們愈覺得荒謬。大週末。五元的彩票。人群中有人失笑，也有人按捺住笑意勸于小榆罷休。

那些不及痛癢的好意，竟比嘲弄還讓人難堪。

于小榆走不出去。幾乎像夢。看似空茫，但她處處碰壁。她茫然環顧四周，有點懷疑眼前的世界。是這個鎮嗎。那些人裡有平日熟見的臉，有帶小孩到肯德基裡買過快樂餐的老翁，有剛才替父親拿剃刀時瞥見過的婦人，有住得離她家不遠卻沒多少交情的一個老鄰居。她不明白事情何以有那麼難說清楚。這些人，像課堂上聽不明白老師授課，也不想明白，只一味在笑的小學童。而就像你無論如何要把顧城全集拿下來一樣，于小榆忽然靜默了。她用力嚥下一口唾液，像豁出去似的，掏出手機來報了警。

警察來過的，又匆匆走了。也沒想問清楚，只登記了兩人的姓名電話。人們在胸前交疊兩手。人們在搖頭。人們用半張臉在笑，另外半張臉在交頭接耳。世界在徐徐旋轉。陽光偷偷地調度小鎮上每一幢建築物的所在。于小榆掉落到漩渦狀的情境裡。因為她始終占住那窗口不願讓步，人們遂改到另一個窗口排隊投注。沒有人站到于小榆那一邊了，連賣彩票的男孩也換了位置。只有于小榆一個人感覺到。旋轉。她被偷換了位置。世界聽不懂她的語言。

人們覺得于小榆正逐漸平靜下來。起碼，她說話的語氣沒那麼激動了。她打了一通電話到消費人協會。人們聽到她用一種禮貌，冷靜，辨差似的語言在說話，但顯然被對方用相似的語言回絕。於是這女孩平靜地向對方要了博彩公司總部的投訴電話，又把電話打到那裡。她等了很久，耐性地應對電話錄音的諸般指示。一號鍵。四號鍵。井號鍵。這次對方似乎友善地建議她向當地的彩票中心投訴，並且不等于小榆開口，便直接給了她兩串電話號碼。

于小榆把兩串電話號碼來回試了兩遍。預設的電話錄音總是把她領到無人之境。那裡空空洞洞，只有破爛的音樂循環無盡。她僵持了一陣，直至耳朵被音樂轟得發熱，臉色涼了，只有緩緩把手機放下。

事情已經沒什麼看頭了。人們聳聳肩，也有嘆氣的，或搖頭，帶著剩餘的笑意相繼離去。世界慢慢地停止打轉，如一只搖搖欲墜的陀螺。

但我們早被世界借走，再不會被放回原處。

賣彩票的男孩高興得顧不上他的電腦遊戲。他才發現自己剛在這場無血的戰鬥中大獲全勝。週末了。週末真好。他感覺不到于小榆感到的暈眩，感覺不到傾斜的漩渦，也感覺不到于小榆把手機放進外套的口袋時，手指骨節碰觸到的殺著。

一掌冰，一拳火。

他得意地把臉湊前去，在于小榆耳邊說「你就鬧吧，有種鬧上法庭去。看誰理你！」

那是個週末下午。午後狂躁的陽光在鎮上到處發飆並搖旗吶喊。于小榆卻感到手指冷冷的，像十根小小的冰錐，掌心也寒，無法溶解。她霍地轉過身，出其不意，讓賣彩票的男孩看看那蒼白冷冽的象牙鐲子。

終止世界的搖滾，讓它不再扭擺。
旋轉的陀螺倒下來。
很清醒，很平靜，很精準。

終於／我知道了死亡的無能／它像一聲哨／那麼短暫

你不會忘記了。這個你從未好好看清楚的女孩。你只知道她自律而安靜，一個人默默地完成所有事情的全部程序。當其他人都在騷動和尖叫的時候，她後退一步，大口大口吸進一些未沾血腥的空氣，然後用染血的手打電話。很快接通。她用潔淨的聲音說，我殺了人。

你們都不再說話，也不再注視彼此。都抬起頭來靜觀從窗外傾入的浮光。流光遲滯，一進來就變涼了。塵埃飄忽於光處，靜止於暗中。你等了很久，以為她已經把要說的都說完了。於是你收拾桌面上的東西準備離開。而就在你站起來轉身的一刻，聽到于小榆輕輕地念

我背後正有個神祕的黑影
在移動，而且一把揪住我的頭髮，
往後扯，還有一聲吆喝：
「這回是誰逮住你了？猜！」「死，」我回答。
聽哪，那銀鈴似的回音：「不是死，是愛。」

●

打電話來的是老先生。上午九點十分，聽他那平靜得像剛剛坐禪後說話的聲音，你不由得挺直腰，把坐姿調正。他說他已經到書店去問過了，小偷那天要買的光碟確實是一部日本電影，片名是「何時是讀書天」。

「那碟子還在。」老先生頓了一頓，又清了清嗓子。「我替她帶回來了。」

那電影你是知道的，就像你知道那首詩的所在。電影說的是一個上了年紀的獨身女人每天靠送牛奶和超市收銀員兩份工作維生，晚上則躺在堆滿書的房子裡讀陀思妥耶夫斯基。電影的調子十分平穩安靜。你記不起電影的結尾，便猜想自己當初沒把電影看完便睡著了，可又隱隱記得自己曾經為當中的一些情境哭過。它怎麼那樣模糊呢。你有點徬徨，便走到書櫃那裡去找那一本十四行詩集。它還在，而居然就依傍著顧城全集，都蒙了點塵，也有陽光給的吻痕和雨的味道。

你翻了翻，那詩仍在原處。黑影尚在，死在，愛猶存。

下午你再去拘留所的時候，路上下了場像樣的雨，溽暑稍逐。但拘留所裡因而更幽暗些。雨激起了滿室潮味，塵埃都有附著處。兩管日光燈亮得憔悴，管子裡像各養了一隻鼓譟的蟬。燈下的人都蒼白。

看你把詩集從公事包裡拿出來，于小榆禁不住笑了，還撥了撥額前的髮綹，手上的鐐銬鋃鋃鐺鐺。

「你知道為什麼是你了。」她接過那書時，說得意味深長。

你不語。于小榆便翻開詩集，看到扉頁上你寫的句子。她的目光停留在那上面，褐色眼珠裡慢慢升起一對閃爍的飛蛾。如牠們在風中迷失。如牠們始終在尋覓彼此。如牠們被一面鏡子分隔。于小榆別過臉，狠狠地咬了咬牙齦，眼淚便珠串似的墜下，流過她冷冷的四分之三的側臉。

你將在靜寞中得到太陽
得到太陽，這就是我的祝願

傍晚時因為要給案子進行交接，你到刑事部那裡與接手的同事談了一會兒。離開時天色如墨，雨珠吧嗒吧嗒濺碎在擋風玻璃上。你急於回家，兜了些路，卻最終陷入這城市在週末晚上擺布的車陣裡。數條車龍在雨中纏鬥，車笛和雨聲讓你動彈不得，叫人想起夢中的困阨。這時候接到男人打來的電話，告訴你住處停電，囑你雨中小心駕駛，又問起你于小榆的事。你告訴他那女孩終於同意把案子交給打刑案的律師了，條件是你以後還得給她送書。

「我答應她，會一直把書送到監獄。」

雨還會繼續下吧。今晚過後就會澆醒下一個雨季。男人用夢裡傳來似的聲音叫你好好開車，他會帶著狗到樓下等你。於是你微笑著掛斷電話，想起十七樓窗外那一盞壞了的街燈，便耐心慢駛。一路上，仍然有人從車裡彈出菸蒂。貓的屍體化作春泥。你總是在看望後鏡，總覺得那裡有一雙注視你的眼睛，一雙棲息的蛾。你凝視牠們便也看見了浮世流光。也看見城市把悲傷的臉湊到窗玻璃上，讓雨水沖洗它的彩妝。

註：文中的黑體字俱為引用文字。多為顧城詩句。

——原載二〇一〇年十月號《聯合文學》

卜算子

黃麗群

一九七九年生於台北，現任職媒體。作品曾獲時報文學獎、聯合報文學獎、林榮三文學獎。

他們的每一天都是這樣開始的，起碼在他身體壞了之後，他們的每一天是這樣開始的：伯起得早，他起得晚，但不會太晚；鬧鐘醒來，沖澡，仔細地刷牙，他看牙醫是不太容易的；在鏡子檢查自己，看起來沒事，量體溫，看起來沒事。今天看起來，沒事。

那時伯也差不多提早餐進家門。固定兩碗鹹粥、兩杯清清的溫豆漿。伯多加一份蛋餅，他多加一包藥。兩人邊吃邊看新聞。時間差不多，伯先下樓，他擦擦嘴，關電視清垃圾隨後跟去。

伯已經很習慣有他在一邊幫手。接預約電話，一天只開放早上兩個小時，時間過了線就要拔掉，否則沒完沒了；備錄音機，裝上給客人帶回家慢慢聽的錄音帶。掛前幾號的陸續到了，問生辰八字，錄在硃紅箋紙上，送進伯的書房。回頭端茶過來，順勢引客入內。

今早進來是一對男女，不高不矮不胖不瘦，都戴眼鏡，男子襯衫西裝褲繫皮帶，女子雙頰多肉，穿一件帶螢光彩色的花洋裝罩著短袖針織洞洞小外套，很世俗的類型，風景區裡「麻煩幫我們拍一張照片好嗎？」的類型。要結婚了，奉命來合八字與擇日。男子上下望他一眼，對他不是太以為然的樣子，他笑一笑，很習慣了，看看兩人生日，比他小幾歲。伯把一切瞞得很好，伯說自己一個人年紀大了，孩子是回來照顧他的，孝順呢，鄰里誇他，真是好孩子呢。

伯論命時會關上門。他坐在外面，讀報紙，接電話，上網，打一杯五穀湯喝。透天厝的一樓，粉光實心水泥牆四白落地，從外看來，若不說，也就是最尋常的鄉間人家，誰知道裡面有那些人心與天機。大晴天，太陽穿進鋁門窗菱格，在冷津津老磨石子地上篩出一段一段光塊，有時他就趁著沒人躺在那塊光上，閉著眼睛聽，飲水機的馬達聲，電腦主機的風扇聲，門外的大馬路有車子嘩嘩開過，這些車子一部一部都十分明白自己要往哪裡去，熱鬧而荒廢。

本來不會是這樣。其實伯從前最不喜歡他對此一營生好奇，也幾乎不提他的命理，只說過：「你就是註定要念書，好好念書，你只要好好念書就後福無窮。」也確實他怎麼念、怎麼考、怎麼好，高中開始獨自上台北，一路當第一志願裡的中等生，逢年過節週末回家，伯娘沒有一次不是冬暖夏涼熬好糯米粥又炒一鍋麻油雞湯等他前腳進家門後腳就有吃，典型的好命子。

除此另還知道的唯一一件相關：伯雖然是爸，但不能叫爸。命裡刑剋過重。老方法應該過給別人養，然而伯孤枝一根，無兄無弟，晚來結出一子，最後折衷，不喊爸媽就好。他倒沒懷疑自己是抱來的，鏡子裡頭老照片上，三口人的相貌完全是算術，一加一等於二，自小到大無改。伯又說，剛學話的時候，一直教啊，小孩子這東西真是奇怪，他就是要叫爸叫媽，教好久才學會，要叫伯，還有伯娘，你說小孩子這東西是不是真奇怪。

這段小事也是後來回伯這裡生活才聽他講起的了。他沒想過有一天會回到這裡生活。他已不記得也沒算過的幾年前，伯娘患肺腺癌，胸腔打開來一看，無處下手，又原封不動縫上，六個月不到就沒了，出殯結束那天，下午回到家，兩個男人在屋廳裡分頭累倒，無話枯坐光陰，彼此連看一下靈堂上掛的伯娘照片都是分別偷望，怕被對方發現。

「要不要不然我多住幾天再回台北。」最後他問。「不用。」伯回答。然後沉默。他以為伯睡著了，忽又冒出：「不用。你不是說學生快要期末考事情很多。」

災中之災。回台北沒多久，追一袋血追到他身上。對方在電話那端像老式撥盤電話線一樣自我圈繞——我們知道，你一定莫名其妙，這麼突然，很不能接受，但是，還是要請你來一趟，檢查看看，也不一定——講來講去不知重點。他那時受昔日指導教授保薦回鍋當兼任講師，小小的學術香菇，一邊孵菌孢一邊改破銅爛鐵卷子改得惡向膽邊生：「你到底講什麼講半天我聽不懂啦！」開口罵過，那端忽然條理起來。

「是要請問，你之前出車禍輸過血，對嗎？當時那位捐血人，那位捐血人，最近驗出罹患後天免疫不全症候群——嗯，就是一般俗稱的——（不用講，我知道那是什麼。他打斷。）——我們必須，必須請你來驗血。」

又得再往前追，想起來了，是更早的事，原來早就被算計在裡面了。那是所謂「老兵八字輕」的退伍前，他收假前車撞電線桿，骨盆裂開，內臟出血，看過現場的個個都說他命大。伯跟伯娘趕到時，他正在手術麻醉後的後遺症，吐到腸子打結，但心裡知道沒事了，看著伯臉色發白，伯娘兩手緊攢如石，他小小聲說笑：「你現在總該跟我講一下我的命到底是怎樣了吧，他們每個都在說我命多大多大，我都不知道到底有多大。」伯說：「很大，很大，等你傷好回家我慢慢跟你講。真的很大。」

當然伯終究還是沒跟他講過什麼。他也不在意，不是信或不信的問題，無關而已。順利考上碩士，順利畢業，順利獲一跳板小學術職，順利通過留學考試準備申請出國，未來百般費用伯已經幫他立好一個美金帳戶在那裡。典型的小康知足，典型的一帆風順，典型的好命子。祿命是無關的事。

只沒想過如此，災中之災。那時講的命大命小都變笑話，證實感染，基因比對確認是那次輸血的結果，沒有發病，亦無人能預測何時會發病，仍被判斷應當治療。吃藥，嘔吐，腹瀉、無食慾，體重暴落，萬事廢棄。辭職，斷人際，拒絕一切支持系統，躲在台北近郊靠山一頂樓加蓋日日黴睡。唯一只告訴伯自己搬家了，其餘怎麼解釋？跟誰解釋？誰給他解釋？沒有解釋。

哪曉得伯不知冒出什麼靈感，忽然找上台北，伯問清楚，伯沒有哭，他哭了。你不要靠近，你不要靠近，我流眼淚又流汗這裡都是病毒。你當我沒知識啊，伯一巴掌打在他摀臉壓淚的手背上，你當我鄉下人啊，你以為我不知道這樣也不會怎樣啊？誰知道啦，不要冒險啦。

「現在我沒有什麼冒不冒險了啦！」

伯帶了他回家。從此每天每天，伯起得早，他起得晚，但不會太晚，兩碗鹹粥、兩杯溫豆漿。伯多加一份蛋餅，他多加一包藥。時間失去彈性與線性，不必多久，就好像一輩子如此永遠都如此。

後來領到一筆救濟金，兩百萬，像伯一樣的賣命錢，伯論一個八字，多年就是兩千塊，他算算等於一千條。伯說你用，去用，盡量用，花光光，愛買什麼買什麼。他沒講話。那時屋內秩序陌生，都不知這個那個收在哪，背地裡翻箱倒櫃，找伯的存摺跟帳號，要匯過去，結果拉出一牛皮紙袋，啪啪啪啪，好戲劇化，落下幾包厚信封，暈出一陣檀木薰香（是伯還伯娘呢，拿香包跟這些東西放一起做什麼呢。）細看原來是當時申請幾個國外學校的答覆函，當時為免遺失，他統統填的老家地址。打開來，一封一封都是錄取通知。

●

到底是誰照顧誰，大概還是伯照顧他多一點，早餐伯買回來，兩頓也由伯料理，不脫蒸煮的白肉雞蛋青菜五穀，他營養必須有十二分的秩序。本來還要他飲雞精，腥得離譜，最後改成三天蒸一碗雞汁，去跟附近一個有半山野放農場的主人買土雞。他很訝異這些事情伯是怎麼學會？「你伯娘那時候嘛。」伯淡淡說。

至於他的醫生，就總是一種可怕的樂觀口吻，每次回診必加一句：「別擔心，活著就有希望。」其滑稽態度簡直像類戲劇裡演的醫生。他控制著沒回話：我之所以忍耐持續配合治療，不是因為「活著就有希望」，只是病毒濃度控制愈低、發病時間愈晚，對我伯的危險愈小。老人家除了血壓高些，身體結實得讓人煩惱，我不是想帶病延年，是煩惱伯他無子捧斗送終。

跟伯在家空下來的時候，雖然沒什麼一定要說，但也不能老是什麼都不說，於是伯有時，就會忽然半空作聲。今天掛早上十一點的那對情侶，你有沒有印象。有啊，怎樣，他們來合婚喔。嗯，所以說合婚最麻煩，那個一看會有問題，可是兩個人下個月就請吃酒你要怎麼跟他講。你是怎麼看出來有問題，我覺得還好啊，很登對啊。登對歸登對，男生三十二歲到四十一歲不好，很不好，大限夫妻宮雙忌夾忌引動鈴昌陀武格——講了你也不懂，不講啦。你好好笑，講半天又說我不懂，不然你教我看啊，你又不教我。唉，人算不如天算，天算不如不算啦。

就都也不是尷尬、但也絕不自然地無話了。

倒是那之後，漸漸伯會揀些情勢簡單或特異的命造跟他說說，斗數子平，混著拉雜講，星曜格局四化神煞喜忌，他信耳聽久，聽出半成一成，忍不住跟伯要自己的出生時辰排盤細參，伯也說過，每個學祿命術者都得先從自己身上起步推敲徵驗，但伯不答就是不答。

「沒有時辰，以後你就不會想去問，防你將來上當。」

「上什麼當？」

「談男命先千後隆，談女命先隆後千。」

「什麼東西啊？」

伯嘿嘿笑兩聲：「江湖訣。隆就是捧你，說你好啊發啊。千就是嚇你，講這裡有破格、那裡有衝煞……還有，我講給你聽——言不可多，言多必敗；千不可極，千極必隆；小人宜以正直義氣隆他，萬無一失；君子當以誠謹儉讓臨之，百次皆——」他覺得伯搖頭晃腦顧左右而言他，有點惱怒：

「那你到底有沒有看過我的命。」

「我當然算過你的命。」

「我要講的不是這個意思——」

伯打斷，「我知道你不是這個意思。但是有差別嗎？」

「當然有差別，」他說，「當然有差別！你一輩子看那麼多命，你到現在還是每天看那麼多命，那麼多人上門叫你老師、問你那麼多問題，結果你連你兒子這輩子就這樣毀掉、你連你兒子這輩子一場空都看不出來——」最後幾句，聲音拉扯到說不下去，破裂了。他長久出力維持的平靜終於破裂了，他以為他真的很平靜。

「很晚了，睡覺吧。」

「所以你也是拿那個什麼隆什麼千在騙人，拿那個騙人騙了一輩子。你怕我將來上當，你說你怕我上當，如果有將來上當也可以上當有什麼不可以。你就是騙人才會害我變這樣子。」

「睡覺吧。」伯大聲地，不是怒不是急只是打斷他，「我很累了，你不累嗎？我要睡覺了。早起的鳥兒有蟲吃。」伯背過身上樓，順手把廳裡的燈光給撥滅。

他坐在那裡恍惚，一時覺得可以把世界坐成末日，但其實不行，末日都是自己的。牆上一面夜光鐘，數字與指針綠幽幽慢慢亮出來，那也只能自己亮著，照不見什麼。十一點四十七分。

他起身回去自己房間，他還是必須睡，他最晚最晚必須在午夜前入睡，他是不能熬夜的。

●

他們的每一天都是這樣開始的：伯起得早，他起得晚，但不會太晚，鬧鐘醒來，沖澡，在鏡子檢查自己，看起來沒事，量體溫，看起來沒事。今天看起來沒事。那時伯也差不多提早餐進家門。固定兩碗鹹粥、兩杯清清的溫豆漿。伯多加一份三明治，他多加一包藥。

他說：「我吃好了。」「好。」「我出門了。」「好。」「我幫你把茶泡好在桌上。」「好。等一下好像會下雨，你要帶傘。」「車上有傘。我走了。」

雨一直沒有下來。

「你想過報復嗎？你想報復誰嗎？你可以談談，沒有關係。」醫院安排的心理師永遠在問他這件事，但是他一直沒有回答。那是一名四十出頭的矮婦人，男式頭髮，小型的黑臉，扁唇方腮。他坐在那裡看她，心中永遠在想另一件事：對不起，我可以睡一下嗎？我可以在這裡睡一下嗎？請妳繼續做妳的事或說妳的話，不用管我，我真的很想睡一下。

不是為了逃避，是真的進門就好睏，那溫度，那沙發，那空氣，都是與他完全無關的乾燥的一切，讓他好鬆弛。他想這該算是她的成功或不成功？「最近，我跟我父親吵了一架……」總是得找話說的，「不過，也不算吵架，我父親沒有說什麼，我自己其實也沒有說什麼，但是我很惱怒，然後他就自顧自去睡覺了。」

「你們吵架的原因是什麼？」

「沒什麼大不了的事，很小的事。」

「可以談談嗎？」

「就……也沒什麼，我只是忽然對我父親很生氣，我好像故意說了一些話……算不算傷害我也不知道……總之不是好話。」

「你應該為這些憤怒找一個出口，」她說，「諮商的目的就是要幫你消化那些無法處理的情緒，可是你有沒有發現，你說的很少，你應該試著說說看，你應該告訴我。」

「我不知道該告訴妳什麼。」

「例如，你心裡沒有任何報復的念頭嗎？你難道不恨那個捐血的人嗎？他有可能不是故意的，但也有可能是故意的，你不恨他嗎？」

他知道她真的很好奇，面對滅亡的人都知道旁觀者有多好奇，就像每個鬼都知道活人多麼愛看靈異節目。「其實，真的沒有。我是說真的。」他也一直想不通為什麼竟從沒想過要恨那個病血者。「如果妳非要問我恨誰，想要報復誰，我想大概是當兵時幾個同梯吧。」

「同梯？」

「嗯。」

入伍一陣子，被發現一臉好人家小孩童子雞相，幾個人在在情義慫恿，要帶他去「品茶」，一開始他真的以為是喝茶，直到其中一個說：「我老點的啦，可以不戴套喔。」恍然大悟。才說不太好吧不習慣這種事。「喝過就習慣了，沒喝過茶不要跟我說你是男人啦，還是你喜歡純情一點，不然介紹你很正的魚妹妹，超正的。」援交個體戶交易叫「吃魚」，他推辭了。

「我常常想到他們。」

「你跟那群人還有聯絡嗎？」

搖搖頭：「沒有。不過有聽說帶頭那個，現在開了一間家具行吧，在台北，五股那裡，日子過得還不錯，賺了一點錢……後來也結婚，有小孩了。」

「如果現在碰到他們，你覺得你會有什麼反應？」

「……我想想……」他抬頭看她，笑起來：「我想把他們拿童軍繩結成一串，綁在卡車後面，拖到省道旁邊燒死。」

她點點頭，停頓一下，又點點頭。「很好啊，很好。今天你有很大的進步。」她抽出一張便條紙，寫幾個字，想一想，又寫幾個字，推到他面前。

「我覺得你應該可以讀讀這幾本書。我不會一開始就推薦給我的個案這些，但是，或許你現在讀了會有一些不同的感受。」

他看一眼，抽出夾在雙腿之間的右手，伸食指輕輕推回去：「我都讀過了。」

「你都讀過了？」

「一開始就讀過了。」

「那要不要談談看你的想法？有沒有帶給你什麼啟發？」

「啟發。妳覺得……」他忽然發現自己仍在笑，「妳為什麼覺得……一整個村子的人生病生到滅村這種事會給我啟發。妳剛剛說啟發嗎？」

「或許你還沒有準備好。」她把面前的紙條拈起，嚓嚓，撕成兩片、四片、八片，擲進垃圾桶。其中一屑太輕，飄在地上，她彎下腰拾了又扔，順手將那金屬簍子往牆角匡啷一聲推齊。「我知道這樣講可能很殘忍，但是你真的應該正面思考，你知道有多少人，你知道外面，世界上，有多少人，他們完全沒有資源，也沒有支持系統，他們被排拒在社會跟家庭之外，有些人還有非常緊迫的經濟壓力，可是找不到工作，你應該來參加我們的團體諮商——」

「妳相信算命嗎？」他問。

「算命？」

「對算命。」

「大概……一半一半。」

「妳知道，」他直身正坐，「我父親是命理師，在地方上很有名，很多人來找他，請他幫小孩子取名字什麼的，還有那些要選舉的。可是他從來沒有跟我講過我的事情，從來沒有。妳說如果是妳，妳會不會覺得很好笑？妳說妳會不會這樣覺得。」

「我覺得，我覺得你今天很有進步。你應該正面思考。」她把桌上的紙檔案夾子闔起來，又點點頭：「對了，像現在這樣保持笑容也是很好的，你真的有進步。」

●

他們的每一天都是這樣開始的：伯起得早，他起得晚，但不會太晚，鬧鐘醒來，沖澡，仔細地刷牙，在鏡子檢查自己，看起來沒事，量體溫，看起來沒事。今天看起來，沒事。伯提早餐進家門。固定兩碗鹹粥、兩杯清清的溫豆漿。伯多加一個飯糰，他多加一包藥。兩人邊吃邊看新聞。時間差不多，伯先下樓，他擦擦嘴，關電視清垃圾，隨後跟去。

伯看見他，指指電話：「以後聽到要挑剖腹時辰的，都不要接。以後不挑了。」

伯娘走前，他覺得只有別人會死；死了，是天堂鳥或地獄圖，也不必關心。後來他們給伯娘化冥財，燒紙紮，一落落金天銀地，紅男綠女，幾乎接近喜氣，又有一只小小仿真名牌手袋，他拈起來，與伯娘日常愛用者纖毫無差，差點破涕為笑了，對一旁當時的女友與伯說：「我死了以後，你們一定要記得燒金紙給我，我好想知道這到底能不能真的收到。」

女友臉上變色：「你胡說八道什麼！你怎麼在你伯面前這樣子講話！你有毛病啊！」伯

在菸那一頭回答：「要燒也是你給我燒，我也想知道到底能不能收到啊。」伯拿鐵叉把爐裡的厚灰撥鬆往裡推，「要不然你看這個小包包，跟你媽的真包包價錢沒有差多少啊！」

再後來他常揣測，一旦把他拿掉，伯的生活會是什麼樣子。早早起床，梳洗換衣，出門買一碗鹹粥、一杯溫豆漿，加一份蛋餅。當然，不可能這麼簡單，做人又不是做算術。據說人彌留之際，一生關鍵場景將在腦內閃過，這說法幾乎是所有沒死過的人都相信了，他有時想想，想不出自己有哪些瞬間值得再演一次。

他問：「為什麼？」

「不知道。」不知從哪兒伯抽出一疊粉紅紙，啪一聲落在書桌玻璃板上：「這些全是沒生到的，我幫產婦擇日都挑三個時辰，家裡人跟醫生自己去商量。好啦，大家看定啦，刀也排好啦，孩子偏偏就提早自然產出來了。你說提早一天兩天，三個小時五個小時，也就算了，提早二十分鐘，三十分鐘，沒有意思。」

伯嘿嘿笑：「最可笑的是什麼，最可笑的是，一個婦產科醫師娘，四十歲，人工終於做到一個小男孩，包一個十萬塊的紅包，千交代萬交代，要悍哦，這個小孩要夠悍哦，有好幾個堂兄弟姊妹，不悍不行哦。結果時辰不到，孩子就出來了，她老公親自幫她接生，夫妻倆硬憋憋兩個半小時，憋不住，剛剛好差一刻，十五分鐘。他們來問我這個八字怎麼樣。看都不用看。怎麼可能好。」

伯說：「天不給你，你硬要，祂就不但叫你拿不到，還要讓你受罪的。」

「嗯。」

伯說：「以為有錢出錢有力出力就可以。人生哪有這麼容易的事。」

「嗯。」他在電話旁的桌曆紙台上信手寫下「不接剖腹擇日」。

趨吉避凶，知命造運，妻財子祿，窮通壽夭，人張開眼到處都是大事，可是他覺得，那些再艱難，也難不過人身前後五孔七竅。他記得幾次在伯娘病房裡外，跟伯兩人怎樣地計較她飲食，怎樣為了幾西西上下的排泄忽陰忽晴，覺得日子一切，不過都是伯娘屎尿。伯有一綠色本子，詳細記錄伯娘病後每天吃喝多少，拉撒如何；醫囑用藥等等，反而從不提起。

有時他懷疑伯是不是也這樣寫他。

伯娘走的那日，本子上寫了一百五十西西梨子汁，是他早上餵的。伯娘喝完了，精神一般般，不算太好，也不算壞，看了看電視新聞說想睡一下，她每天都是早上吃些果汁與粥，然後睡一下的。他坐在病床前啃另外一個梨子，吃完洗過手回來，才發現伯娘睡容十分奇怪。

迴光返照，常聽說的、人臨行前各種神異情狀，甚至幾句交代或者成讖的語言，伯娘都沒有。他以為七七四十九天，兩人總能夢過一次吧，也沒有。反而是那時，兩老都還沒見過的女友，在另個城市給他電話：「……我好像夢見你媽媽。」

女友說，伯娘著嫩黃色套裝，頸上短短繫一條粉彩草花方巾，站在傍晚鬧區的馬路邊上，夢中伯娘向女友抱怨，她的東西都沒有地方放，女孩低頭一看，果然許多隨身小物落在地上。

他跟伯說這件事，兩人趕緊拿了伯娘生前愛用什項，包括一只名牌手袋，請人照樣糊成紙紮，否則，沒有理由遠方女友會知道伯娘最後穿什麼的。他問伯娘夢裡看起來如何？女孩想了想：「胖胖的。」他聽了，眼淚一直流，伯娘病前，確實是豐肥的婦人，可是納棺前為她換衣服，身體都吃不住布料，空落落的，伯說：「看起來很苦命。」他聽了覺得頭昏，心裡想都到這個時候苦命好命有什麼差別呢，但還是去找來別針，想將裙腰縮起，看上去就有精神，葬儀社的人勸告：「不好呢。火化的時候，別針那個塑膠頭會熔掉，到時候一截尖尖的針留在師母骨灰裡，萬一跟著入甕，先人不安，對家運很不好喔。」

伯終究偷偷地把伯娘的衫裙都緊得十分稱身。伯一邊說，這說的沒有錯，千萬記得，到時候要統統挑掉，他一邊算總共用了幾根大頭針。後來卻真的，大家細細爬梳，仍沒找齊，不知是燒化了，還是落在爐裡，「對家運很不好喔」。有時他想，或許真有殘留一些，一直在那只堅玉罈底刺痛著伯娘吧。

為了那夢，女孩趕到他家幫忙。伯娘是孤女，伯是幾代單傳子，訃聞上只有孝子跟杖期夫，從前他考試，親屬關係表就背不起來，現在最多有鄰里，與幾個特別熟的老客人，場面再漂亮布置滿堂再貴的大爪黃白菊與蝴蝶蘭，他仍然覺得是身後蕭條，她來了，感覺好很多，而人身後諸多眉角，她識規識矩，令他十分詫異。

那時他們交往不到一年，實在不久，許多事還來不及交換。一個晚上，伯已睡了，她洗澡從客房出來，敲敲他房門，兩人半累半精神，躺在床上說話，女孩慢慢告訴他，她父親從前在中菜館子做大廚，日子還可以，家族裡一個姑婆，找他合夥開港式茶樓，三層樓，宮燈彩簷金漆紅地毯，都是假的，但擔保與文件上她父親的名字，都是真的。那時她與妹妹都很小，她們偷聽父母深夜爭執語氣，聽見每到「債」字就咬牙，以為是罵人的話，兩人吵起架來會大喊：「妳還債！」「妳才還債！」

「我爸回去給人請，當廚師，半夜再跑計程車，太累了，到死前都不知道身體發生什麼事，倒下來馬上沒心跳呼吸，死亡證明上寫多重器官衰竭，其實就是累死的。我媽繼續養小孩還錢，門牙壞了拔掉也裝不起假牙，最便宜要兩三萬塊呢，張開嘴黑黑的一個洞，」女孩說，「聽起來沒什麼，可是你不知道那樣子在都市裡生活，有多突兀多為難，所以後來她不愛笑，也不愛講話。她長期要吃安眠藥才能睡，有一天我們早上去上課，她到下午都沒去上班，警察跟她的同事通知我們回家，說她安眠藥吃過量了。」

「最困難的時候早就過去了，我自己大學快要畢業，我妹也剛上大一，債還有一些，不多，而且我們兩個人都在打工賺錢，實在沒有理由自殺；可是，她拿了那麼多年的安眠藥，怎麼可能忽然犯這種錯呢……我們都想不通。所以你說，我為什麼會懂這些，就是自己從頭到尾辦一次。不可能忘記的。」

「我沒有想到過，」他很驚訝，「我們都以為妳是那種，那種家庭美滿的女生。」

「你不覺得跟別人講這種事情很廉價嗎，把傷口裡的肉撥開來給全世界賺眼淚討摸摸，很廉價，而且沒有基本尊嚴，你聽，我這樣講給你聽，是不是跟電視或報紙上那些大家看一看嘆一嘆氣聊一聊的新聞沒有什麼差別？」她背身面牆，蜷身做睡眠姿勢：「大部分的人沒有經歷過這些，他們都用一種意淫的方式在感動，幹麼給他們看戲，要不是你現在也跟我一樣了，我才不告訴你。」

跟她一樣了。所以他一直懷疑災難真的不是隨機的，而是像她的家族遺傳或像他的傳染性，一旦遇過一次就有後續成群結隊地來拜訪。他後來痛苦地要她趕緊去檢查，趕緊去，雖然他們為了避孕一直有保護措施……她馬上就對他尖叫，她尖叫說你搞什麼，所以你搞了這麼久失蹤嗎？你為什麼現在才跟我說，你搞什麼你，你不要過來，你很惡劣……他真心覺得她倒楣，所幸她沒有事，她說還好沒事，但是光為了等檢驗結果出來的那一個禮拜我就應該殺了你。他說對，妳應該殺了我，我也很希望妳殺了我，可是妳知道嗎，我現在真的不能死。

●

他們的每一天都是這樣開始的。伯起得早，他起得晚，但不會太晚；鬧鐘醒來，沖澡，仔細地刷牙，在鏡子檢查自己，看起來沒事，量體溫，看起來沒事。今天看起來，沒事。

伯提早餐進家門。固定兩碗鹹粥、兩杯清清的溫豆漿。伯多加一份燒餅。

「你最近吃的好像比較少，你有變瘦嗎。」伯說。

「沒有啊，大概天氣太熱了。」

也是十分奇怪，他們沒有討論過應該怎麼生活，病情後事，絕口不談，可就如此順勢地安頓。親與子真是多少奧祕，彼此精神裡彷彿有密契的絲腳可以牽一髮動全身。伯做飯，伯賺錢，不動刀剪的他洗衣打掃，他特別喜歡清潔，多次把雙手雙腳浸在稀釋消毒水裡，皮膚紅灼裂痛，安慰地倒掉，換一桶，開始拖地。有一回他在自己房間浴缸裡加了洗衣漂白水，浸在裡面，又腥又利，黏膜都蝕傷了，醫生嚴重警告。

雞尾酒藥物微調過幾次，與身體接近言和，副作用不重，雖然人還是偏瘦，氣色衰微些，看上去也只是一個弱質的年輕人；若早上見他就著清水吞一把藥，還以為是吃維他命。醫生常告訴他，要當作得了慢性疾患，像洗腎或吃血壓藥心臟病藥，帶病延年：「高血壓心臟病腎衰竭，如果不好好控制，也都是很致命人會突然走掉的病啊，你知不知道一年有多少人腦血管破裂死掉，而且你看洗腎比你還痛苦還不自由。」他想你這算是在安慰我嗎。

他吃下藥。他的豆漿只喝了一半。

「你已經有好一陣子早上豆漿都沒有喝完。」

「真的嗎。」他說，「我沒有注意。」

「你是不是不喜歡喝豆漿，還是喝膩了。」伯說：「喝膩了對不對，喝膩了吧。」

「應該是喔，大概真的是喝膩了。」他說，「我們每天都喝豆漿。」

「那明天喝米漿嗎。」

「好啊。」

「你吃飯也變少了，是不是白水煮的吃太久吃膩。」

「有一點。」

許多次想與伯談，扒開來談到底。他畢竟報廢了，是把名字寄存在活人這裡的鬼，伯不能這樣當作無事，不能當作他每天早上真是在吃維他命。可是他該怎麼啟動話題，要說，伯，我有一些文件放在衣櫥左邊上面數下來第三個抽屜裡；還是說，伯，你也該想想，我萬一先走了你一個人行嗎；或者說，伯，我希望你找一個老伴，最起碼我們該養一隻狗，我不是一直說應該養隻狗嗎，車棚那麼大，養兩隻都可以。

「你伯娘走前講了一個食譜，教我怎麼炒麻油雞，我寫在那個綠本子裡，你把本子找出來給我，我們明天來吃麻油雞。」

「伯娘幹麼教你麻油雞，她又不能吃那些。」

「她說你愛吃。外面味道不對，她有祕方的。」伯說，「她就是怕你以後吃不到。」

他喉際起伏，又點點頭。

「你出生的時間是早上十點三十七分，你伯娘總是說你真乖真好，你看，她前晚還睡了一個飽覺，起來早餐正要吃，八點就忽然說肚子好痛，我們趕快叫車到醫院。那天太陽亮的，熱鬧的，滿世界看起來跟鍍金一樣，不到兩個小時你就出來了，我問你伯娘痛不痛，她說，」伯笑起來，魚尾紋拖得深深到兩眼水底，「她說，當然痛，可是好像也沒有人家說的那麼痛，一下子那麼快生出來，真丟臉，像母雞下蛋似的。我說那妳難道能憋著嗎，不能憋的。」

「告訴你了，」伯繼續說，「十點三十七分，你就去參吧，我看你每天在那個電腦網路上看那些教人家算命，沒有時辰你怎麼看。」

「子丑寅卯辰巳，」他彎一二三四五六手指，「巳時。」

「對，巳時，參不透再來問我。」

「你不是都不要跟我說這個。」

伯停了半晌，「說說也好。說說沒什麼。每天也沒什麼事，我來教你一點，將來……未流營生也還是一種技藝，哪天伯不在了，你在這地方也能活，不是說你沒用，只是伯知道，出去外面，你這樣很不容易……」

鄉間的時晴天，快雲爭逐過日，他看著光線在牆上掛的一幅字上忽明忽滅。「醉者乘車墜不傷全得於天也」。多年前，一個老書家寫來贈伯，他進進出出從小看到大，從不經心，只有病後一次，他坐在那裡，空鬆地無意識地望它，忽然想這到底在說什麼呢，起來google一下，才曉得原是一首古詞最後兩句（可是作者他忘了，要知道得再查一次），調寄卜算子。他想一想，七竅風涼，周身毛豎，這豈不是講開了他與伯一生的機關。

「好，」他說，把豆漿慢慢喝掉，他有點反胃，還是喝掉了，「我明天從醫院回來就講給我聽好嗎，明天下午四點才有一個客人。今天我們排得很滿，沒有時間了。」

「對啊，今天沒有時間了。」

●

明天當然也是一個每天同樣的開始：伯起得早，他起得晚，但不會太晚，鬧鐘醒來，沖澡，仔細地刷牙，在鏡子檢查自己，看起來沒事，量體溫，看起來沒事。今天看起來，沒事。

夏天早晨走進廳裡，茶几上兩碗鹹粥、兩杯稠稠的淡褐色的溫米漿。他隨手翻著桌上郵件。「我要去醫院了喔，中午就回來。」報紙。「實在不是很想去。」電話帳單。「每次都要找話說。」房屋廣告。「我想我停掉算了。」水費。「人家說命理師就是以前農業社會的心理醫生，你要教我，我可以自己來治自己。」伯說，「好啊。」

走出門那一刻，日光太好了，已經幾個禮拜沒有下雨，他想到伯說的鍍金的世界，眼睛有些畏澀；他忽然想到很多瑣碎的事，想到今天有些東西，或許可以談談。

也是有不曾想到的，例如他左腳踏出，不會想到幾小時後右腳踏回，就覺得奇怪，伯沒有在書房，上樓看見伯還坐在藤椅上，電視遙控在扶手上，伯的手蓋在遙控上，電視空頻道雜訊沙沙沙沙沙，沙沙沙沙沙沙。他說：「伯你在看什麼啊。」話一說出口他就知道了。沙沙沙沙，沙沙沙沙沙沙，他還以為伯在轉台還是在準備放動物頻道全套DVD。伯愛看動物頻道，伯有一次說他看人看得好累，每天看這麼多人，他想看動物，他就去買給伯。伯也好喜歡看。

沙沙沙沙沙沙，腦子裡都是這個聲音。他知道了。如果人彌留之際會見走馬燈，他想，如果真的會，那他將來一定再見這一幕。他曾經聽人恥笑死亡，看過連死亡一角都沒見過的人表現出瀟灑，他完全不知道那到底有什麼好笑，也不懂現在自己該如何瀟灑。他心裡有一個聲音說，說你現在在幹什麼，你每天吞那麼多藥、喝那些難喝得要死的草泥巴生機湯，不就是為了讓你能看伯入土、而不是伯得要給你蓋棺嗎。你應該坐下，不要出聲，想像伯已經或即將得到一個答案，你很清楚這是個好的收場。這聲音說的都沒錯，他知道。

有一次，電視談話性節目討論迷茫度日的年輕人，說他們混吃等死，他那時覺得這四字，之於他真是太貼切了，混，吃，等死。努力混日子，好好地盡量地吃，等伯死，殮成一甕，捧在懷裡，入蓮座，化金銀，伯終於要知道他到底收不收得到紙錢了。出生時伯已經失去他一次，還好最後不必再送走這個獨生子。他今天好歡喜成為一個無父無母的孩子。

他們的每一天都是這樣開始的，但伯的這一天已經結束了。無常往往最平常。他捏捏伯的頭，又捏捏伯的腳，他的伯，今年七十有一，會有各種原因，但是他不關心，那些是新聞紙上記事細節，他人的談資，說伯千算萬算算不到自己，誰會知道這是喜劇。他跪在那裡，不是為了要跪或該跪，而是因為腿沒有力氣。桌上的早餐被他掀翻在地，湯水溫熱未冷，癢癢浸泡雙腳。他心想命運對他一家，總算手下留情，他想叫一聲爸，可是一輩子，二三十年，沒有叫過，口齒不聽使喚。他輕輕抱住伯的膝蓋，伯的膝蓋輕輕偏過一旁，現在的他，終於不擔心眼淚沾到伯的身體。

——原載二〇一〇年十一月二十一日《自由時報》
本文榮獲第六屆林榮三文學獎短篇小說二獎

窗外

葉佳怡

台北人。畢業於東華大學創作與英語文學研究所，作品曾獲東華文學獎、台大文學獎、林榮三文學獎及聯合文學小說新人獎。目前擔任大學兼任講師，並同時從事翻譯、寫作、影像及編劇等工作。

阿義失蹤那天，小梅坐在他的計程車上，頭靠在半開的窗戶邊。阿義不載客的時候絕不開冷氣，所以小梅總是穿得很辣，就連冬天也常常是細肩帶和超短的點點紗裙。夏天更是不得了，她上身幾乎只穿亮面比基尼，下身就是小熱褲：莓紅、寶藍、鮮黃、豔紫……網路上說這種叫作糖果色，甜滋滋的，而且每件只要一百一十九，小梅很喜歡，所以阿義替她付錢買了不少。

那天陽光很強，沒有風，天空藍得像要滴出顏料。阿義載著小梅從大賣場回家，後座堆著大量臃腫的白色塑膠袋，其中至少有半袋是她愛吃的布丁。小梅還買了一堆冷凍速食，她堅稱那些冷凍義大利麵跟燉飯看起來很高級，所以不顧阿義反對買了一大袋。阿義一路上碎碎念，說他媽媽看到這些冷凍速食又要不爽啦，亂花錢，小梅一彎腰脫下她左腳的高跟涼鞋敲他的頭，怎樣，是怎樣，買一點高級品不行唷，阿義右手撥開她，罵她肖婆，幹拎娘，我車上有肖婆啦。小梅咯咯地笑，衝著他耳朵吼，開快一點啦，這麼熱東西都要融化了啦。

上了省道，眼看就要到家了，阿義卻突然拐向路邊的便利商店。幹麼呀，小梅一邊拿廣告單搧風一邊瞪阿義，買套子啦，小梅聽了馬上拿廣告單丟他，剛剛那麼大一家店不買是怎樣，豬唷，整天就想做。阿義閃身走進便利商店側邊的正門，小梅覺得身體更熱了，頭也有點暈，就靠在半開的窗戶上。她看到省道上有幾隻黑狗蹲在路邊，一台摩托車經過牠們就突然追著跑，嚇得那個穿吊嘎的阿伯爆了一串三字經。她覺得好笑，轉頭想叫阿義看，透過另一邊的車窗和便利商店大片的落地窗卻沒看到人。可能去廁所吧，她想，又等了一下，轉頭看到後座椅墊上有冷凍食品流下的水，一肚子火就準備要去便利商店的廁所罵人。沒有呀，我們這家店沒有廁所唷。那妳有沒有看到一個黑黑的胖子來買套子？欸，我沒注意耶，我剛剛去後面補貨，沒看到有什麼人。騙人呀，妳是跟他串通好來耍我的是不是呀？怎樣，現在是怎樣？熱成這樣還有心情耍人呀？

阿義再也沒有回來了。

●

在等兒子和小梅從大賣場回家的下午，秀惠躺在沙發上思考等一下的說詞，她翻來翻去，怎麼躺都不舒服，汗在她的腿根聚集，她於是換了個方向，把腳張開對著嘶嘶響的電風扇。

秀惠想，自己好歹也四十五了，擺出長輩的樣子應該不難才對。或許她可以板起臉說，「我想要好好和你們談一談」，這樣他們應該會明白她的決心。她本來想直接找小梅單獨講，可是小梅不太聽人說話，什麼事都揮揮手說好啦，答應她的事情卻還是一樣都沒做，所以她覺得還是要兒子在場，就算兒子懶得說話，她也比較不會怯場，說話也卡大聲。

想到小梅那種態度，秀惠忍不住又要覺得自己歹命。她年輕時也算是可愛，瘦瘦的，大家都說她純潔，就算當了好幾年西施還是會有阿伯誇她有氣質、還以為哪個老師來賣檳榔。她也不碰藥，乖乖的，有時候被人客摸手還會臉紅，常常被跟她一起賣檳榔的笑，說她純情小公主。大家在講男朋友懶叫多長的時候，她常常就是低頭專心抹葉子的白灰，或者喀喀喀地剪菁仔的蒂，要是人家還是堅持逗她，她就跑去外面拉客，作業績，也不跟人吵。

所以她遇到昌雄的時候，大家都說純情小公主終於等到白馬王子，她也不否認。昌雄開砂石車大概一個禮拜經過一次，每次快到的時候秀惠就坐立難安，又想用無線電問昌雄還要多久，又怕昌雄覺得她吵，收發器按著按著都要按壞了，還常常被別人搶去，故意在她面前叫昌雄honey，昌雄也只顧著傻笑。昌雄後來失業了幾個月，跑來秀惠的小雅房跟她擠，秀惠懷孕之後說要結婚，昌雄就跑了，後來才聽說昌雄早在彰化有老婆，沒有離婚的意思。西部的女人比較厲害吧，秀惠想，她看過照片，西部的西施打扮得一個比一個誇張，有的還扮動物，她實在做不到。最後她只好一個人留在東部到處賣檳榔，勉強湊合才把阿義養大。

哪像小梅，現在怎麼說的，草莓族嗎，要是小梅是草莓族她大概就是檳榔族，感覺比較硬。如果小梅沒有說謊的話，她根本當檳榔西施也沒多久，不到半年吧，就遇到阿義把她帶回家，然後整天在家遊手好閒，只顧著抱怨阿義賺的錢不夠多，也不想想秀惠都還在當清潔工，她好意思。一個年輕人整天泡在網咖，還從網路上買一堆衣服，像什麼話。不行，今天一定要講，她知道小梅常常嚷嚷著要開賣衣服的店，可是眼下根本沒那個錢，一定要先叫她出去找點事情做。她想留在這個家就要付出，不管結不結婚啦，這種態度就是不行。

才想到這裡，秀惠就聽到兒子計程車的聲音從窗外傳來，她轉頭，看到車子歪歪地停在他們鐵皮屋旁的水泥地，小梅從駕駛座下來，她有點驚訝，因為小梅根本沒駕照。然後她看著那個細瘦的小女生從後座拖出塑膠袋摔在地上，整張臉漲紅，散發著比陽光還熾烈的怒氣，一轉身透過窗戶瞄到秀惠，馬上拎起鞋子就往家裡扔。

「靠夭咧妳生的好兒子啦！」

秀惠看著掉在沙發後面的那隻高跟涼鞋，什麼話又都從喉嚨咕嚕嚕吞回了肚子裡。

●

小梅如果沒記錯的話，等到她終於覺得該去警察局報案，是阿義失蹤兩個禮拜之後。那天都是雲，好像即將要下午後雷陣雨，空氣溼答答悶了她一身汗，內衣肩帶被遮陽傘柄鉤到彈回來還會噴水。她騎著秀惠的摩托車到最近的警察局，途中熄火了兩次，才終於到了警局的櫃台報案，說有人失蹤。值班的中年警察看了她一眼，問她多久，她還想了一下，才說兩個禮拜，警察笑笑說兩個禮拜才來，很悠哉唷。

小梅覺得警察嘴巴很賤，可是她不能生氣，她甩了甩手機上撒了金粉的紫色毛球吊飾，上面的鈴鐺響了兩聲。她今天特地穿了運動褲跟T恤，還有唯一的平底鞋，雖然平底鞋是粉紅豹紋，還是很花俏，但至少不是高跟鞋或恨天高，夠低調了，頂多就是低調奢華。她以為不是檳榔西施之後警察看起來就不會那麼討厭，不過好像還是一樣，中年警察帶她去後面的桌子填資料，起立時眼睛還是掃了一下她的領口，是怎樣，老娘就是胸部大呀，有爽沒，當檳榔西施靠胸部大至少還可以賺錢，現在都給你看免錢的啦。

等填完自己的名字和身分證字號，小梅突然就不開心起來，討厭，她不喜歡在警察局留資料，感覺很差，會讓她想到之前被抓的事。都是秀惠不來啦，那個死老太婆，到現在還堅持阿義馬上就會回來，她就是這種心態才會讓阿義的爸爸跑掉啦，整個人憨憨的。她每次想到秀惠都一肚子無名火，覺得她黏答答跟鼻涕一樣，之前老是黏著阿義，現在老是黏著她，然後永遠都一臉欲言又止的樣子，讓人很想給她兩巴掌叫她有話快講。

小梅終於把指定要填好的部分寫完之後，就坐在那邊等警察處理另一個哭哭啼啼的太太，大概是掉了狗還是怎樣。她轉頭，看到警局後方的窗邊長凳坐了一個小男生，光頭，穿著破爛的髒衣服和短褲，雙手被銬著，眼睛直楞楞盯著滑石地板。小梅無聊，欸欸欸地叫他，他完全沒反應，聾子呀，她又說，小光頭才斜瞪了她一眼，小梅也瞪回去，幹麼這麼凶，聊個天不行唷。小光頭別開臉繼續沉默，小梅卻還是自顧自地說下去，欸所以你為什麼被抓呀，我也差點被抓過，不過那完全是被誣賴的啦，其實我跟你講，還是不要犯罪比較好，做人要有格調，像那些誣賴我的人就超沒格調，那些人才叫犯罪，欸，講講話嘛，反正現在你也沒事做呀……

中年警察回來，說這傢伙脾氣很硬不講話啦，別理他。他問了小梅關於阿義失蹤那天的所有細節，小梅一直強調那天很熱，搞不好阿義有點晒昏頭，警察卻只在小梅重複第三次的時候在紙上寫了「天氣熱」三個字。後來小梅講到大賣場、冷凍食品、便利商店……警察突然問她，所以這個、阿義、他去便利商店買什麼？

小梅突然心裡一股恨，豬耶，就連失蹤都還給我找麻煩，講這種話多丟臉呀。警察繼續說，他買的、東西、說不定會和他的失蹤有關聯性唷，小梅本來都到嘴邊的「不知道」只好又吞了回去，舔了一下嘴唇，悻悻然地說，他去買套子啦。

她感覺到警察跟那個小光頭都抬頭瞄了她一眼。

中年警察又問了她一些細節的問題，她都回答地很隨便，一邊覺得自己很慘。幹麼來報案呀，阿義不回來就算了，反正警察的辦案能力從來也沒人相信。她愈想愈生氣，覺得阿義根本不會回來了啦，要不是覺得阿義不可能回來，她怎麼會絕望到來這種鬼地方。警察問她有沒有阿義的照片，她茫然地看著警察的臉，嗄了一聲，沒耶，可能他媽媽有啦，警察叫她之後有的話可以拿來，她也只是隨便地喔了一聲。

等到警察說這樣就可以了，她起立，正要轉身，突然看到小光頭正從長凳旁唯一開著的窗口跳出去。她嚇了一跳，欸欸欸，警察先生，那個、那個小朋友跳出去了耶，警察頭也不抬地把寫有阿義失蹤細節的資料夾收好，放進失蹤人口資料櫃標有「鄭」的那區，一邊說，啊，那個傢伙老是這樣啦，不要管他。

小梅走出警察局，摩托車發不動，她把車子立起來，踩呀踩、踩呀踩，踩得滿頭汗流過眼睛滴到地上。她超級不爽，就站在那邊大吼起來，是怎樣呀！悶個屁！要下雨就趕快下呀！

秀惠承認她在生小梅的氣，雖然現在外面有蟋蟀吵得不得了，但她失眠的主要原因還是小梅。

為了讓自己冷靜一點，她決定起床剪指甲，那是她的習慣，雖然一開始她總是一緊張就咬指甲，但後來學乖了，會用指甲剪，比較不會被別人念，久了之後就算沒人看，她也早忘記怎麼咬指甲了。喀嚓喀嚓，夏天的夜晚總算比較涼爽，她突然發現剪指甲像是剪菁仔，就笑了出來，剪得更加勤快。

阿義會回來，這件事沒什麼好討論，根本也不需要警察，更何況，她不知道小梅有什麼資格逼她去報案。這個小女生有夠囂張，以前阿義在就叫他出門時順便載她去網咖，最近竟然偶爾還叫自己載她去，氣死人。她真不知道小梅現在錢哪來的，甚至懷疑她偷拿了阿義的提款卡，或者在偷自己的私房錢。她最近為了這個一天到晚算自己的私房錢，可是因為她藏在好幾個地方，有時候自己拿了哪邊的去用又忘記寫下來，搞到最後一團亂，也沒有證據，只好希望哪天小梅偷拿時會當場被她抓到，現行犯，終於可以讓她惦惦。

一年多前阿義帶小梅回來，她就知道自己永遠不會喜歡這個小女生，瘦乾巴，扁屁股，只有眼睛跟胸部大得不像話，像做出來的。阿義說小梅是台東人，秀惠只是點點頭，小梅也只是點點頭。秀惠大部分時候都待在花蓮，只曾因為朋友介紹去過宜蘭賣檳榔，沒去過台東，所以不知道還可以接什麼。小梅則只是懶得答話，眼神晃呀晃，嘴裡一直嚼著口香糖。秀惠覺得哪裡怪怪的，很熟悉，又說不上來。

直到有天半夜她從房間出來倒水喝，喝完一轉頭看到小梅坐在窗邊，嚇了好大一跳。小梅拉了一張鐵椅，坐在那裡蹺著腳，窗戶沒開，她就隔著玻璃往外看，挾著菸的手抖呀抖，肚子則微微往外凸，像是背後有什麼東西在撓她，旁邊地上散了幾個布丁空盒、零食袋跟塑膠匙。秀惠這樣一看就懂了，小梅吃藥，哪一種藥她搞不清楚，反正就像她以前工作過的一大堆西施，吃藥跟喝蠻牛同款，不但提神，而且爽。她其實羨慕她們，不像她，小時候媽媽還沒跑掉的時候一邊吃藥一邊告訴她藥是壞東西，講久了她就被說服了，不敢碰，只好眼巴巴地看著她們爽。她偶爾偷偷希望某個西施吃藥吃到死，這樣她才能證明自己是對的，不過每個西施都還是生龍活虎，唯一她知道死掉的還是因為某天沒吃藥，恍神沒看路，一不小心就給卡車撞死。

所以秀惠看到小梅這樣，一股莫名的羞辱感升起，似乎小梅是被派來她家當面嘲笑她做不到的事。她想說些什麼，又不知道怎麼說，而且她站在那邊這麼久，小梅還是當她不存在。她又想，好像應該直接過去搶她的菸，才會讓這個小女生知道這是誰家，結果就這樣猶豫了很久，才走過去一點，又繞回來，最後還是直接回房間躺在床上。

就像現在她剪完指甲躺在床上，床單很薄，下面是硬木板。她聽到小梅在外面走動的聲音，一開始以為她要偷錢，後來聽到叮叮噹噹的聲音，才知道她在找摩托車鑰匙。她知道這表示小梅明天要去報案，本來想起身跟她理論，又覺得心口一陣酸，有點想哭。她沒有動，然後告訴自己，反正明天她不用去工作，想睡晚一點，然後洗洗衣服，也用不到摩托車。

窗外的蟋蟀還是唧唧唧地叫著。

●

「第幾次了？」小梅臉色難看地問。

秀惠跪在沙發前，抱著肚子，發白的側臉貼在廉價的沙發皮上，沒有回答。

「妳自己說、第幾次了……妳……」

小梅煩躁地走進阿義的房間，啊，現在應該說她的房間，她拿起打火機要點菸，喀嚓喀嚓，點不起來，只冒出無力而短暫的火星。她拉開桌子的抽屜找打火機，雙手在抽屜裡亂翻，又找到一個裸女打火機，喀嚓喀嚓，這個連火星都點不出來。她把打火機丟在地上，開始抓頭髮，每次遇到無法決定的事情她就抓頭髮，像之前賣檳榔有人要吃她豆腐，很番，她那時候抓了抓頭髮然後決定拿礦泉水丟他，嚇得那個司機邊罵髒話邊把車開走，還差點撞翻經過的摩托車。她想到這件事就笑了出來，然後又面無表情，坐在床上發呆。

過了一陣子，小梅走出去，拿遙控器把電視打開，她坐在秀惠的臉旁邊，隨便地轉台，韓劇裡面有一個女人抓著手機要跳河、政論節目的女立委罵另一個立委性騷擾、鬈髮的烹飪節目女主持人邊跳舞邊作紅燒魚，然後她轉到購物頻道，在賣內衣，她停下來看，開始問秀惠要不要買新內衣，集中托高耶，看起來超大，而且還有蕾絲，接著下一個購物頻道在賣跑步機，她又問秀惠要不要買，欸欸欸這個對身體很好的樣子，妳看妳老是這樣行嗎，肚子一痛就痛成這樣，老了啦，不運動不行啦，你覺得怎樣，啊還有那個按摩、珠、按摩珠健身呼拉圈，有很多珠珠的樣子，可以瘦，哈，我也可以用。怎樣？沒錢？錢賺就有了呀，想這麼多。欸、這台有賣什麼奈米級葉黃素、對婦女好耶……妳可以坐起來囉、不錯嘛、啊這個面膜看起來很棒，妳看，怎麼樣，雖然那個主持人看起來臉歪歪的，不過面膜看起來很強的樣子……

●

在秀惠住院一個月之後，小梅才終於接下秀惠原本的工作。

第一天去報到，老闆給她一套灰色的制服，指一指角落的掃把，叫她先去斜對面的大樓掃樓梯間，兩小時後檢查，當作第一天的訓練，不支薪。小梅差點發飆，開什麼玩笑，作白工呀。不過老闆一講完就接起電話，邊講邊揮手趕她，她翻了個白眼還是出發了。

她其實早就可以離開秀惠，畢竟阿義失蹤了七個月，還跟他媽媽住在一起搞得她像守寡，有夠煩。秀惠不喜歡她，這件事不令人驚訝，反正從來沒什麼女人喜歡她。小梅本來只是習慣這件事，久了之後乾脆反過來，直接和所有女人為敵，這樣她至少知道對方為什麼討厭自己，還可以當個明目張膽的賤貨。不過秀惠很怪，就算不喜歡也不講，從頭到尾只顯得小梅顧人怨，也讓小梅沒有發洩的快感。阿義失蹤愈久，狀況愈明顯，秀惠愈表現出自己什麼都可以忍，小梅愈想激怒她。於是她每天偷錢，不想出門就指使秀惠幫她買飯，有時還直接把摩托車騎走兩三天不回來。家務更別說了，會把喝完的飲料杯丟到垃圾桶就算是給秀惠作面子了。

誰知道秀惠就這樣病倒了。

小梅一邊掃著樓梯間數不清的菸蒂，一邊覺得冷。樓梯間有一大堆小鋁窗，要不是關了太久打不開，就是開了太久沒辦法關，冬天的風就這樣灌進來。她在樓梯間遇到很多抽菸的人，大部分看到她都不開心，像被打擾了，她也無所謂，要是有人丟下菸蒂沒踩熄她還會叫人家回來重踩一次，別以為可以找她麻煩。

真的，沒人可以找她麻煩，只有她找人家的麻煩。她離開台東前差點被別人害到警察局，明明就是另外一個女人當老闆的情婦，還偷老闆的錢，最後竟然把不見的錢都賴在她身上。開玩笑，老娘是誰，難道會乖乖被你們陷害？她連續一個禮拜打電話給老闆的老婆，把她所有知道的垃圾事講了兩三遍，連那女人說老闆抱怨老婆胖、不會扭、下面臭得像餿水都講，當然還不忘加油添醋一番，弄得他們雞飛狗跳，再也沒人提起錢的事，然後她就自己跑到另外一家檳榔攤，薪水還比較好。

她想著就笑了，然後終於從十三樓掃到五樓，很喘，就摸出菸靠在窗口抽。最近好像要選舉，小梅看到路燈上綁滿了旗子，一些警察開始在路口放路障，她猜大概晚上有活動，然後想到秀惠一直要她去考駕照，她都不管，要是等一下被臨檢就慘了，是怎樣，不會這麼衰吧。她又抽了幾口，後面的鐵門被撞開，一群年輕的小女生剛從補習班下課，講話跟尖叫一樣，一邊推一邊擠著要衝下樓。小梅轉身叫她們閉嘴，她們安靜了大概一秒，又小聲笑著繼續跑，幾個還邊笑邊罵她神經病。她正要追上去拿菸蒂丟她們，肩膀就被拉住，看到老闆瞪著眼睛，怎樣，兩小時了嗎，她乾笑一下，腦子裡突然浮現秀惠躺在病床上，還在忍耐的樣子。

她大聲說歹勢啦，然後拿起掃把用力掃了起來。

●

是凌晨，秀惠想。

她往右看，窗戶外還是灰白的天空，還是遠遠幾棟大樓，其中一棟還是掛著一個桃紅色招牌，用白字寫著莘莘托嬰（七樓）。

秀惠沒看它在晚上亮過。

那幾棟大樓都很遠，雖然看得到很多窗戶，但看不到裡面。秀惠無聊，本來想說認真看就看得到，還可以知道原本的托嬰中心現在變成什麼，可是頂多看到人影，暗暗的，晃來晃去，連是大人小孩都看不出來。

她不知道托嬰中心到底在幹什麼，阿義小時候，曾經有一個新聞很大，說托嬰中心害死了一個小孩，好像是窒息，她那時候只是覺得很驚訝，小孩有這麼容易窒息嗎？新聞裡的媽媽戴口罩，戴墨鏡，說有錄影帶，錄到小孩趴著，然後沒人幫他翻身，害他活活悶死，她就更驚訝了。她的阿義不管趴著還是躺著都可以，有時候綁在她胸口，臉就埋在她身上一直睡，睡到秀惠都懷疑他死了，結果一餓起來還是大哭，吵得不得了。曾經有一陣子秀惠帶阿義去賣檳榔，買了一個比較大的籃子讓他躺在裡面，有時候他吵，其他西施就把電子樂開得更大聲，久了之後阿義哭累了，她們也早就忘記阿義哭過這件事。

小孩不就這樣嗎。

秀惠肚子一陣劇痛，她想到護士說，真的很痛可以按鈴，可是她還是忍耐下來了。對她來說，痛就忍耐，不就這樣嗎，不過這種事要是讓小梅知道，一定又要罵她，然後馬上瘋狂按鈴叫護士來。秀惠其實一直覺得自己沒那麼嚴重，也不過就是肚子大一點，有時候痛，跟生小孩的時候比算什麼？癌症聽起來很可怕沒錯啦，不過要是去找她之前常看的老張，多抓幾帖藥，她相信不會沒救，老張也說他救回好幾個癌症呀，大不了再放放血，以前她只要放血幾乎什麼病都會好。這次是小梅逼她來，還堅持要住院，不然她根本不要來。卵、卵巢癌？她聽都沒聽過，乳癌還有聽過啦，那個也是把胸部切掉就好啦，這個怎麼不行呢。

小梅昨天早上來，聽到醫生說復發了，整個人抓狂，復發？什麼呀？不是開刀了？開刀你不就是要切乾淨？現在又說復發是怎樣？難道又要開嗎？你要坑我是不是？錢都花完了啦！連我自己的錢都用光了啦！冷靜？你叫我冷靜，這樣是要冷靜三小？不要碰我，老娘是隨便給你碰的唷！好啦我自己走啦，不用你叫什麼警衛啦。

下午她又來，拎了塑膠袋給秀惠帶了一個布丁，然後面無表情坐在床邊。她有時低頭摳指甲、有時盯著自己伸得僵直的一雙腿。秀惠安靜地吃布丁，她其實不知道為什麼小梅買布丁來，不過她不討厭，所以就吃了，布丁很甜，甜得對現在的她來說有點噁心，不過要是不吃，她怕小梅生氣，所以還是一點一點舔著。秀惠一邊吃，一邊突然覺得害怕起來。昌雄離開的時候她很傷心，不過想一想，人家畢竟有老婆，所以也就算了，阿義消失的時候她連傷心都沒有，只是一直覺得他會回來，即使到現在，她知道希望很小了，但也不真的難過，大概覺得他們父子倆都一個樣，根本沒什麼好驚訝。不過秀惠現在害怕了，她怕小梅要走了、要丟下她，可是小梅是最有資格丟下她的呀。她想一想，眼淚就在眼眶裡打轉，小梅看到立刻皺起眉頭。

好了啦，哭有什麼用，妳之前打掃那個公司在哪裡，有沒有電話給一下？

天色愈來愈亮，但還是灰的，原本在窗外嬉鬧的幾隻麻雀也不見了。秀惠逐漸聽到一些車聲、人們交談、另一邊醫院內也有逐漸頻繁的腳步聲。一個護士推門進來，說要幫她量血壓，秀惠點點頭，然後繼續瞇著眼睛看窗外那些大樓，看一格格的窗戶擠在一起，繼續希望今天可以看到些什麼。

即使過了兩年，小梅還是做了那個夢。

秀惠的嘴巴跟鼻子上面有氧氣罩，旁邊有幫浦一直壓，她身上接了好多管子，管子繞呀繞都纏在一起，她想去解開，卻不知道拉掉哪一根，秀惠在棉被外的手指就開始滴血，旁邊的機器也逼逼逼逼逼叫個不停，然後護士衝進來，翻開秀惠的棉被，指著秀惠的肚子，妳看妳看都是妳現在她的大便從傷口跑出來了，她也生氣了，開始瘋狂大叫，是怎樣呀叫你們切卵巢你們為什麼要切腸子叫你們切卵巢你們為什麼要切腸子……

小梅驚醒，發現自己全身是汗，浸溼了床單。

她看時鐘，三點了，再過兩個小時她就要出門，準備上晚班。她想了想，決定先去沖個澡，不過蓮蓬頭有一顆螺絲鬆了，要一直用手抓住，不然水會從水管噴出來，害她洗得有點辛苦。洗完之後，她發現廁所角落的黴斑又在往上爬，像蛇皮一樣，提醒自己該刷廁所了，不過這件事她已經發現了一個禮拜，再發現一個禮拜大概也沒什麼不行。

她坐回床上吹頭髮，吹風機一直發出烤焦的味道，熱風也弄得她額頭開始出汗，很煩，所以就不吹了。這個小套房沒有窗戶，所以她打開門，感覺比較不悶，然後按開桌上的小電風扇對著自己的脖子。她發了一下呆，然後開始在牆角的大布袋裡翻衣服，翻呀翻，翻出一套護士服，丟開，再翻出一套紅白斑馬紋的比基尼跟短裙，也是一套她來西部之後新買的寶貝。薄木板牆的另一邊這時傳來咿咿呀呀的叫床聲，小梅翻了個白眼，然後湊上去聽，聽了一下，似乎覺得沒什麼意思，轉身抓了一雙白色的恨天高開始套。

出門前，小梅邊梳頭髮邊對桌上的骨灰罈說，都是妳啦，那些錢好像怎麼還都還不完，然後伸手翻了翻桌面，最後選了骨灰罈旁邊一個銀色的髮圈，綁好，伸手又輕輕地敲了敲骨灰罈，眼神放得很遠，說不上哀傷，也說不上想念。

上班的路上，摩托車熄火了一次，幸好很快就踩了起來，不過一輛砂石車剛好經過，飛了她一臉沙。小梅騎上車，往旁邊呸呸呸地吐口水，罵了一聲幹。等她騎到「檳榔SHOW」，陽光已經很暗，孔雀燈也亮了。

攤子唯一的粉紅色牆壁上掛了一面鏡子，小梅站在前面綁頭髮，結果從鏡子看到攤子前兩個外國人，一男一女，正好奇地指指點點，另外一個剛來上班的娃娃沒反應，當作沒看到，她卻覺得有趣，就跑出去找他們玩。外國人指著「檳榔SHOW」，說SHOW，小梅說對啦對啦檳榔秀，然後他們拿出相機對著小梅，小梅就把外國男生拉過來，在他頭上比兔耳朵、親他臉頰、一起演了鐵達尼號的傑克和蘿絲、最後還把一隻大腿纏在他腰上。小梅後來把兩個人拉進攤子，兩個人對三面透明的玻璃很有興趣，摸摸看看，小梅看他們在摸那些玻璃，就說window，外國女人說no、no、no、glass wall、槍斃，小梅嚇一跳，什麼槍斃啦，然後還是指著玻璃說window。外國女人於是拿了他們寫班表的白板筆，開始在一面玻璃上畫，她先畫了一個田，小梅說no、no、no，這邊沒有田，外國女人又在田的兩邊各畫了一個類似直立蝴蝶結的東西，然後指著那個圖案說window，再把兩隻手臂張開劃過那些玻璃說wall，小梅說，yes、window、good、window。

他們離開前，小梅請了他們一人一顆包葉檳榔。

半夜的時候小梅肚子餓，打開冰箱找她之前帶來的情人果冰，結果看到最底層塞了至少二十個布丁。這是怎樣呀，小梅大聲問，哪來這麼多布丁。娃娃說不知道，小梅說喔，偷拿了一個，想說之後再買回來補。她喜歡吃布丁，不過她忘記原因了，如果可以把回憶倒帶，她也許會想起從小相依為命的外婆，不愛說話，總是很累的樣子，除了替她煮飯之外幾乎像是不存在，然而某次在她重感冒發燒到四十度的時候，外婆替她買了一個布丁，叫她乖，她從此愛上布丁的味道。不過在她三兩下就把布丁吸到嘴裡的時候，這一切完全沒有掠過她的腦子，當然她也不記得，她曾經為病床上的秀惠買了一個布丁，那卻是秀惠死前嘴裡唯一記得的味道。

然而一切都沉澱在深處，不曾消失。

夜很深了。

來了一輛砂石車，小梅剛吃了布丁，心情很好，蹦蹦跳跳迎出去，一抬頭看到阿義的臉，嚇了一跳，仔細一看才發現不是，只是眼睛有點像，臉也圓圓的。她這才發現她幾乎完全忘記阿義這傢伙了，豬唷，她一邊跟這個司機調情一邊想，要是真的遇到阿義，她應該會搧他兩巴掌，想說的話則只有「你媽死了啦你這不肖子」。小梅最後給了司機兩盒菁仔、一罐礦泉水、還有兩包七星，像阿義的那張臉看著她笑，說摸一下啦，她馬上媚笑著說摸手就好啦，哎唷，然後她站得又近又遠，手伸得好長，身體微微往前傾，噘著嘴說下次來再看看囉。司機玩了一下什麼都沒摸到，心癢癢的，開走的時候還多看了小梅兩眼。小梅哼了一聲，回來跟娃娃講，又要摸胸部，這些傢伙還真以為摸得到咧，要摸去喝茶啦。欸，真的會有人給摸唷，娃娃懶懶地說。小梅嘻嘻笑著，又跑去偷拿了一個布丁。

又過了一陣子，沒有客人，小梅有點累，半趴在桌子上，娃娃也快要打瞌睡，就去把音樂轉大，咚滋咚滋咚滋逼逼逼逼逼，咚滋咚滋逼逼逼。娃娃為了提神開始跳舞，小梅卻還是趴著，然後發現自己的左眼對著那個白板筆畫的窗戶，她閉起右眼，用單眼對準那個框框，卻發現視野內都是黑黑的山，她於是開始研究外國人筆跡斷掉的地方。

遠處有人工作到半夜，走到窗前看山下的夜景，那人不知道的是，在那遙遠如龍的省道路燈當中，其中一個亮點其實是檳榔SHOW。在亮點中的小梅本來要伸手把白板筆畫的窗戶摳掉，不過摳一摳又覺得無聊，留下半個窗框，她接著去撕鏡子旁的月曆，要八月了，八月的照片是一整片的海，她拿了之前那枝白板筆，把海平面延伸到照片外的空白，又幫照片上面從中間被切開的白雲補了另一半，還在旁邊的多畫了一隻海鷗，有點醜，自己看了還咯咯地笑起來。遠處的人想睡了，於是拉上窗簾，就在同時，娃娃正把小梅拉過去，兩個人隨著音樂邊扭屁股邊甩頭髮，號稱研發出全新的舞步，接著一個念頭掠過小梅的腦子，她想，乾脆把秀惠的骨灰拿去海邊撒，很爛漫，哎唷，應該是浪漫，讓秀惠至少在死後浪漫一下，她愈想愈高興，就去把音樂開得更大聲，咚滋咚滋逼逼逼，咚滋咚滋逼逼逼，彷彿就要吵到遠方逐漸進入夢鄉的那個人。

——原載二〇一〇年十一月號《聯合文學》
本文榮獲第二十四屆聯合文學小說新人獎短篇小說首獎

六年仁班前巷戰

黃汶瑄

一九八八年生，東華大學歷史學系畢業，讀過的書、寫過的文章和擁有的知識都不多，但是幸運擁有很多繼續累積的時光。

無知覺痛楚的，你的死亡。

畫面左側閃動一陣紅色的中彈訊息以及右上角的射擊以及被彈紀錄（上面顯示：一把反恐特勤組起始用的USP，將你選擇的恐怖份子擊斃），自己無聲倒下，沒有血跡傷口，身體立刻嵌入畫質粗糙的地面，在一切退化到幾乎失明苦啞的瞬間，那個自己迴身死滅的無法詳細辨別的表情，畫面以靈魂穿出身體的速度抽離拉遠成第三人稱，專屬於死者的觀覽角度。

偶爾你會好奇，是怎麼樣的戰術或者技巧考究，延伸出這些種類的死亡觀看模式，讓所有死去的人們還能夠，繼續檢視那些生者無休止的相互搏殺。切換到場上依然存活的隊友第一人稱視角，目睹所有持續進行的遠近駁火；易轉成閃動光點與線條畫構成的戰術鳥瞰圖，逼臨相互沉默推動的場景；或者，乾脆的成為亡靈的自由觀看視角（可以穿過你的身體或者一切的障礙物）四處觀看反恐特勤組的敵人或者恐怖份子的同伴，在有限的環境裡進行有限的死亡。

某一方的角色全體死去以後，畫面正中便會浮現彷彿倖存者嘲揶敗亡敵人的勝利字樣，接著遊戲再度開始，時間重新計數，所有人都復活過來。所有人噢。矮牆後剛才不慎被反恐特勤組的USP五發擊中死去的隊友，以及你奮力開火打殺的敵人屍體，集體蒸發消失。哪些死去的人呢？你按下鍵盤上的Tab鍵，所有玩家的暱稱殺敵數死亡數才降靈般的復活過來陣列排行，你才發現原來你已經死了二十四次，擊斃敵人十次。在這個死亡與生存失重的空間裡，無法覺感到死亡在你或者他或者誰的槍口之下的厚實感，而時間只是不斷不斷的重複計算（很少有因為時間結束而終止的戰鬥啊，大部分的人說，bloodstrike這張地圖適用作近距離衝突的場地）。遊戲不是才開始嗎？你怎麼就已經死過這麼多次了？

「我怎麼完全沒有自己曾經死去的記憶呢？我記得我才剛加入這個遊戲不久啊。」

相鄰的男子並沒有回應，他耳朵罩蓋著的轟碰爆響的與網咖電腦連結的掛式耳機覆蓋住聽覺，他什麼都聽不到。他的右手食指還在滑鼠左鍵上點擊，發射：他還沒死。他的戰鬥還在繼續著，你卻已經死去了。你的心裡因為離開死亡威脅的闇影而堆起寂寞的感覺。

自由觀看模式，你可以在地圖中靈魂一樣的自由移動，甚至穿過隊友敵人以及所有的障礙物，去觀察槍戰中的一切：隊友拋擲手榴彈的角度，敵人的走位射擊，利用障礙物遮蔽以後突擊。但是你無法攻擊也不會被彈，時間持續到這場遊戲結束，死者再度復活為止，回復到遊戲最原始的第一人稱視角，充滿攻擊以及被攻擊之恐懼的視角。

你現在是個已經死掉的旁觀者了。你在bloodstrike場地裡四處遊走，像是被所有生者不斷排擠出自己槍枝的子彈，你在場地裡盤旋，尋找自己的剛被擊倒的恐怕還有些溫熱的屍體，但是這場地太狹小而被貫殺的反恐特勤組或者恐怖份子又太過眾多，你無法辨識死亡命中那些死者的時間差距以及死亡以後的面容（這款遊戲裡，恐怖份子和反恐特勤組不過各四種人物造型而已），那些容貌相似而肢體也同樣僵硬的死者們。你的還在戰場上徘徊的亡靈視角正要低下頭俯看確認，那些平躺在地上的死者（沒有人發現的只有你自己的這個螢幕之前，你何其像一位孤獨的撿骨師）遠處傳來一陣槍響。遊戲結束了。

遊戲重新開始，你再度復活在你所屬的恐怖份子的陣地裡，地圖前後兩端的最巨大的空曠場地，另一頭是扮演反恐特勤組的其他玩家的起始點。（所有人都習慣的在鍵盤上敲落快捷鍵）B，1，4，Night Hawk。B，8，2，防彈背心和頭盔。你和你的隊友沉默的迅速離開，到各自與敵人接戰的位置站立、蹲下，你們分別進入場地兩側，由數堵矮牆區隔出的適合伏擊、防禦或者正面衝突的過道。

你突然想起網咖還沒興起的小學時代，充滿和同學們追逐嘻鬧的過去記憶之房舍老舊烏黑的校園。

緊貼彷若炮火水洗過以後浮爛發漲廢墟的斑駁教師宿舍，前方則是遮蓋住你們教室所在的搖晃而廊柱噴裸出鋼筋舊校舍的新建辦公大樓，與左向邊角上偶爾會聽聞廚房阿姨與叔叔碎嘴對罵的營養午餐廚房（那些叔叔阿姨盛裝午餐的熱湯時，總是會小心的檢視是否有什麼異物或昆蟲落入湯中）以及其上的高聳的水泥砌造儲水塔，一起標畫壓迫出一片你們所在的六年仁班前之狹窄而鋪壓著粗礪柏油的空地。對於身材與年齡同等單薄的小學生低矮視角，那是接近於世界大戰中某些屍骸堆積的戰爭場域那樣的廣大沉重。你們追打在幾乎要被周圍的建築物輾壓窒息的空地，總是可以看到哪些建築房舍背面近乎老人乾瘦肋骨一般穿透幽暗表面的防火巷、甬道以及水泥龜裂的踏石門檻，充滿某種陰暗的未知與迷幻，讓你們忍不住的好奇觀望。

你看到反恐特勤組，你點擊滑鼠左鍵開火，沒有擊中，耗竭了所有子彈，你按下鍵盤上的r鍵填彈，但是沒有任何子彈供你使用（你重生時刻忘記購入子彈），你身上沒有子彈了，反恐特勤組對你開火（你中彈倒下）。

在六年仁班的教室前，小學以忠孝仁愛信義分班便已足夠的稀少學生人數，使得校園裡經常存在無人的角落，你走到哪裡都沒有辦法發覺任何同學穿梭在校園之中（你想不起他們的長相），教室四周漫長的建築與建築之間致力於避免接觸而隔離的防火巷弄，刻意躲藏起什麼卻又陷阱似的露出某些存在的氣息或聲響。在夏天藏匿於樹蔭中的蟬啾啾鳴叫間歇停息的片刻時間，教室裡的聲音暫時像是一捲磁帶混亂一團而現在早已無人使用的錄音卡帶：教師辦公室冷氣機凝結暑熱蒸騰的室內空間捽排出的水滴敲擊地面聲響，廚房近午時分點燃爐火炊具煮沸鍋面以後蹦跳油響接著條條遭抽油煙機扭曲歪折推擠到室外，使得廚房後緣的牆面恆常垂掛著一片段黏稠濃黑的油漬（你沒來由的想起）。

槍聲繼續接連不斷的響起。那些你不清楚身分而冠上某些臨時拼湊名姓的恐怖份子隊友，在某個你看不見的角落與反恐特勤組的敵人各自對戰。你以死者的身分飛快穿過牆壁，隊友在生者不可能發現的場地尾端兩側矮牆旁，兩掌分別握著B，1，5，Dual Elites向扮演反恐特勤組的雙手環抱著MP5衝鋒槍（B，3，2。你習慣性的以快捷鍵稱呼槍枝）的敵人射擊。在這個不適合逃離退後的窄仄處所，反恐特勤組微微勃昂起槍口接著充紅彈藥引燃的火焰，五枚槍聲一齊疊在恐怖份子以3D模組無法適當揮發恐懼的表情的面孔上（其實第三發子彈就已經貫穿他的頭顱），你以遭受你貫穿的牆壁一式的姿態尷尬站定，目送你的隊友在密閉的單面開放空間無尊嚴的向後仰倒讓出空間，予剩餘二發子彈撞擊牆壁以後發出子彈無法透過的，纏繞著焦黑彈孔的破響。你按押下Tab鍵，確認那名隊友和你，都在ID後面拖著屍體般的DEAD字樣（你想起，你致力於撿拾的記憶圖像、人名之內裡，有大量的劣質的槍聲隆隆運轉）。

六年仁班的教室前方的空地，你記得，槍聲是除卻所有致力於營造沉默與詭奇的滴答啪踏聲音之外唯一由你們發出的足夠撐飽校園空蕩部分的聲響。那時候你的世界就只這座校園大小，你相識的人們成為基本人口，至於其他人則組織一些剩餘的點綴空洞建築之裝飾（你幾乎不記得任何姓名）。所有的建築場景都模糊佇立，在那些沒有槍聲的時候。

咻，砰砰碰。你們穿著被過度踐踏而整片枯萎死滅的校園草地裡踢飛揚起之泥沙薰黃的白色制服、深藍色短褲，各自像是迷路的野戰士兵，在校園裡四處奔跑躲藏。你們掀著嘴唇發出無法理解的狀聲辭，轟咻砰碰，翻譯成你們專屬的遊戲語碼則是：射擊、子彈飛行、子彈落空以及擊中身體的共同畫面（你們的視覺都共同駕凌於另一個維度）。他對著你舉起僅伸直挺出拇指與食指的右手，厲喝轟聲（這時候子彈飛躍出槍口），你站直身體等待他的咻（子彈對著你的眉間直直飛來），他目睹你接受倒下的碰（子彈貫穿你的腦殼，血跡由眉心淌落到你的鼻尖）接著露出微笑向同伴勝利揮手說：「呵，我又殺了一個敵人。」

這是你們的遊戲，六年仁班的男孩們的遊戲（啊，到底是誰說了那句話？）。

你看著島嶼夏季燠熱的天空彷彿仰躺在曠野，天空沒有太多的雲氣，但是你心裡清楚，接近放學的時段可能有一場短暫的暴雨。你躺在教室前的空地上感覺背後粗礪的，也同時被太陽晒得略略發黏的柏油面，你有點懷疑自己的上衣、短褲或者身體會不會終有一天完全貼附在地面上（如同夏蟬一般）？

「找到了！找到了！」有人呼喝道，接著一陣腳步聲從你的身體旁邊經過，轟轟轟，咻咻，碰。你知道有人死了，但是你並不動彈，因為你不能移動，你的身分也是死人。太陽持續照射臉孔，你感覺到皮膚有些灼熱，你還在想自己是為了什麼原因死掉（是被從暗處偷偷攻擊？或者在不注意的時候被多人圍攻？）。

「我們贏了！」廚房和辦公大樓的防火巷裡傳出歡呼聲，還有細碎的抱怨聲。所以我們輸了？你坐直身體，轉過頭去看從窄巷裡蹦跳走出的三四個男同學，尾端跟著的是你們陣營沉著臉孔抱怨不止的領袖。

這是六年仁班的男孩們共同創造的，或者屬於所有經歷過那些知識貧乏但是卻可以將一切賦予生命如同賜給死亡一般簡易的童年的人們的遊戲。你們的腳色是開始和操場邊緣的遊戲器材逐漸疏離的高年級學生，偶爾經過，那些持續著被攀登下滑不斷循環樂此不疲的中低年級學生圍繞著的溜滑梯、在槓桿兩端上下晃動的翹翹板、推送離心速度於下課十分鐘總是被排組起漫長隊伍的鞦韆架，你們露出同情嘲諷兼及鄙視的神情，致力於忘記自己曾經也在下課鐘聲響起時慌忙的從教室奔跑到操場邊（有一次摔倒，你嗚嗚哭泣的看著同學跨過你擦傷的膝蓋向鞦韆竄去）。

高年級的教室設置在遠離操場的校園角落，你們開始在沒有歡快的整面死硬建物的空地裡製造自己的遊戲（其實，或許只是單純對於趕赴操場邊爭奪鞦韆感到厭煩？）。你們還是甘於被老師的嚴厲眼神囚禁的年紀，幾個男孩藉著彼此如同低年級學生的幼稚追打進行沒有遊戲的遊戲，接著緩慢卻完全無邏輯的演化成為別的樣子，你們開始在單純的肢體運作之間添上競爭和衝突（就像是平常程度的粗魯推擠），還有一些數字運作的排序以及加總（可能是在一二三木頭人的遊戲裡強化的數字和規則概念），同時整備上槍枝（特攝影集裡的超人戰隊、假面騎士都在最後一刻憑空掏抽出一把槍，將敵人轟爛炸碎），你們的戰爭遊戲於焉成形。你們分裂成兩個陣營各別衝鋒、戰鬥，你們相互約定在彼此默契成的武器系統中，中彈負傷的便要倒下裝死（雖然那些任性的男孩每每要賴狡辯自己的死者身分），直到任何一方死絕到無人為止（但是人數清點的機制太過混亂）。

還剩下幾名隊友呢？你瞇眼看著蹦跳出來的敵我之人物清單以及死傷殺敵數列表，卻迷濛濛沒辦法確認，太多的DEAD DEAD DEAD把真實的訊息掩蓋住。但是你還可以行走，你還在自由觀看模式之中，槍聲也還在不斷蔓延伸長，戰鬥還沒有結束。

六年仁班的男孩們相互衝殺的時間太過短暫，而那些承載著戰爭擴張的地形圖又太過複雜（戰爭像是裹在保溫箱裡的太過早產的嬰兒）。下課鈴響的十分鐘，你們流水入六年級教室周圍的建築物間的防火巷道，將那些暗隱無光乏人穿行的空間作成你們的遊園地，分做兩隊交叉掩護潛行如同那些你們並不熟悉的大規模死亡的戰爭裡，即將遭受攻陷的最終頑抗與侵暴的超劇情張力拉扯的巷弄間之伏擊作戰（但是你們不清楚你們戰爭的規格）。你們分散躲在巷道之間，為了隱藏氣息以攻擊敵人，你習慣使勁的閉塞住呼吸卻掩蓋不住心跳，你們都被藏起來，你只聽到自己的心跳的聲音異常的響亮，你恐懼被敵軍圍殺，希望心跳能夠停止。

「一二三四五。」敵人的指揮官，你的同班同學正在清點倖存的戰友，他賊狡的對著名義上已經死掉但是卻憤憤的站立在身旁的你們的指揮官笑。「我們還有五名士兵活著，你們全死了。」

「這不公平！」你的指揮官奮力抗拒著敵人給予的死亡身分，像個窩囊的英雄不斷抗辯自己對於戰爭的一切歪曲記憶，所有狀況總是會被他強硬的復返到一種持平的狀態。「我們的人數根本就比你們還要少。」

一二三四五……你躺回柏油路面上，心裡默默點數雙方陣營的兵士數量以及姓名（你幾乎想不起來），你在思考這場遊戲裡誰是多餘的，或者短缺的一名。你想欲站立起來數算在場的無論生死的人們但是卻不能這麼做，因為你其實已經死了，你感覺到某個相較於你以及你們以及你們的指揮官們，站立在制高處的鳥瞰這場戰爭的人正在清點人數，在一面你們無法望見的計分板上紀錄這場遊戲的勝負（一勝一敗平手），接著興味的彎腰垂頭繼續玩賞。你不夠資格破壞戰爭的勝敗模式，你也不願意像上次那樣，因為雙方還沒有統計完差距些微的傷亡人數就漲著尿急的膀胱離開，使那場戰爭因為勝敗的斷定衝突讓下午的教室裡始終瀰漫著緊繃的對峙氣氛（雖然從來也沒有人發現你離開了）。

「你可以找胖子一起玩啊。」敵人的指揮官向教室指，周圍的他的士兵賊笑，你的指揮官不作聲，賭氣卻又執拗的坐下，趴臥。

「我死了，你們贏了。」指揮官趴在和你一樣高度的柏油地面上，但是眼神並沒有接觸到你這名陣亡士兵。「下一場我們會贏回來。」

下一場，六年仁班自己的戰爭遊戲的下一場。那些戰爭是用下課的十分鐘又十分鐘累積起來的，而戰火隨著你們各自接手演出的屍骸一樣堆疊上去的時間不間斷的，國仇家恨一般的長大著。

你發現還有一名隊友，緊押Shift鍵無聲潛行緩慢移動，以逃避躲閃搜尋或被敵人搜尋的姿態遊移在牆面與牆面構成的巨大圍牆之內（你從鳥瞰模式再次確認這個場地完全封閉），你的隊友緊握B，2，2，XM1014連發霰彈槍，沒有遭遇任何敵人，但是你知道還有兩名反恐小組在地圖的另外一頭謹慎前進，遊戲還沒結束，某些無法挽回的流逝之稀薄液體似的狀態正在運作。「下一場再贏回來。」你聽到坐在旁側電腦前的玩家哼氣說著（原來他也是恐怖份子的一員？）。

你突然就想起你的小學同學胖子。

上課的鐘聲響在你們教室門口的走廊屋簷角落擠掛的破舊烏黑的擴音器，把你們這群戰勝或戰敗者一股腦的轟炸站立起來，你們是突然聽到空襲警報的戰得正酣熟的士兵們，知道老師正從不遠處的辦公室走來而連忙躲進教室的掩體中準備小心的低頭俯趴躲過老師叨念的轟轟濫炸（你們打起瞌睡來）。胖子總是坐在你們還沒趕得及回去的座位上，以戰陣中提早腐爛發臭屍體般無法動彈的殘兵之眼神盯視你們這隊士兵撤入教室。你們避開胖子的視線與某種，你們遲早也必須接受的命運那樣無意義的執倔；你們知道他只是個沒有威脅的在你們的戰爭規模裡尚未（或永遠）不會被武裝的人物，於是你們在各自劃分的固定座位上放心的卸除武裝。只有你發現胖子的雙手肥握成為粗拙的槍型，在桌底下輪流指向你們這群鬆散的士兵。

碰碰碰碰碰。你凝視他掀動著仿若沉水而無聲蠕動的嘴唇，默默數算，知道你們幾乎全體死亡。只有你看到這場沉默的突擊行動，只有你。你尷尬凝視單方面的屠殺開火（過程中胖子完全沒有瞥向你），不存在的透明但是卻腥濃噁臭的真實的血液在專屬胖子的視野裡紛紛爆散，你等待著屬於你自己的無聲的碰（但它遲遲不來）。

你的僅存的恐怖份子隊友挺著霰彈槍不斷以避免任何角落可能性伏擊，保持著宛若隨即可能因為一點撫擦而激射爆出子彈的興奮堅挺，槍口幾乎定格的緩速環繞指對著牆面與牆面構成的死角（旁座玩家發出不耐的嘖嘖）。你知道B，2，2並不適合遠距離接戰，而眼下的槍戰場地已經被限縮到隨時能夠結束的火力落差。你在等待重新開始，所有已死的敵人或隊友都在等待重新開始的復活的歇息瞬間，觀看著聯合轉播的早已被預知的結果。你們都在等待死亡，毫無介入可能性的等待死亡。

「快一點死掉好嗎？否則我們要怎麼在下一次的死亡之前爭奪為對方冠上死亡的權力呢？」你隔壁座位的恐怖份子隊友叨念著（所以這個場域的四周，正圍攏著一群等待死亡獻祭場合的看不見的人們？）。

反恐特勤組兩名來到手持霰彈槍的恐怖份子身後，你的隊友轉身，準星拉向反恐小組其中一名。反恐特勤組以B，3，4，ES C90反擊，兩把衝鋒槍交叉在你的恐怖份子隊友的身上（你切換成隊友的第一人稱視點，體驗著充滿臨場感的無助），霰彈槍連續搥撞向敵人，七發子彈退盡，你的眼前抬起一把霰彈槍緩慢填彈，在迫切的死亡面前優雅、凝滯的填彈，等候著不必要期待的下一輪開火（數發子彈擊中身體，倒下）。

你又再次想起小學六年仁班教室裡，其實曾經短暫進入你們的戰爭遊戲之中的胖子。

你記得，一次盛夏中的流行性腸病毒使你鎮日昏沉的臥趴在教室而不得不卸除士兵的身分，為了使你們的戰爭遊戲能夠維持基本的傷亡人數，胖子被你們的軍事戰爭體系臨時徵召入隊頂替了你在戰爭中的地位。你還記得在下課的十分鐘時間內，你知道胖子可能接手你在你們的戰爭中持用的所有（他說不定也知道你習慣假詐死亡以逃避死亡）而抬起頭隔窗睋望著你們永恆的空無的戰場，卻只看到胖子獨自在空地中盤旋，乘著盛夏糊軟的熱氣如同一隻肥漲的、空虛的塑膠袋一般的盤旋，孤寥的盤旋。那是什麼樣的戰爭？你恍惚的覷著因為其他人逃遁入防火巷而無人的六年仁班前空地，在熟蒸的光影裡胖子不停止的張開雙臂旋繞著，與周圍的空間存在著彼此隔離的關係，所以他是未死的、將死的或已死的（你自己在那個當下並不在戰爭之中，你在那個場景裡什麼都不是）？

遊戲重新開始，你的手上再度握緊那柄恐怖份子初始必定持有的Glock，你再度出現在你所屬的恐怖份子的陣地裡，地圖前後兩端的最巨大的空曠場地，另一頭是扮演反恐特勤組的其他玩家的起始點。所有人都習慣的在鍵盤上敲落快捷鍵（你真的復活了嗎？），你的隊友沉默的迅速離開，到各自與敵人接戰的位置站立、蹲下，你疑惑的敲下B，4，2，舉起一柄AK47，接著連續的點按^鍵購買子彈。惦記著AK47開火連發時的慣性不穩而奔向bloodstrike場地的右側（是誰告訴你的？），你揚起槍枝掩入矮牆之後，等待敵人出現再以AK47初開火最穩定的第一枚子彈攻擊，而眼前的程式構建模糊的視野沖入灰白色厚重的圖塊，你看不見一切，只有你決定使用的瞬刻即已注寫你應當循右側進攻的你手中的AK47還可觀見（對方扔出了煙霧彈），你停下腳步泛視煙茫的景色。

你昂起臉凝視胖子油肥的臉孔，在這個角度感到某種被侵入的屈辱感而紅股著兩頰。「其他人呢？他們在哪裡？」你像一個龜縮在家中觀賞新聞近距離SNG演出的無恥的觀眾那樣問著。

「他們死了，在我的戰爭裡。」突然出現在下課時間的教室中的胖子回答。「結束了。」

「不可能的。」你因為肚腹的疼痛曲縮著身體而發出討饒的聲音。「戰爭不可能因為你加入就改變，你憑什麼結束戰爭？」

「因為我是轟炸機的飛行員，終結戰爭的英雄，」胖子俯趴下來對著你，以白瓷的聖像那樣潔淨崇高的表情注視你。「是我投下原子彈咻轟轟碰殺了所有人，戰爭結束了。」

你懷疑在那個溽夏的下課時分的小學教室中胖子是否確實開口和虛弱暈眩的你說話。你不清楚轟炸機，不清楚原子彈，不清楚任何所謂號稱戰爭即將結束的口號標語，以及在你們的戰爭遊戲中不存在的字眼（你對於和平極度的無知）；但是你記得你被上課鐘響後進入教室的所有男孩們嗡嗡的爭論聲鳴得睜開恍惚的眼睛。「胖子根本就不懂我們在玩什麼，還自以為了解我們的遊戲，他不能和我們一起玩！」你默默的看著男孩們憤怒低語，欣慰的想著，戰爭果然還沒結束，便安穩的昏睡過去（對，戰爭還沒結束）。

胖子就是在那之後離開了你們的戰爭遊戲，但你偶爾在遊戲中繼續扮演被擊殺倒地的士兵的佯死時刻，會困頓的回憶起病茫時胖子似乎說過的關於戰爭結束的語句。那時的教室就只有你和胖子二人，現場完全沒有其他人可以指認胖子曾經說過，或者你曾經說過的任何或許曾經存在的語言詞句，同時也怯於向他人詢問（你對於自己竟然為這件事感到好奇而羞恥著）。胖子不屬於你們的遊戲的身分使你明白了某些在那個非成人的醜惡的血殺場域內的裡規則，於是你確定自己的身分，踏實的繼續擔任你的死人。

你知道有一名隊友死了，你螢幕右上角顯示了死去的恐怖份子隊友的ID名稱和殺死他的反恐特勤組成員的ID（這個ID是誰所使用的？），你知道已經有一名旁觀的死者正在這個場地周圍徘徊等待完結篇一般的大規模的死亡到來。遊戲還在繼續。你挺起AK47，緩慢畏懼的無聲潛行穿過煙霧搜尋反恐特勤組，模糊的由煙霧彈內鬼魂似的生誕出來的白幕中，你感到某些無形的隱敝的傷害在視線之外竄動。

在六年仁班教室外的空地中不斷的每日操演的戰爭遊戲已經沒有胖子，而遊戲本身繼續運轉不息的規則。你在地上等待遊戲結束以後的傷亡清點時悄悄睜開眼睛發現，在陽光之下，胖子的手臂於你倒地的視線內如同鐘面指針般的光影日晷於你的臉面之上不斷空繞走動；胖子還在盤旋，他以這場戰爭中不曾存在的轟炸機之姿態在無法與你們的戰場接壤的高空中飛行著，獨自而執倔的飛行著，他發出了轟轟的螺旋槳撥動聲包圍屍體般的你（你知道你已經不會再受到任何傷害）。

「我是美軍B29轟炸機的駕駛員，在最高處鳥瞰戰爭的那個人。是我結束了戰爭噢，」胖子似乎在被烈日的光線扯裂的影子中掀動嘴唇說。「我只開啟了投彈艙的閥門，把戰爭的、人的、子彈槍枝的句點嘩嘩丟下而已。」

你謹慎向前踏出矮牆的遮掩如同登上舞台的顫怯，同時將AK47挺舉到所有人站立時頭顱的高度位置求取一擊必殺的爆頭重擊，而煙霧彈之後的場景內不存在任何扮演敵人的反恐特勤組。你因為某種被遺棄的恐懼感而按下Tab鍵確認場上所有玩家的生死現狀使得表格彈現在你眼前的瞬刻，一名敵人出現在甬道底端以反恐特勤組專用的B，4，3，M4A1步槍對你開火（潮水般的紅色閃光提醒你感覺感覺不到的疼痛）。你慌忙回擊，AK47子彈斜斜以即將墜毀的食屍烏鴉之姿態飛出，由敵人右下腹朝左上剪去，他向後仰倒躺下而你的眼前的列表裡的對方的ID之後即時出現了DEAD的字樣將他納骨進另一個斷裂的空間（他正在你的背後等待你的獻祭場合）。

胖子還在你們的戰場上空飛行，而和你在六年仁班的教室裡結成遊戲之敵我雙方的夥伴們經已密約般的默契決定你們的戰爭規格。你們在那些防火巷隔間成的小巷窄弄繼續戰爭，話語簡化成你們冠施予對方之死亡狀態（因為你們缺乏任何復活可能性的機制），偶爾你們製造的戰火漫瀰抵胖子張臂拼裝之轟炸機左右，胖子便發出嗶嗶聲（炸彈由艙門滑入半空等待墜地的衝擊引爆）轟炸有你們的戰場，你們卻無視於胖子積極產製的終結，繼續開火射擊彼此。你的敵人在胖子的身後圈著「轟」的與胖子扮演的轟炸機之炸彈投射一般的音效嘴形，你目測敵人的子彈飛穿過胖子幾近瘋狂的旋繞與爆破（你知道你的死亡有特定的數據意義），在那個轟轟交雜之錯亂的不同身分的死亡之下，你配合你的敵人發出咻與砰而拒絕了在你們耳旁不斷震動空氣的胖子投下的原子彈爆破（你還有以完整的屍體降靈復活的機會），畢竟那處是與你們相隔太多甚至空氣稀薄到無法交談的海拔。在六年仁班前，那曠日持久的彷彿是在聖誕節慶時分交戰雙方尚且可以一起吟唱聖歌的綿長的戰事，胖子卻是你們公認持有的戰爭知識中還沒發明的鬼魅轟炸機的飛行員，戰場上並不存在的職務兵種，永遠不會中彈的活著的死者。

場景一模一樣的環繞在你的四周，你猶豫的停下了緩慢的潛行的腳步。你知道這張地圖是左右對稱的決鬥用小範圍場地，而方才那枚煙霧彈噴射出的遮蔽你一切判斷能力的白色煙幕讓你暫時不能斷定自己的方向，你失措的回頭，終於因為你擊殺的躺倒在地面上的恐怖份子的身體與斜倚的，還維持著某種程度之反抗姿態的M4A1確定了你還走在正確的路線之上。你知道往前還有敵人，還有敵人。

四處都是你們的戰場了。六年仁班的安靜的夏日的教室裡，你們集體在吊扇發出的過於快速轉蕩空氣的嗡嗡聲的時刻，想像你們正在與不同於你們陣營的胖子之邪惡勢力較勁（那是容易定位善惡的時代）。和胖子說話的人就不是我們的朋友了。紙條上簡短的字句在你們這群力圖延伸戰火以杜絕戰爭之結束的士兵間遞送（你只是略略看過一眼），紙條上的字跡怪歪扭曲得不像是一人寫就。在那建立起共同之仇敵的意識形態之下，你們致力於你們的厭惡情緒之擴張，並且努力排擠你們戰陣中的不穩定因子來製造遊戲的完整規則。

所有的恐怖份子或者反恐特勤組都在甬道的底端接近你們重生區的位置交戰射擊，你按下Tab鍵，知道反恐特勤組的數量遠多於你所扮演的恐怖份子之殘數而惶惶站立不動。一名反恐特勤組在彼處的亂戰間發現了你，他舉起手中的B，4，1，Famas步槍指對著你並且橫著腳步移動閃避。你面對即時性的死亡而隨時準備作為一名死者安眠躺下，卻又卑微的在不自覺的恐懼的勸誘下以AK47混亂還擊（你還在抗拒那樣被冠加上的身分）；敵人沒有射擊，只是迅速的離開加入以彼此身分交搏的真正的戰事之中。你持槍默立在甬道中央而你顫抖的手指還沒離開滑鼠左鍵所以子彈還在飛舞，遭受同情的屈辱的彈擊聲回傳到你的耳中（你再度失去了身分）。

你還記得那些惡意的恥辱的時刻中，你們附加在胖子身上的惡戲作弄手法宛若初夜失貞之男子的笨拙卻又殘忍無比：將他的書桌翻倒使胖子的書籍簿本軟洩整地、將他的椅子丟置到學校角落的垃圾場等待腐爛、將他的書包背面以麥克筆塗滿辱罵的字眼、將他的外套口袋塞滿你們削鉛筆以後剝落的渣仔般的木屑……這些事情發生在胖子身上，你卻參與了所有時間之片面的單向窺探。六年仁班的教室裡，胖子的木課桌椅被你的同伴們以美工刀刻下字眼，你們紛紛離就不同的辱罵的幹靠糙廢物死胖子去死，你則是以刀片拙劣的加重筆劃（你不確定應該要以什麼身分責罰他），你沒有字眼確定你的舉措你的憎恨你的厭惡的合理性卻非得如此。你也還記得，有一次男孩們起鬨的一把褪下胖子寬大的運動褲，但是只那個瞬間，所有人凝望胖子胯下的泛黃的內褲卻沒有人笑出聲音，而露出一種面對輻射廢料時的怪異神情。

無線電傳出電子語音而你看到火光爆開，你知道有人擲出高爆手榴彈在製造大規模的傷害，你記得自己僅僅是傷害中的一道微微滲血卻始終存在的傷口（你清楚知道手榴彈造成之爆破焦痕），無謂敵我的存在。你檢視螢幕右下角之子彈殘量，隨即趕往無關身分的交殺的你們恐怖份子的重生場地。

你們有意識經營的不斷復生著戰爭的六年仁班前的小窄之空地已經因為胖子的離開而重建了規則，你們繼續愉快的殺死對方與被對方殺死（你們還沒想到新的花樣）。你臥枕在溫暖的象徵著死亡的地面上，因為等待復活的靜寂時光而呆愣。「是我結束了戰爭。」你想起胖子似乎說過的話。「這場戰爭打了好久了。」你瞪視光燦的天空叨念並且為了夏日燒灼的光曬歪側過臉，你發現佇立在陳舊的教師宿舍頂樓的胖子，正以被砲彈擊碎之聖像的姿態凝視著你，你既驚駭又恐懼遂卑微的流下眼淚（逆光的剪影如同孤枝上的兀鷹）。你不肯閉上眼睛，你不肯閉上眼睛。

在那處你們復生以赴向死亡的不斷重複的空間，你的隊友以場景底側的牆壁與敵人對峙，但你知道步槍的子彈可以穿過牆壁（你曾經這樣爆殺過敵人），無法阻止直截的傷害的貫穿。你緊張的押著左鍵如同強制著驚怖的呼吸，AK47的子彈因而淫漫散射（你不願直視）。

你瞠大雙眼瞪視胖子的硬直的身影如同呼籲著告解之十字架，其身後是大片的挾帶午後雷陣雨的積雨雲，你的周圍是你們的戰場內之召喚死亡的吆喝聲。胖子在戰場最高處鳥瞰你們的彷若由投彈艙向下望去的悲哀的生與死，只有你發現胖子正在戰爭之外看著戰爭，只有你。「在那裡！在那裡！」你為了那種近乎解剖的被透視感而呼叫，但戰場上的其他聲響淹沒你的死者的喊叫（你理應保持沉默）。

你沉默的任由子彈塗滿畫面而隨後覆蓋上的聲音漫來，恐怖份子同伴們被扮演反恐特勤組之敵人隔擋在牆後（你知道自己只是一串象徵勝負的數據），你按下r鍵充填子彈並且直線的、不停止的突擊最接近你的敵人，畫面中不斷吐出死亡的空彈殼的AK47槍口遠比你點擊同時握著滑鼠的右手更加不穩滑溜（你只是個數字），一名電腦模組太過簡易而失去表情的反恐特勤組人物被子彈挫中，你耗盡彈匣中的三十發子彈（你的敵人遲慢倒地）。角落的另一名反恐特勤組轉身面朝著你，手上持有一柄B，4，6，AWP狙擊槍（B，4，5，不同陣營購買槍枝的快捷鍵差異你還惦記著），巨大的槍聲撞倒你，而你所扮演的恐怖份子被打爆頭顱而死，你等待牆後的隊友藉機反擊，但遊戲結束，牆後無人。

在那之後，屋頂上的胖子在高處目視你們的空地上的那一場戰爭無數次，而你也如同一頭放棄掙扎之橫陳在菜市場血汙之地面上被放血的雞隻開始習慣一切（那或許只是一種非暴力的反戰行為）。你開始習慣一切而逐漸可以透過胖子陽光下的身影觀察高聳的積雨雲的厚度：放學時會不會下雨（胖子往常一樣的站立著）？電動遊戲的角色等級能不能繼續提升（胖子往常一樣的盯視著你）？現在同伴們躲在哪裡（胖子往常一樣的舉起雙臂如同一悲悽的十字架）？戰爭什麼時候結束（他從屋頂急速墜下）？

你以為的復活與重生並沒有降臨。「這張地圖玩好久了，換一張地圖吧。」恐怖份子又輸了，有人低低的說道而你的電腦螢幕中出現伺服器中斷的訊息提示（還沒結束，還沒結束）。你重新整理伺服器清單，並且再度加入新的不同的地圖裡的戰鬥。

「不過是場遊戲而已。」午後的陽光因為堆積的爬升變形的宛若核爆後之凶惡蕈狀雲的積雨雲而陰暗了下來，你們的戰爭遊戲的首領說畢接著低下頭不再言語。六年仁班前的你們喧鬧作戰的防火巷與其他部分被拉上了黃底紅字的封鎖線，你們還為了如此逼真的戰爭場景興奮許久，直到老師喝令你們不准再接近彼處你們才離去，於是你們的孩子的戰爭便結束了，但是你們還經常老兵似的叨念著過去的戰爭（儘管你只是個死者）。

你降生在全新的地圖中央，四界之建築物與壁面也初出羊水一般的軟爛恍惚。這次你是手持USP的反恐特勤組，而你應該看到你的隊友卻只看到空曠的場景，你望前走向毫不熟悉的場景與從遠方傳來的巨大而無槍聲掩飾的腳步聲（這顯然是一狹仄之巷道槍戰地圖）。你循牆而走，在甬道末端出現一黑幽的影子而你連連點擊滑鼠左鍵（沒有任何死亡的訊息給你），你困厄的走向前以恐懼之姿態才發現那是一道噴裹在牆上的墨焦的圖形，彷彿是你記憶中之小學營養午餐廚房後流淌下的稠濃似血的油汙痕跡。你不斷逼近直到螢幕畫面完全被那因為解析度不高而出現電腦繪圖之方塊的圖形所漲滿，在那一瞬刻你竟看到胖子的臉孔以被核爆產生之燒滾熱風掀去的皮膚薄膜姿態貼附在牆上哀苦的瞅著你，而你繼續前進直到穿越過牆壁，你穿越過牆壁。

「我怎麼完全沒有我曾經死去的記憶呢？」你瞪大雙眼看著牆後的無比巨大的黑暗。

「你竟然連你死亡之一瞬都不復記憶。」鄰座的玩家由隔間後探出頭看你，網咖怪離的光線下的他的臉孔落在一片黑闇中只餘下他身背附生之不停焚燒如巨大爆破的眾神之城的光景。「你早就死了，胖子，在你迷失的時候。」（是嗎？是嗎？）

在六年仁班前，廚房後的油汙與抽風機帶出的熟蒸之水氣使地面黏膩噁臭，你獨自走在那些防火巷之間覺得無路出亡（沒有戰爭的日子……），你命定般的撥開那恆常繃扯的封鎖線行入舊教師宿舍的樓梯口，而樓梯間之氣窗經已被鳥屎厚垢堆壓塞堵而使空氣如保存的戰地的爛敗屍臭，你因為高度逼真的死亡氣息而止著呼吸以致頭腦昏沉，直到你抵達樓梯終點之虛萎的頂樓鏽紅鐵門。你推開門，站立在頂樓向著你們激戰之六年仁班前的空地、防火巷與牆壁眺視，而你過去不斷死去與復生之戰場與環繞小學校園的圍牆圈成一封閉的場域。你感覺到午後雷雨將落的窒悶（教室前的空地全然無聲若死），你遂在那全覽戰場懸空般高度之屋頂伸出抖顫的左右手遮蓋著你的兩眼，無助的因那臨死之恐懼高度而暈眩蹲下。

——原載二〇一〇年十一月號《聯合文學》

本文榮獲第二十四屆聯合文學小說新人獎短篇小說佳作

附錄

九十九年度小說紀事

邱怡瑄

一月

・八日，教育部主辦的第二屆「台灣閩客語文學獎」揭曉得獎名單，短篇小說類：台灣閩南語——社會組藍春瑞、林美麗、王明典。教師組呂美琪、陳文和、王秀容。學生組周華斌、吳奇曄、楊曼芬。台灣客家語——社會組黃學堂、吳聲淼、徐翠真。教師組曾秋仁、鄒敦怜、吳秀梅。學生組古秀上、林秋香、陳筱芸。

・詩人、小說家羅葉，十七日辭世，得年四十五歲。羅葉本名羅元輔，台灣宜蘭人，一九六五年生。台灣大學社會系畢業。曾任《新新聞》週刊記者、編輯，慈心華德福教育實驗中小學教師等。曾獲台灣文學獎、聯合報文學獎、時報文學獎等。著有詩集《蟬的發芽》；散文《記憶的伏流》；小說《阿草的邊緣歲月》、《生命無地圖》等。

・台北國際書展「國際書展大獎」十二日公布得主名單。小說類得主為甘耀明《殺鬼》、張愛玲《小團圓》、陳淑瑤《流水帳》。

・《亞洲週刊》於十五日揭曉全球華人二〇〇九年「十大小說」名單。包括張愛玲《小團圓》、虹影《好兒女花》、陳冠中《盛世》、蔡素芬《燭光盛宴》、葛亮《朱雀》、蘇童《河岸》、閻連科《我與父輩》、也斯《後殖民食物與愛情》、陳玉慧《China》、韓麗珠《灰花》。

・桃園縣客家文化館十七日舉辦「鍾肇政塑像揭幕儀式暨影像資料館——大河流暢鍾肇政主題展」活動，並為鍾肇政歡度八十六歲大壽。

・由行政院文建會策畫、財團法人台灣文學發展基金會編印的「經典解碼——文學作品讀法系列叢書」，於二十一日舉行新書發表會。

・作家蕭颯於二十九日辭世，享年七十六歲。蕭颯本名蕭超群，一九三四年二月十日生，原籍湖南，來台後就讀國立高雄師範學院國文系，主編《文壇》，並任高中教師。曾獲文藝協會小說創作獎、國軍文藝小說金像獎等。著有《故事的結局》、《夜話八陣》、《蕭颯自選集》等書。

・二〇一〇年第十八屆台北國際書展，從一月二十七日到二月一日於世貿展開。此次書展的主題國是法國。十二位來自海外華人作家舉行「全球華人作家會」，如劉震雲、哈金、畢飛宇、陳冠中、郭小櫓、黎紫書等。國立台灣文學館推出了「台灣作家書房」主題館。

・第二十九屆行政院文化獎頒獎典禮於二十八日舉行。本屆文化獎得主為書畫家張光賓、文學家黃春明、版畫家廖修平。

二月

・五日，台灣大學出版中心舉辦《白先勇的藝文世界》暨《現代文學精選集》新書發表會。

・《文學客家》六日舉行創刊發行儀式。半年出刊一期，提供客語文學創作舞台。

・二月，由巫永福文化基金會主辦的「二〇〇九年巫永福三大獎」評審結果揭曉。巫永福文學獎得主為莊華堂，獲獎作品《慾望草原》（唐山出版）。

三月

・國立台灣文學館委託國立成功大學中國文學系主辦「感官素材與人性辯證」國際學術研討會，於六、七日兩天展開。三月七日舉行圓桌會議，邀請黎紫書、董啟章、舞鶴等小說家對談。

・九歌出版社於九日舉辦「九十八年年度散文選、小說選、童話選新書發表會暨贈獎典禮」。小說選主編為駱以軍，朱天心以〈初夏荷花時期的愛情〉獲年度小說獎。其餘入選《小說選》的作家還包括甘耀明、周芬伶、陳雪、童偉格等十六位。

・作家杜文靖於九日逝世，得年六十四歲。杜文靖，一九四七年生，字皓暉，新北市新莊人。世新社發所碩士。一九七九年與黃勁連、羊子喬、林佛兒、黃崇雄等人籌畫「鹽分地帶文藝營」活動達卅年；曾任《自立晚報》記者、編輯、《台灣立報》資深副總編輯等。二〇〇八年獲頒鹽分地帶文學貢獻獎。其著作涵蓋推理小說、評論、報導文學、詩、散文。著有小說《情繭》，散文《說唱台灣歌謠》等。

・台南縣新化鎮楊逵文學紀念館於三月二十三日至五月三十日舉辦「楊逵手稿」展，展出內容有光復前的作品及後期在東海花園的作品共十七篇。

四月

・作家王令嫻於十八日辭世，享年七十九歲。王令嫻一九三二年三月六日生於上海市，籍貫江西南昌，一九四九年來台。國防醫學院護理系畢業。曾任台灣肥料公司南港廠文書管理員、《國語日報》作文班老師。早期以小說創作為主，兼有散文及兒童文學。著有散文《九點多鐘的晚上》；小說《好一個秋》、《單車上的時光》；兒童文學《我長大了》等。

・文建會與新地文學季刊社共同推動「二十一世紀世界華文文學高峰會」，由台大、中興、成功與東華四所大學共同合辦，於四月十六日至二十四日分別於各校舉辦共七場座談會，與會者包括高行健、劉再復、馬森、瘂弦、李歐梵、王蒙、閻連科、劉心武、陳若曦等。此外，新地出版社亦同時推出「世界華文作家精選集叢書」，包括劉再復、王潤華、陳義芝、詹澈、鴻鴻、郭楓、王蒙、劉心武、閻連科、陳若曦、蘇偉貞、馬森。

• 二〇一〇年「元智大學桂冠文學家」頒獎典禮於十七日舉辦，受獎人為諾貝爾獎得主高行健。

• 二十六日，靜宜大學頒贈台灣文學作家李喬第一屆「蓋夏論壇大師講座」殊榮。李喬並發表「我的成長、我的文學」專題演講。

• 二十八日，由國立台灣文學館及台北市文化局主辦，財團法人台灣文學發展基金會．文訊雜誌社承辦的「穿越林間聽海音——林海音文學展」揭開序幕，展期自四月二十九日至十一月二十八日假台北市同安街紀州庵新館展出。

五月

• 一日，由台中市文化局主辦的「認識台中市藝術家／文學家陳千武」假台中市文化局舉辦，展期至五月三十日止。

• 四日，中國文藝協會創辦一甲子，在花蓮舉行大會。此外，為慶祝文協六十年，張默、魯蛟及辛鬱特編撰《文協60年實錄》。榮譽文藝獎章文學小說獎獲獎人為墨人。文藝獎章小說創作獎獲獎人為鍾文音。

• 十日，由國立台中圖書館、明道文藝等合辦的二〇一〇年全國學生文學獎公布得獎名單。大專組得獎名單分別為：小說獎第一名朱宥勳〈墨色格子〉，第二名許俐葳〈我的志願〉，第三名李冠穎〈餓〉。

・五月二十一、二十二日，由中正大學台文所、中文系及加拿大雅博達大學東亞系主辦，台灣文學館合辦「第四屆經典人物——李昂跨領域國際學術研討會」。

六月

・四、五日，由中央大學人文研究中心主辦「演繹現代主義：王文興國際研討會」。會議內容包括演講、論壇、論文、紀錄片、攝影展等多元面向演繹王文興及其作品。

・加拿大華人女作家王潔心，十四日在溫哥華逝世，享年八十三歲。王潔心，籍貫河南孟縣，一九二七年生，河南大學教育系畢業，曾任《婦友月刊》主編及中國青年寫作協會理事。小說《愛與罪》曾獲台灣第一屆青年文藝獎，後來被改編成電影，著有長短篇小說《春蠶》、《寬恕》、《風在菲沙河上》等十餘部。

・六月二十一日，由國家文化藝術基金會主辦的「第十四屆國家文藝獎」公布得獎名單，分別為小說家七等生、表演藝術家吳興國、書畫家張光賓、作曲家賴德和。

七月

・十六日，由香港浸會大學文學院主辦的香港第三屆「紅樓夢獎」揭曉，由駱以軍的《西夏旅館》奪得首獎。

・二十九至三十一日，由財團法人勇源教育發展基金會及《印刻文學生活誌》主辦「二〇一〇年全國台灣文學營——文學風雲勇源氣展書讀」。

八月

・五日至七日，由文建會、徐元智先生紀念基金會贊助，元智大學、聯合文學基金會共同主辦「二〇一〇全國巡迴文藝營」。

・十日至十五日，由趨勢教育基金會主辦，台北市文化局和南村落合辦的「二〇一〇向大師致敬——黃春明」，假中山堂舉辦系列活動。

・十三日，吳念真與綠光劇團合作創作「台灣文學劇場」舉辦記者會，表示將以十年時間透過戲劇每年介紹一部台灣文學，首部作品《清明時節》改編自小說家鄭清文的〈清明時節〉與〈苦瓜〉兩篇作品。十月八日起於台北、台中、台南及高雄等地巡迴演出。

・八月，《文訊》雜誌推出「長流湧進　浪潮不盡：文壇新人錄（三）小說篇」專題，邀請一九八〇後年輕小說家賴志穎、楊富閔、陳栢青、朱宥勳、盛浩偉、神小風、林妏霜、施君涵、陳育萱作品展，並由季季撰寫導言。

九月

・八日，由文建會與柏林文學學會共同主辦，台灣文學發展基金會執行的「台德文學交流合作計畫」舉行記者會，參與本計畫的九位作家包括：夏曼・藍波安、劉克襄、蔡素芬、鴻鴻、駱以軍、甘耀明、吳音寧、吳明益、夏宇，陸續於二〇一〇～二〇一二年間赴德國柏林文學學會擔任駐村作家。

・九日，適逢張愛玲九十歲冥誕暨逝世十五週年紀念，皇冠文化重新編排整理「張愛玲全集」推出「張愛玲典藏」新版，且出版自傳小說《雷峰塔》、《易經》。

・二十四、二十五日，適逢日據時代小說家龍瑛宗百年冥誕，由新竹縣政府、清華大學台灣文學研究所主辦之「戰鼓聲中的歌者——龍瑛宗及同時代東亞作家」百年冥誕紀念國際學術研討會。

十月

・由江蘇省台港暨海外華文文學研究會、鹽城師範學院、鹽城市文藝評論家協會等主辦，台灣著名出版家、作家、編輯家蔡文甫，於十六、十七日在江蘇鹽城市舉行「蔡文甫創作研討會」。此外，為推動蔡文甫研究和整個江蘇籍台灣作家的研究，鹽城師院特設立「蔡文甫研究所」和「蔡文甫藏書室」，並舉行揭牌儀式。

・十月，國立台灣文學館舉辦「國民文化日暨七週年館慶」系列活動。包括：「簡吉與日據台灣農民運動」特展、施叔青手稿捐贈暨新書《三世人》發表座談會、國民文化與國民文學的座談會、鍾理和文學音樂會暨座談會等。

十一月

・六日，第三十二屆聯合報文學獎暨《聯合文學》二十六週年、第二十四屆《聯合文學》小説新人獎、二〇一〇全國巡迴文藝營創作獎贈獎典禮。短篇小説獎首獎由葉佳怡〈窗外〉獲得。推薦獎由葉旋〈匿犬〉獲得。其餘佳作分別是張曉惠〈廣告人〉、黃汶瑄〈六年仁班前巷戰〉。中篇小説獎首獎為張惠玲〈屋頂上的假期〉。

・十日，由行政院文建會主辦的「第九屆文薈獎——全國身心障礙者文藝獎」揭曉得獎名單，短篇小説組第一名林再發〈來發〉，第二名歐拓〈阿雪〉，蓮〈三腳貓〉，佳作Hobe、郭宗華、常堯、煥明、蘇清富。

・十七日，由台灣大學圖書館、台灣大學出版中心與行人文化實驗室合辦的「王文興手稿集：《家變》與《背海的人》」發表會暨座談會。

・二十日，由財團法人林榮三文化公益基金會主辦、自由時報協辦的「第六屆林榮三文學獎」舉行頒獎典禮。短篇小說獎首獎從缺，由黃麗群〈卜算子〉、米果〈天堂密碼〉同列二獎，三獎洪茲盈〈末班夜車〉，佳作馬景珊、熊信淵。

十二月

・由國立台灣文學館主辦的台灣文學獎五日頒獎，圖書類之長篇小說金典獎由童偉格《西北雨》，印刻出版社獲得。

・七日，由行政院文建會主辦，國立台灣文學館出版，遠景出版公司編輯製作的《愛、理想與淚光：文學電影與土地的故事》舉行新書發表會。

・十一日，第三十三屆時報文學獎舉行頒獎典禮。「短篇小說組」首獎為葉揚〈阿媽的事〉，評審獎謝文賢〈椅子〉、擬雀〈接送〉。

・十四日，由行政院文建會主辦，國立台灣文學館出版，《文訊》編輯製作的《我在我不在的地方：文學現場踏查記》舉行新書發表會。

・二十五日，中國時報開卷好書獎公布獲獎名單，中文創作小說得獎作品為張翎《金山》。

・博客來網路書店首度舉辦「新手上路——第一屆華文新秀作家」選拔，二十八日公布得獎名單，文學類新秀作家二名，劉梓潔及其散文集《父後七日》、楊富閔及其短篇小說集《花甲男孩》。

九歌文庫 1089

99年小說選

Collected Short Stories 2010

主編　郭強生
執行編輯　宋敏菁
發行人　蔡文甫
出版發行　九歌出版社有限公司
臺北市105八德路3段12巷57弄40號
電話／02-25776564・傳真／02-25789205
郵政劃撥／0112295-1
九歌文學網　www.chiuko.com.tw
印刷　鴻霖印刷傳媒股份有限公司
法律顧問　龍躍天律師・蕭雄淋律師・董安丹律師
初版　2011（民國100）年3月
初版3印　2011（民國100）年7月
定價　**360元**

書號　F1089
ISBN　978-957-444-757-2
（缺頁、破損或裝訂錯誤，請寄回本公司更換）

本書獲台北市政府文化局贊助

國家圖書館出版品預行編目資料

99年小說選 / 郭強生主編. – 初版. --
臺北市：九歌, 民100.03

面； 公分. -- (九歌文庫 ; 1089)

ISBN 978-957-444-757-2(平裝)

857.61 100001581